JULIA.™

AF274916

CHRISTYNE BUTLER

JUGADAS
DEL DESTINO

Una división de HarperCollins Ibérica, S.A.
Avenida de Burgos, 8B - Planta 18
28036 Madrid
www.harlequiniberica.com

© 2025 Harlequin Ibérica, una división de HarperCollins Ibérica, S.A.
N.º 483 - 3.10.25

© 2011 Christyne Butiler
Jugadas del destino
Título original: A Daddy for Jacoby

© 2010 Karen Templeton-Berger
Recuerdos hacia el olvido
Título original: Welcome Home, Cowboy
Publicadas originalmente por Harlequin Enterprises, Ltd.
Estos títulos fueron publicados originalmente en español en 2012

I.S.B.N.: 979-13-7000-794-2
Depósito legal: M-16223-2025
Impreso en España por Liber Digital
Fecha impresión Argentina: 1.4.26
Distribuidor exclusivo para España: LOGISTA
Distribuidores para Argentina: Interior, DGP, S.A. Pienovi 211 - Avellaneda
Cap. Fed./Buenos Aires y Gran Buenos Aires, VACCARO HNOS.

FSC
www.fsc.org

MIXTO
Papel | Apoyando la
silvicultura responsable
FSC™ C134275

Capítulo 1

ESTABA asustado y no le gustaba sentirse así.
Apretó su oso de peluche con más fuerza contra su pecho y se secó los ojos en el peto que llevaba Clem. Ese era el nombre de su oso.

El coche giró de repente y chillaron los neumáticos. Cerró los ojos y hundió la cara en su osito. Sintió un gran alivio al ver que el cinturón de seguridad funcionaba.

Su madre maldijo entre dientes y golpeó el volante con el puño. Oyó que lanzaba insultos contra la lluvia, la oscuridad de esa noche, el coche y su miserable vida.

Era algo que su madre hacía a menudo.

A Jacoby no le gustaba que hablara de esa manera. Su profesora le había dicho que las personas buenas y educadas no hablaban así y él quería ser bueno y educado.

También deseaba que lo fuera su madre.

Habría preferido seguir en casa de la señorita Mazie, aunque tuviera que dormir con un saco en el suelo. Pero su mamá había guardado sus cosas y metido la ropa de Jacoby en la vieja funda de almohada. Cuando terminó, le dijo que saliera por la ventana.

Antes de hacerlo, se dio la vuelta y vio que su madre se llevaba todo el dinero que la señorita Mazie guardaba en un frasco. Después, agarró dos botellas de vino y dejó la tercera donde estaba, en el regazo de la señorita Mazie y casi vacía.

Sabía que no estaba bien robar, pero Jacoby no dijo nada. La última vez que se lo echó en cara, lo agarró con tanta fuerza que le estuvo doliendo el brazo durante tres días.

Así que se había limitado a meterse en el asiento trasero junto a su funda de almohada y a guardar silencio.

Esa era otra cosa que hacían a menudo, ir de un sitio a otro.

Habían estado con la señorita Mazie desde Nochevieja y ya quedaba poco para que llegara Pascua. Se dio cuenta de que iba a perderse la fiesta que iban a hacer al día siguiente en el colegio. Se preguntó si su profesora lo echaría de menos.

No sabía adónde iban, pero esperaba que llegaran pronto, le asustaban la noche y la lluvia.

Un relámpago iluminó el cielo de repente y Jacoby esperó a que sonara el trueno, pero no llegó. Su madre se volvió y lo miró, vio que tenía lágrimas en las mejillas.

Esa imagen lo asustó más aún.

Se veía ridícula.

Gina Steele se miró atentamente en el espejo que había en la sala de descanso de los empleados. Durante su vida, la habían descrito con muchos adjetivos diferentes, como seria, estudiosa o reservada.

Un compañero de universidad le había llegado a decir que intimidaba a los demás, quizás porque era la más inteligente de la clase y también la más joven. Había conseguido entrar en la Universidad de Notre Dame con solo quince años.

Sabía que era inteligente, pero en esos momentos, le pareció todo lo contrario. Su aspecto era absurdo y ridículo.

—¡Me encanta!

Sorprendida, Gina se giró y vio que la miraba con una gran sonrisa Barbie Felton, su mejor amiga y compañera de trabajo. Las dos eran camareras.

Se miró de nuevo en el espejo e hizo una mueca.

—Es rosa —protestó ella.

—Es genial.

—Es demasiado… Demasiado brillante.

Barbie tenía el pelo largo y rubio, llevaba flequillo y tenía un cuerpo fuerte y atlético. Se apoyó en la pared sin dejar de mirarla.

—Si no te gusta, puedes taparlo. Deja de preocuparte —le aconsejó.

Gina no pudo evitar sonreír mientras jugaba con el mechón de color rosa que adornaba su pelo.

Llevaba ya unos meses de vuelta en su pueblo, Destiny, en el estado de Wyoming. Conocía a Barbie de toda la vida, había sido casi la única niña a la que no le había molestado nunca que Gina fuera mucho más inteligente que el resto de sus compañeros.

Cuando Gina se fue de Destiny al terminar quinto de primaria para asistir a una escuela privada, Barbie y ella trataron de mantener el contacto, pero no duró mucho. De vuelta en el pueblo, cuando Gina comenzó a trabajar en el Blue Creek, le sorprendió saber que

Barbie aún vivía en Destiny y que iban a ser compañeras de trabajo en el restaurante.

—Empiezas cambiándote el color del pelo y el siguiente paso ya sabes cuál es —bromeó Barbie con ella—. ¡Un tatuaje! —añadió con dramatismo.

—¡De eso nada! —protestó Gina.

Barbie se rio y se dio la vuelta. Se bajó un poco los pantalones vaqueros y apareció ante sus ojos una libélula verde y morada. Estaba rodeada de flores multicolores y hojas verdes.

El tatuaje era muy bonito y admiraba además el valor de su amiga.

—¿Cuándo te lo hiciste?

—Hace dos semanas, en Laramie —repuso Barbie mientras le sonreía por encima del hombro.

—Y ¿por qué has esperando tanto para enseñármelo?

—Quería esperar a que se curara por completo antes de presumir de tatuaje —le dijo su amiga—. Estoy deseando lucirlo la semana que viene en las playas de Nassau y con mi biquini nuevo.

Barbie, que estudiaba el último curso en la Universidad de Wyoming, estaba deseando irse a la playa para celebrar las vacaciones de primavera. Aunque Gina llevaba bastante tiempo licenciada y había pasado ya un año desde que terminara su doctorado, su amiga había tratado de convencerla para que fuera al viaje con ella y con sus compañeros de la universidad.

Gina se volvió hacia el espejo una vez más para mirar más de cerca su nuevo mechón rosa. Destacaba mucho entre su cabello oscuro.

—Supongo que esto te parecerá una tontería comparado con tu nuevo tatuaje —le dijo Gina.

—He visto que esta vez no te has alisado el pelo como haces normalmente. ¿Acaso tienes la esperanza de ocultar el mechón rosa entre tus rizos?

Eso era exactamente lo que había tratado de conseguir.

Gina se pasó los dedos por el resto de su pelo castaño oscuro. Llevaba uñas postizas pintadas de color plata. Otro cambio más.

Siempre había llevado las uñas cortas y bien cuidadas, pero Barbie le había asegurado que las propinas mejorarían mucho si seguía su consejo y se ponía uñas de cerámica. Y se había dado cuenta de que era verdad. Llevaba con ellas unas semanas y ya se había acostumbrado. Le gustaban así y cambiaba de color cada poco tiempo.

Había empezado con las uñas y después, con su pelo. Le preocupaba estar haciendo todo eso para encajar, para tratar de ser como las demás.

Siempre le había gustado ser diferente, quería estudiar y aprender. Pero desde el verano anterior, solo quería ser una más.

—Al menos hace juego con tu ropa —le dijo Barbie entonces.

Su comentario la devolvió a la realidad. Llevaba una camiseta rosa.

—¿Te preocupa lo que piense tu madre cuando lo vea? —le preguntó Barbie.

—No, no creo que se dé cuenta. Entre los gemelos, su trabajo y su novio… —murmuró Gina mientras se encogía de hombros—. Está demasiado ocupada. Además, soy una mujer adulta.

Barbie se cruzó de brazos y la miró con el ceño fruncido.

—Entonces, ¿estás preocupada por lo que piense el sheriff?

—Bueno, seguro que mi hermano mayor tendrá algo que decir al respecto. Aunque puede que tarde en notarlo. Aún sigue disfrutando como un recién casado con nuestra jefa.

En realidad, le alegraba que Racy Steele, propietaria del bar Blue Creek y su nueva cuñada, tuviera entretenido a Gage. Así, su hermano apenas tenía tiempo para acosarla con preguntas sobre las decisiones que había tomado en su vida. Sabía que trataría de convencerla para que usara sus títulos y su cerebro y se pusiera a trabajar como profesora. Pero Gina tenía ganas de volar un poco y disfrutar de la vida.

—Entonces, ¿cómo se llama?

—¿Qué?

—Bueno, si no te estás rebelando contra tu familia, ¿contra quién te estás…? ¡Dios mío! ¿Es por Justin? —le dijo Barbie con los ojos como platos.

—¡No!

Se refería a Justin Dillon, un hombre alto, moreno y de aspecto muy peligroso. Tenía el pelo negro como el azabache, ojos oscuros y un cuerpo esbelto y musculoso. Le había dejado muy claro desde el día que se conocieron que no estaba disponible para ella ni interesado.

Pero eso no la había detenido y había acabado pasando la noche con él un par de semanas más tarde. Algo que también suponía un gran cambio en su vida.

—Estás pensando en él.

Gina se apartó del espejo y fue hacia las cajas de productos con el logotipo del Blue Creek que tenía que organizar.

—¡No es verdad!

—Oye, entiendo perfectamente que te atraiga —prosiguió Barbie—. Justin es un bombón, pero creo que es demasiado mayor para ti, demasiado obstinado y demasiado… No sé cómo decirlo…

—¿Demasiado listo para poder manejarlo? —terminó Gina.

—Algo así —le dijo Barbie—. A mí me gusta que

mis hombres me traten como a una diosa. Pero tú has conseguido subir al apartamento de Justin, ¡y sigues sin darme más detalles!

—Ya te lo he contado todo.

—Sí, lo sé. Se te olvidó el bolso y volviste al bar. Aunque estaba cerrado, te encontraste a Justin jugando solo al billar —repuso Barbie como si hubiera memorizado cada palabra de su historia—. Y, después de pasar un rato jugando al billar, una cosa llevó a la otra y acabasteis arriba.

—Así es —murmuró Gina mientras organizaba camisetas, tazas y llaveros.

—Tengo una mente curiosa y quiero más. Como no me contabas nada, pensé que ya se te había olvidado, que era una locura más de esta nueva Gina y no querías pensar en ello ni darle importancia, pero ahora… Ya no estoy tan segura.

Se detuvo un segundo al recordar esa noche.

Habían estado los dos solos en el bar hasta que aparecieron tres tipos que habían sido amigos de Justin en los viejos tiempos. Él les dejó claro que no eran bienvenidos y las cosas se pusieron muy tensas. La pelea duró solo unos minutos y Gina decidió quedarse.

Aunque su idea había sido permanecer a su lado para asegurarse de que las heridas no iban a más, no había podido evitar quedarse dormida en su cama.

—Y supongo que nadie habría sabido nada de lo que pasó esa noche si no hubieras tenido que intervenir para convertirte en la coartada de Justin —agregó Barbie.

El comentario de su amiga Gina la devolvió al presente.

—No podía dejar que mi hermano acusara a Justin por el incendio en casa de Racy. No cuando sabía perfectamente que no podía haber sido él.

Cuando se supo lo que había ocurrido esa noche con Justin, su madre y su hermano le dijeron que estaban muy decepcionados con ella, aunque no conocían todos los detalles.

Pero Gina tenía ganas de ser más libre y menos cauta. Estaba harta de que Justin llevara los últimos tres meses tratando de ignorarla.

Igual que había hecho aquella noche de enero, cuando estaban solos los dos en su apartamento.

Pensó que quizás hubiera llegado el momento de hacer algo al respecto.

Notaba que la gente lo miraba. Era algo que Justin Dillon no soportaba.

Habían pasado ya tres meses y seguía siendo la comidilla en Destiny. Todos creían que había echado a perder la angélica reputación de la hermana del sheriff acostándose con ella. Tres meses y seguían hablando de ello.

Le parecía una lástima que en realidad no hubiera sucedido nada.

Ignoró a las dos chicas que lo miraban y se reían frente a la ferretería donde acababa de comprar materiales para reparar su casa. Parecían niñas de instituto y él, con treinta y dos años, se veía lo bastante viejo como para ser su padre. O casi.

Cerró la puerta trasera y se puso al volante. Creía que su camioneta era probablemente más vieja que esas adolescentes, pero no podía quejarse, al menos tenía un medio de transporte.

Puso en marcha el motor y bajó la ventanilla. Era agradable sentir la brisa primaveral mientras bajaba por la calle principal.

Le gustaba tener trabajo que hacer en la cabaña. Se

había cansado de vivir en el apartamento encima del bar, sobre todo ahora que su hermana era la dueña del establecimiento. Había permitido que viviera allí sin pagar el alquiler, pero era demasiado duro trabajar en la cocina del Blue Creek y dormir también allí.

Además, así había conseguido librarse en parte de los recuerdos de la noche que había pasado allí con Gina. Pero no podía olvidar su cabello castaño sobre la almohada, las deliciosas curvas que se adivinaban bajo las sábanas y sus suspiros suaves mientras dormía plácidamente.

Porque eso era lo único que había hecho Gina en su casa, dormir.

Él, en cambio, no había podido conciliar en el sueño. Y no había sido por culpa del dolor en sus costillas tras la paliza en el bar. Sino porque no había podido dejar de pensar en ella. No entendía que alguien como Gina se preocupara por él.

Entró en el aparcamiento del Blue Creek y dejó la camioneta cerca de la puerta trasera. Quería recoger sus cosas y llevarlas a la cabaña. Su cuñado había comprado los terrenos donde había estado un antiguo campamento y gracias a ello, tenía casa propia por primera vez en su vida.

El sheriff dejaba que se quedara en una de las cabañas a cambio de ir arreglando la zona. Suponía que Gage tenía dos razones para hacer algo así.

Por un lado, su esposa se lo había pedido. Después de todo, Racy era su hermana. Por otro lado, el sheriff querría tenerlo controlado para mantenerlo alejado de Gina. Pero creía que no tenía nada de lo que preocuparse. Él era el más interesado en evitar a esa joven.

Miró el reloj, eran casi las cinco y supuso que no habría mucha gente en el bar. La mayoría de las camareras entraba a trabajar más tarde.

Oyó una risa femenina al abrir la puerta de la sala de empleados. Gina estaba en lo alto de una escalera, intentando poner una caja en el estante superior. Llevaba una camiseta ajustada que reveló unos cuantos centímetros de piel cuando ella estiró los brazos para colocar la caja.

Ric Murphy, el portero del bar, estaba sujetándola. No se le pasó por alto que tenía una mano en la escalera y la otra en uno de los muslos de Gina, muy cerca de su trasero.

Gina se volvió a reír y la escalera se tambaleó. Vio que Ric la agarraba con las dos manos en vez de estabilizar la desvencijada escalera. Le parecía que aquello no tenía ningún sentido.

—¡Cuidado, Ric! —exclamó Gina agarrándose a la estantería—. Si me caigo…

—No me importaría en absoluto —la interrumpió Ric—. Sería una buena excusa para tener a una mujer tan hermosa en mis brazos.

Justin cerró de un portazo al oír sus palabras y fue directo a su taquilla.

—No os preocupéis por mí —les dijo—. Seguid a lo vuestro.

Tanto Gina como Ric se sobresaltaron y lo miraron, pero él no les hizo caso. Estaba tan enfadado que le costó abrir el candado, no conseguía acertar con la combinación. Cuando lo logró, comenzó a sacar las cajas que había guardado allí.

—¿Necesitas ayuda, Dillon?

El tono de Ric era condescendiente, pero Justin no mordió el anzuelo. Se mantuvo de espaldas a ellos. No sabía por qué, pero Ric Murphy le había dejado claro desde el primer día que Justin no le gustaba.

—No, gracias. Ya tienes bastante en tus manos —repuso con ironía Justin.

Notó que Gina ahogaba una exclamación al oírlo. Pero, antes de que ella pudiera decir nada, alguien llamó a Ric desde el bar.

—Me tengo que ir, ¿estarás bien? —le preguntó el joven a Gina.

—Claro —repuso la joven—. Ya casi he terminado.

Se quedaron en silencio unos segundos. Después, tal y como había imaginado, Gina le habló.

—Has sido un poco maleducado.

—Así soy yo —repuso él sin mirarla—. Supongo que no soy muy agradable.

—Ric estaba tratando de ayudarme y…

—Si eso es lo que crees que estaba haciendo, tienes mucho que aprender —le dijo él mientras sacaba un par de sacos de dormir y los colocaba con el resto de sus cosas.

—Bueno, ¿y a ti qué te importa si…? ¡Oh!

Justin se giró rápidamente. Tuvo que tomar una decisión en una fracción de segundo, ir a por la escalera o la chica. Apenas había tiempo y Gina se dirigía hacia él. Agarró su cintura y quedó aplastada contra su torso, evitando así que cayera al suelo.

Maldijo entre dientes cuando la escalera lo golpeó en la rodilla y la sujetó con más fuerza aún para que no terminaran los dos en el suelo. Gina se retorció entre sus brazos y vio que estaba solo a unos centímetros de sus suaves curvas, con la cara contra su estómago.

—¡Maldita sea, no te muevas! —exclamó con dificultad.

Gina se quedó inmóvil, pero notó que su cuerpo no era inmune a la situación, su camiseta de algodón no podía ocultar las señales.

Podría haberla dejado en el suelo, pero la bajó poco a poco, dejando que sus cuerpos se rozaran y ha-

ciendo que a Gina se le subiera un poco más la camiseta. Lo hizo muy despacio, hasta que estuvieron cara
a cara.

—¿Lo hiciste a propósito? —le preguntó él.

—¿El qué?

Gina se sonrojó. Quizás fuera por la cercanía de
sus cuerpos o por lo que sus palabras implicaban.

—Has fingido que te caías para conseguir que te
sujetara en mis brazos, ¿no?

—¡Estás loco! —repuso Gina sonrojándose más
aún—. Déjame en el suelo.

—Ya estás en el suelo.

—¿Sí? Pues no puedo sentirlo bajo mis pies.

—Me temo que provoco ese efecto en las mujeres.
Todas se sienten como si estuvieran flotando.

Gina abrió mucho sus ojos azules. Todos los Steele
tenían ese color de ojos. Vio que se separaban leve-
mente sus labios y lo envolvió en ese instante su exóti-
co aroma. Respiró profundamente. Gina olía a canela,
era un aroma muy dulce.

No pudo evitar recordar en ese momento el estante
de las especias que utilizaba a diario en la cocina. La
canela era uno de sus sabores favoritos.

Una vez más, se dio cuenta de que esa chica le podía llegar a dar muchos problemas. Para colmo de males, era además muy inocente.

Gina tenía veintidós años, era diez años más joven
que él. Y había aprendido lo suficiente sobre ella durante esos últimos tres meses para saber que era muy inteligente, muy inocente y que estaba fuera de su alcance.

—Justin...

Su tentadora voz lo devolvió a la realidad. Se apartó rápidamente de ella, desesperado por detener el
efecto que parecía tener sobre él, tanto física como
mentalmente.

Fue entonces cuando vio su mechón rosa. Le dio la impresión de que Gina había tratado de ocultarlo, escondiéndolo tras la oreja, pero el brusco movimiento la había despeinado y tenía el mechón teñido en la mejilla.

Sabía que no era buena idea y trató de controlar su mano, pero sus dedos se movieron solos. Suavemente, envolvió el rizo en su dedo.

—¿Qué es esto? ¿Tu lado más inconformista? —le preguntó con ironía.

Gina giró la cabeza para que dejara de tocarle el pelo, pero él no lo soltó.

—¿Qué va a decir tu hermano mayor cuando lo vea?

—A Gage no le importa lo que haga con mi pelo —repuso ella con firmeza pero con poca convicción—. ¿Vas a soltarme o no?

No quería hacerlo. Habría preferido llevar esa mano a su nuca, recorrer su mandíbula con el pulgar, echarle hacia atrás la cabeza y besarla.

«¿Qué me está pasando? ¡He prometido mantener las distancias!», se dijo entonces.

Justin soltó su pelo y se apartó de ella. Tomó dos cajas con sus cosas. Iba hacia la puerta cuando la abrió de repente Ric.

—Dillon, ve al bar —le dijo el recién llegado.

—¿Para qué? No trabajo esta noche.

—Tienes visita —repuso el joven mientras se fijaba en la escalera—. ¡Ya me pareció que había oído un ruido, ¿qué ha pasado? Gina, ¿estás bien? —le preguntó a ella.

Justin dejó las cajas en el suelo y salió de allí.

Estaba enfadado. No entendía qué le pasaba.

Gina era inteligente, muy inteligente. No sabía si habría sido consciente de que había estado a punto de

besarla. No la había mirado a los ojos. Solo había podido fijarse en sus rosados labios y en ese rizo teñido
del mismo color, pero suponía que Gina se habría
dado cuenta.

Le había pasado lo mismo tres meses antes.

Había estado enseñándole a jugar al billar durante
casi una hora y había logrado por fin que ella metiera
la bola correcta en el agujero correcto. Cuando Gina
lo consiguió, lo abrazó entusiasmada. No recordaba
haberse sentido más tentado en toda su vida. Pero los
interrumpieron entonces de manera bastante desagradable.

Prefería no pensar en esa noche. Fue a la sala del
restaurante. Era viernes por la noche y las mesas comenzaban a llenarse de clientes. Sabía que algunos se
quedarían después de cenar para ver los conciertos de
música y bailar.

Jackie, la ayudante de su jefa, estaba al lado de la
puerta de la cocina y fue hacia ella.

Pasó al lado de una chica alta y rubia que estaba de
pie con un niño a su lado. Era una costumbre que había adoptado en la cárcel, siempre estaba pendiente de
lo que lo rodeaba.

Por eso le molestaba tanto que unos gamberros hubieran entrado en el bar aquella noche sin que él hubiera podido reaccionar a tiempo.

—Me ha dicho Murphy que alguien quiere verme
—le dijo a Jackie.

—Así es. Se trata de esta joven… —comenzó ella.

—¡Justin! ¡Por fin! —exclamó alguien detrás de él.

La chica rubia que acababa de ver se lanzó a sus
brazos. Lo primero que pensó fue que su cuerpo era
completamente distinto al de Gina, era solo piel y
huesos. Tenía el pelo y la ropa sucios y olía como si
necesitara urgentemente una ducha.

Cuando se recuperó un poco de la sorpresa, apartó los brazos que sujetaban su cuello. Vio de reojo que entraban en ese instante Gina y Ric en la sala.

—Lo siento, pero no sé quién… —comenzó algo molesto.

—¡Soy yo, Zoe! ¡Zoe Ellis! —exclamó la chica agarrando sus manos—. Tienes que acordarte de mí.

Pero no la recordaba. Durante los últimos tres meses, no había tenido nada con ninguna mujer. Solo había habido una con la que había celebrado su puesta en libertad nada más salir de la cárcel y estaba seguro de que no era ella. Un par de camareras del Blue Creek habían tratado de salir con él, pero no había pasado nada con ellas.

Se fijó mejor en la joven. Se dio cuenta de que le estaba hablando y prestó atención.

—Y entonces fuimos a un hotel y no salimos de allí en tres días. Todavía recuerdo cómo...

—Mire, debe de haberme confundido con otra persona. He estado… He estado fuera unos cuantos años y solo hace tres meses que volví a Destiny —le explicó Justin.

—Bueno, ya sé que ha pasado bastante tiempo. Para ser exactos, ocho años, pero nunca lo he olvidado —le dijo la joven mientras acercaba al niño para que Justin lo viera.

Vio que tenía el pelo oscuro. Le pareció que había una mezcla de miedo y curiosidad en su mirada. El pequeño se aferraba a un oso de peluche de aspecto desaliñado y tenía en la otra mano una vieja funda de almohada llena de cosas.

—De hecho, he tenido un recordatorio constante de lo que pasó durante esos días tan locos —le dijo entonces la joven—. Te presento a Jacoby, tu hijo.

Capítulo 2

JUSTIN no podía moverse. Quería hacerlo, salir corriendo de allí y no volver la vista atrás.

Le avergonzaba sentirse así, pero esa había sido su primera reacción.

—¿Mi qué? —preguntó sin entender nada.

La mujer tiró de la camiseta del niño para acercárselo y el niño tropezó.

—Es tu hijo, Jacoby Joseph Ellis.

Al ver que el segundo nombre del niño era el de su propio padre, Justin dejó de mirar al pequeño para fijarse de nuevo en ella.

—¿Cómo…? No puede… No puede ser. No tendrá más de cinco años y yo he estado en la…

Hizo una pausa y respiró profundamente.

—He estado lejos de aquí durante los últimos siete años.

—Es algo pequeño para su edad. Su séptimo cumpleaños fue en enero. Si a esa fecha le restas nueve meses… —repuso la joven.

Hablaba de los meses anteriores a la detención, cuando Joe Billy y él fueron arrestados por tráfico de drogas. Un hecho que había marcado su vida y lo había ayudado a cambiar.

Cansado de la vida que llevaba, había sido él mismo quien había dado información a los policías sobre la red de narcotráfico en la que estaban metidos su hermano y él. Durante semanas, había estado viviendo en un estado de casi inconsciencia inducido por el alcohol. Nunca había llegado a tomar drogas, pero recordó un fin de semana que sus amigos y él habían pasado en un pequeño pueblo de Colorado.

Se preguntó si sería posible que fuera de verdad el padre de ese niño. Trató de recordar a esa joven mientras ella rebuscaba en su bolso. Sacó un pedazo de papel arrugado.

—Aquí está su certificado de nacimiento —le dijo.

Justin vio que su nombre aparecía como padre del recién nacido.

—Si es cierto, ¿por qué ahora? ¿Por qué no te pusiste en contacto conmigo cuando nació?

—¿Qué podrías haber hecho desde donde estabas? —repuso ella.

—¿Sabías dónde estaba? —replicó mientras arrugaba el certificado entre sus manos—. ¿Y no se te pasó por la cabeza decirme que tenía un bebé?

—¿No sería mejor que os sentarais en una de las mesas de la parte de atrás?

Justin levantó la cabeza al oír la voz de Gina. La joven estaba detrás del niño.

Había curiosidad, interés y algo más en los ojos del pequeño. Estaban en la zona principal del bar. Fue entonces cuando se dio cuenta de que Jackie y Ric se habían esfumado, pero las mesas iban llenándose de clientes y la mayoría los observaba mientras discutían.

—Sí, será mejor que lo hagamos. Buena idea.

Fue a la parte de atrás del bar y se sentaron a una de las mesas. Vio que Zoe lo había seguido y que ni siquiera se había asegurado de que el niño estuviera con ella. La joven se sentó a su lado, Justin sintió que estaba demasiado cerca.

—¿Les traigo un par de hamburguesas y patatas fritas? —sugirió Gina mientras ayudaba al niño a sentarse frente a su madre y Justin.

—Estupendo. Y también un par de refrescos —agregó Zoe.

—Bueno, mejor leche para su hijo, ¿no? —preguntó Gina.

—No pasa nada, siempre bebe refrescos —comentó la joven mientras agarraba el brazo de Justin.

—Menos en el colegio. Allí tomo leche con chocolate —intervino el pequeño.

Justin se quitó de encima la mano de Zoe. Era la primera vez que hablaba el niño.

—A mí me encanta la leche con chocolate. Ahora vuelvo —repuso Gina con una sonrisa.

Pero antes de irse, lo miró a él con el ceño fruncido y vio que no quedaba rastro de la dulce sonrisa que había dedicado al niño.

—¿Es tu novia? —le preguntó entonces Zoe.

—¿Qué? No, es una compañera de trabajo —repuso Justin—. Trabajo aquí, en el Blue Creek. ¿Cómo supiste dónde encontrarme?

—Pensé que era el mejor lugar para empezar. Me hablaste de este bar durante ese fin de semana que pasamos juntos.

Las piezas de ese puzle comenzaban a encajar. Había ido con sus amigos de viaje, llegaron a un pueblo y se colaron en una fiesta. Recordó que encontró a un par de chicos en la cocina metiéndose con una joven.

Había intervenido para sacarla del apuro y ella había pasado toda la noche con él. Y, al parecer, tres días más en un hotel.

—Me dijiste que te llamabas Susie —recordó entonces.

—Sí, te mentí —repuso mientras se encogía de hombros—. Solo para divertirme.

—Y ¿cómo puedo estar seguro de que no me estás mintiendo ahora? Solo porque escribieras mi nombre en ese pedazo de papel…

No terminó la frase al ver que aparecía Gina con dos platos de comida y las bebidas. Colocó todo en la mesa y miró al niño.

—¿Quieres lavarte las manos antes de comer? —le sugirió Gina.

Creía que el pequeño lo que necesitaba era un buen baño, pero no dijo nada. Vio que Zoe se ponía a comer sin esperar a su hijo e ignorando lo que pasaba a su alrededor.

—Sí —repuso el niño.

Gina le ofreció la mano y se fue con él.

—Me lo llevo a la cocina —les dijo.

Su madre no respondió y fue él quien asintió con la cabeza. Esperó a que Gina y el niño se alejaran para agarrar el refresco de Zoe cuando ella estaba a punto de beber.

—¿Qué haces?

—¿Dejas que tu hijo se vaya con una desconocida? Zoe lo miró con incredulidad.

—¿Qué crees que va a hacer? ¿Huir con el niño?

Se quedó callado. Le parecía imposible estar viviendo esa situación.

—Todavía no me has contado por qué no me dijiste lo que había pasado.

—Se me pasó por la cabeza cuando me di cuenta de

que estaba embarazada, pero luego me enteré de tu detención. Como te he dicho, no ibas a poder hacer nada desde la cárcel. Además, no había nada entre nosotros —le dijo ella—. Pensé que podría arreglármelas sola.

—Entonces, ¿por qué vienes ahora a buscarme?

—Supe que habías salido antes de tiempo por buena conducta. No voy a mentirte, los últimos siete años han sido muy difíciles. No es agradable tener que pedirte ayuda.

Justin no sabía qué decir. No sabía si de verdad sería su hijo. Aunque las fechas encajaran, no podía estar seguro sin una prueba de ADN.

Gina volvió entonces con el niño, que se puso a comer con ganas, como si llevara mucho tiempo sin hacerlo.

—Cómetelo todo, ¿de acuerdo? —le dijo Zoe a su hijo—. Voy al baño. Pórtate bien y no des problemas a tu padre, ¿me oyes?

El niño levantó la vista y se quedó inmóvil mirando a su madre con sus ojos oscuros. Después, lo miró a él y asintió con solemnidad.

Justin se quedó mudo, no sabía qué decir. Vio cómo se alejaba Zoe de la mesa hacia el pasillo de entrada, donde estaban los servicios. Cuando la vio desaparecer, volvió a centrar su atención en el niño. Fue entonces cuando se dio cuenta de que tenían el mismo color de pelo y de ojos.

«Jacoby Ellis. ¿De verdad será mi hijo?», pensó.

Si así era, le extrañaba no sentir nada especial hacia él, una especie de conexión inexplicable entre padres e hijos.

Pero dudaba de que su propio padre hubiera llegado a sentir algo así hacia él o sus hermanos.

Joseph Dillon no había sido un hombre muy paternal. Se había quedado sin madre a los cinco años, pero nunca había dudado de su amor. Todavía era capaz de recordar sus abrazos y el cariño que le había dado.

Vio que el niño metía más patatas fritas en su boca de las que podía masticar.

—No tengas tanta prisa —le dijo—. Nadie te va a quitar el plato hasta que termines, ¿de acuerdo?

Esos ojos oscuros lo miraron de nuevo. El niño no dijo nada, pero empezó a comer más despacio. Lo observó mientras devoraba la comida y no tardó en sentir que se le había abierto el apetito. Deseó entonces que Gina le hubiera traído una hamburguesa también a él.

Estaba pensando en ello cuando apareció frente a él, como por arte de magia, un plato con la hamburguesa especial del Blue Creek.

Levantó la vista y se encontró con Gina, que lo miraba con los brazos cruzados.

—Pensé que te entraría hambre al verlos comer. Además, algo me dice que vas a necesitar todas tus fuerzas.

Justin frunció el ceño, pero tomó la hamburguesa de todos modos.

—¿Está rica? —le preguntó Gina al niño.

Jacoby asintió con la cabeza mientras bebía la leche con una pajita.

—¿Dónde está tu amiga? —le preguntó Gina en voz a baja a él.

—Ha ido al baño —repuso Justin—. ¿Te puedes creer lo que…? Maldita sea, es un lío de mil...

—¡Justin! —lo interrumpió Gina—. Mide tus palabras.

—¿Qué he dicho? —protestó Justin.

Gina se enderezó y dio un paso atrás, mirándolo de nuevo con los brazos cruzados.

—Nada, se trata de lo que estabas a punto de decir. Hay orejitas escuchándolo todo.

Justin suspiró. Sabía que tenía razón, algo a lo que Gina debía de estar muy acostumbrada.

—Está bien, lo entiendo. ¿Me puedes hacer el favor de ir a ver cómo está Zoe? —le pidió entonces—. Me pareció que estaba algo... Algo inquieta.

Gina se le quedó mirándolo durante un buen rato. Luego, asintió con la cabeza y se fue.

—Tu madre volverá enseguida —le dijo Justin al niño.

El pequeño se aferró a su oso de peluche. Justin tomó su hamburguesa y señaló con la cabeza el plato del niño para que siguiera comiendo. Lo hizo sin rechistar, pero sin soltar su peluche.

Unos minutos más tarde, Gina regresó a la mesa y vio que estaba sola.

—¿Dónde está Zoe?

—No está en el baño —repuso ella en voz baja mientras se acercaba a él—. He hablado con Ric, que está en la puerta principal. No la ha visto salir. Yo he ido incluso al aparcamiento. Y nada.

Sintió que le acababan de dar un fuerte puñetazo en el estómago.

«¿Se ha ido? ¿Ha abandonado a su propio hijo?», se dijo mientras miraba al niño.

—Creo que deberíamos llamar a Gage —le dijo Gina.

No le gustó oír el nombre de su cuñado. Se toleraban, pero no tenían muy buena relación.

—Tenemos que buscarla por aquí —repuso él—. A lo mejor solo quería encontrar algún lugar tranquilo para… No sé, para pensar, para calmarse un poco.

—Ric y otros compañeros ya la están buscando —le dijo Gina poniendo una mano en su hombro para evitar que se levantara—. Voy a llamar a mi hermano, por si acaso. Tú quédate aquí.

Asintió con la cabeza y Gina se fue. Miró su comida, ya no tenía apetito y vio que el niño tampoco comía. Tenía la mirada fija en la mesa. No sabía qué decirle.

Quince minutos más tarde, volvió Gina con su hermano y los dejó solos.

—Bueno, ¿qué ha pasado? —le preguntó Gage—. ¿Quién es este chico?

El niño parecía cada vez más asustado mientras miraba al recién llegado. Aunque llevaba diez años siendo el sheriff de Destiny, casi nunca llevaba uniforme, pero no le hacía falta. Era muy alto y fuerte e imponía respeto con su mera presencia. Ya se había recuperado por completo de una herida de bala que lo había tenido en el hospital durante una temporada.

Justin se levantó y se puso de espaldas al niño.

—Su nombre es Jacoby Ellis —le dijo en voz baja—. Me han dicho que es mi hijo, aunque no estoy seguro al cien por cien.

Gage no dijo nada.

—Su madre se presentó aquí de repente y me dio la noticia. Después, nos sentamos y empezó a comer. Unos minutos más tarde, se levantó para ir al baño.

—¿Cuánto tiempo hace de eso?

—Veinte minutos. Puede que algo más.

Gage asintió con la cabeza.

—¿El nombre de la madre?

—Zoe Ellis.

Gina volvió a acercarse a ellos.

—Racy está aquí. Me ha pedido que vayáis a su oficina. El bar ya está llenándose de clientes… —les dijo Gina.

Justin asintió con la cabeza y se dio la vuelta para decírselo al niño, pero Gina se le adelantó. Agarró la funda de almohada de Jacoby y le dio la mano. Gage y Justin los siguieron al despacho.

El perro de Racy les dio la bienvenida al abrir la puerta de la oficina.

—No pasa nada, no te preocupes —le dijo Gina a Jacoby mientras se ponía en cuclillas a su lado—. Se llama Jack y es muy bueno. Sube la mano para que la huela.

Jacoby lo hizo y el perro olisqueó sus dedos. Después, le dio un par de lametazos en la cara.

Justin agarró el collar del perro para apartarlo, pero se detuvo al oír la risa del niño.

Se quedó ensimismado disfrutando de ese sonido hasta que su hermana dio un grito.

Alzó la vista. Racy lo miró a él y después a Jacoby.

—¿Qué te pasa? —le preguntó preocupado.

Racy abrió uno de los cajones de su escritorio. Gage y Justin se acercaron a ella mientras Gina acompañaba al niño y al perro hasta el sofá.

—Cariño, ¿qué estás buscando? —le preguntó entonces Gage.

Racy sacó un sobre del último cajón.

—Esto —repuso mientras sacaba un montón de fotografías antiguas del sobre.

Miró todas hasta que dio con una pequeña.

—Menos mal que las tenía aquí y no se quemaron en el fuego. Aquí está la prueba.

—¿La prueba? —preguntó Justin.

—Gina me dijo quién te había venido a ver y me habló de este precioso niño —le dijo a Justin su hermana mientras miraba a Jacoby—. Lo supe en cuanto entrasteis por la puerta.

—¿Qué es lo que supiste? —le preguntó Justin.

—Mira esta foto —repuso Racy mientras se la entregaba—. Eres tú cuando estabas en primero.

Justin sabía que era él, pero también podría haber sido Jacoby. Tenían el mismo pelo oscuro, los mismos ojos y la mandíbula cuadrada.

—Será mejor que nos lo cuentes todo —le dijo Gage sacando un bloc de notas—. Si su madre se ha ido, vamos a necesitar toda la información que tengas para tratar de encontrarla.

—Bueno, yo me voy.

Justin se volvió y vio que Gina iba ya hacia la puerta. El niño estaba leyendo un libro que debía de haber sacado de su funda mientras rascaba el cuello del perro.

—No, quédate —le dijo él—. Por favor —añadió al ver que Gina fruncía el ceño—. El niño parece estar muy a gusto contigo.

Gina asintió y regresó al sofá. Justin miró entonces al sheriff y a su hermana. Les contó lo que había sucedido desde que viera a Zoe en el bar. También les dijo cómo la había conocido ocho años antes.

—Al principio, no la creí. Supongo que no quería. ¿Yo con un hijo? —murmuró con una mueca—. Pero después de ver esta fotografía…

—Bueno, a lo mejor el niño puede ayudarnos —dijo Gage.

Le hicieron unas cuantas preguntas y consiguieron sacarle el nombre de su colegio, el de un pueblo de Colorado y el color del coche de su madre. Después, se negó a decir nada más.

—No es mucho, pero voy a empezar por averiguar dónde está exactamente Templeton —anunció Gage mientras le hacía un gesto a Justin y a Racy para que se acercaran a él—. Me voy a la comisaría para formalizar la denuncia —les dijo sin que Jacoby pudiera oírles—. Pero ¿qué vamos a hacer con él esta noche? ¿O las próximas noches? Lo más probable es que no consiga nada hasta el lunes o el martes.

—¿No puede quedarse con Justin? —intervino Gina entonces.

Justin se volvió para mirarla. Su pregunta lo había dejado sin aliento.

—¿Lo dices en serio? —le preguntó él.

—Claro, eres su padre —repuso Gina.

—Eso aún no lo sabemos —se defendió Justin.

—Pero no es oficial —repuso el sheriff al mismo tiempo que Justin.

Gina abrió la boca para protestar y Justin la detuvo levantando la mano.

—Sé que todo apunta en esa dirección, pero hasta que no se haga Justin una prueba de paternidad, no lo sabremos a ciencia cierta. Puedo llamar a los servicios sociales y encontrar una casa de acogida.

Las palabras del sheriff le causaron un gran dolor, no habría podido explicar por qué.

Recordó entonces los gritos de su padre y cómo hablaba arrastrando las palabras por culpa del alcohol. Solía amenazarlos a sus hermanos y a él con llamar a los servicios sociales. Lo describía como un verdadero infierno, peor aún del que sufrían a diario.

—Justin —lo llamó entonces Racy.

Su voz lo devolvió al presente y vio que Gina salía del despacho. Parecía disgustada, como si lo creyera capaz de…

De repente, sintió una mano pequeña, húmeda y fría que agarraba la suya. El niño lo miraba con sus ojos oscuros.

—Se queda en casa conmigo —anunció Justin.

El niño no dijo nada ni sonrió, pero notó que estaba más tranquilo.

—¿Estás seguro? —le preguntó Gage—. ¿En qué condiciones está la cabaña?

—Es un desastre, pero perfectamente habitable. Llevo allí dos semanas —repuso Justin.

—Pero con un niño todo es diferente —añadió

Racy—. ¿Tienes suficiente comida? ¿Y qué pasa con la calefacción? Todavía se pone bastante frío por la noche. Tenemos sitio en nuestra casa.

—Estaremos bien —insistió Justin—. La chimenea funciona. Y no puedo creer que me preguntes a mí, el mejor cocinero que tienes, si habrá comida en mi casa.

—Es verdad, tienes razón. Ya me dijo Gage que habías podido arreglar la vieja cocina, pero…

—Nada de peros —le dijo Justin con seguridad a su hermana—. Estaremos bien.

Una hora más tarde, ya no estaba tan seguro.

Cuando terminó de cargar su camioneta con la ayuda de Gage, se fueron a la cabaña.

Al llegar, trató de ver su casa como lo haría el niño, que aún arrastraba sus pocas pertenencias en la funda. La cabaña distaba mucho de parecer un hogar de verdad.

Se había hecho ya de noche y solo había luz en la cocina, en el baño y en el salón, donde tenía una lámpara de segunda mano. Fue deprisa a encenderla y comenzó a preparar un fuego en la chimenea para caldear el ambiente.

No hablaba demasiado con Jacoby, se limitaba a recordarle una y otra vez que tuviera cuidado con las herramientas y los materiales de construcción que acumulaba allí, pero el niño parecía fascinado con ellos. Y Jacoby no había dicho más de dos palabras desde que se despidiera del perro de Racy en el Blue Creek.

—Tengo que ir a la camioneta a por unas cosas —le dijo desde la puerta—. Quédate ahí sentado y no toques nada, ¿de acuerdo?

Jacoby miró la silla plegable que él acababa de señalarle y se sentó en ella. Puso la funda de almohada a sus pies y colocó el oso en su regazo.

Suspiró al verlo así. No tenía ninguna experiencia

con niños. Había decidido casi de manera instintiva que tenía que llevarse a Jacoby a casa, pero no sabía qué hacer con él.

Salió y dejó la puerta abierta. Después, encendió la luz del porche. Era una noche fresca, pero agradeció estar allí fuera unos minutos.

Tenía que sacar la leña de la furgoneta, pero se detuvo unos instantes para mirar las estrellas.

Esa mañana, su mayor preocupación había sido decidir cuál de los dos dormitorios de la cabaña iba a tratar de terminar antes. Pero todo había cambiado en unas horas y cabía la posibilidad de que fuera padre.

Oyó un fuerte ruido y entró corriendo en la cabaña. Jacoby estaba junto al fregadero de la cocina, había una caja de madera volcada a su lado y un vaso de plástico en el suelo.

—Tenía sed —le dijo.

Le sorprendió oír de nuevo su voz y trató de calmarse al ver que estaba bien.

Sacó una botella de agua de la nevera y se sentó en la caja.

—Toma.

El niño no se movió.

—Bebe, es para ti —insistió Justin.

—Pero no voy a poder terminar todo ese agua.

—No pasa nada, podemos volver a ponerle el tapón para más tarde.

El niño tomó entonces la botella y bebió. Fue entonces cuando Justin vio que tenía una fotografía en su mano.

—¿Qué es eso?

Jacoby escondió la mano tras su espalda.

—No voy a quedarme con ella, solo quería ver lo que era.

Se le pasó por la cabeza que la fotografía pudiera

ser la pista que necesitaban para encontrar a Zoe. Metió la mano en el bolsillo de su camisa y sacó la fotografía que había guardado allí, estaba con el certificado de nacimiento de Jacoby. Se la mostró al niño.

—Mira esta foto —le pidió al niño.

—Soy yo —repuso el pequeño.

Justin se quedó un segundo sin aliento al oírlo. Estaba siendo una noche llena de emociones.

—No, Jacoby, en realidad soy yo cuando tenía tu edad.

Lentamente, el niño le enseñó la foto que había estado escondiendo.

—Este también eres tú.

Estaba algo vieja y arrugada. En ella, había una pareja sentada en un sofá algo desvencijado. Tenían cervezas en las manos y una sonrisa tonta en sus rostros. Eran Zoe y él. Alguien debió de hacerla la noche que se conocieron.

—¿Te la dio tu mamá?

El niño asintió con la cabeza.

—Me contó que te habías ido de viaje durante unos años, pero que pronto me iría a vivir contigo y que tú te ocuparías de mí porque ella ya no podía.

Sus palabras lo dejaron sin aliento. Era el golpe final. Pensó que, de no haber estado sentado, sus rodillas no lo habrían sostenido en pie.

Ella lo había planeado todo. Había ido a Destiny para dejar a su hijo con él.

Y se dio cuenta de que, aunque al final resultara no ser el padre del niño, iba a tener que encargarse de él o encontrarle un hogar.

Capítulo 3

NO sé, puede que esto no sea una buena idea —comentó Gina mientras miraba a Jack de reojo. El golden retriever estaba sentado en el asiento del copiloto, con la lengua colgando.

—Últimamente, no he tenido muy buenas ideas. Si no me crees, mira mi pelo. ¿Estaré haciendo lo correcto?

Jack ladró una vez y ella lo tomó como una respuesta afirmativa. Su coche avanzaba despacio por el camino de tierra, las luces iban iluminando el espeso bosque.

Miró el reloj, eran casi las ocho. Había quedado con Barbie y con sus amigos en Laramie, pero aún tenía más de una hora.

—Bueno, creo que le vendrán bien las cosas que traemos —murmuró mientras miraba de reojo la lista que había hecho—. Sí, es una buena idea, una gran idea. Y puedo hacerlo. Me limitaré a dejar las cosas, asegurarme de que están bien e irme. ¿Qué te parece?

Jack se le acercó y le lamió la oreja. Entendió que estaba de acuerdo con ella.

Aparcó junto a la maltrecha camioneta de Justin. No había estado allí desde el pasado otoño, cuando Gage les enseñó las tierras que acababa de comprar. Su hermano mayor había deseado hacerse con ese antiguo campamento desde que comprara las cuatro hectáreas al otro lado del lago, donde se había construido la casa de madera en la que vivía con Racy.

Con la ayuda de la luna llena, pudo distinguir algunas de las ocho cabañas que formaban el campamento.

Metió la lista en el bolsillo, tomó el cesto de la ropa sucia que había usado para transportar las cosas y fue hacia la puerta. Jack iba delante de ella.

Olía a madera recién cortada y a los pinos que rodeaban la casa.

Vio que Justin había colocado un columpio al otro extremo del porche. Le pareció el lugar perfecto para disfrutar de un vaso de limonada fría en una calurosa noche de verano. Y supuso que las vistas serían espectaculares.

—Deja de soñar —murmuró entonces.

Llamó con los nudillos. Esperó, pero no le abrieron la puerta.

Se asomó por una ventana. Justin estaba en la cocina, sentado en una caja y de espaldas a ella. Parecía estar hablando con el niño. No le gustaba tener que interrumpirlos y se le pasó por la cabeza dejar la cesta e irse. Pero decidió que tenía que entregarles esas cosas en persona. Además, se sentía algo culpable. Después de todo, había pensado que Justin iba a dejar que el niño se fuera con extraños.

Respiró profundamente y llamó con más fuerza.

Justin se dio la vuelta y la miró con sus penetrantes ojos. Sintió una oleada de calor recorriendo su cuerpo que la dejó momentáneamente sin respiración. Era una respuesta visceral que le pasaba cada vez que veía a ese hombre. Así le había ocurrido cuando lo vio por primera vez en enero, en el despacho dc Racy. Y las sensaciones no habían hecho sino crecer desde entonces.

No se limitaba a mirarla. Sentía que le clavaba los ojos y era siempre ella la que tenía que apartar primero la mirada.

Excepto por aquella noche en el bar, cuando le dieron la paliza. Justin no había podido sostenerle la mirada mientras ella se metía en su cama.

Había tratado de borrar ese recuerdo de su mente, pero había revivido las mismas sensaciones esa tarde, cuando Justin la había sujetado entre sus brazos para evitar que se cayera al suelo.

—Hola, siento interrumpiros —le dijo a modo de saludo y con una amigable sonrisa.

El niño se acercó corriendo al ver al perro.

—¡Jack! —exclamó entusiasmado.

El perro ladró a modo de respuesta.

—Espero que no te importe que haya venido. Cuando me enteré de que…

No terminó la frase al ver que Justin suspiraba. Estaba claro que no le alegraba verla allí.

Jack fue directo a por Jacoby, ella esperó en la puerta a que Justin la invitara a pasar.

—La verdad es que no estoy de humor para visitas.

Lo miró entonces a los ojos. Justin era mucho más alto que ella, tenía un físico que conseguía abrumarla cuando lo tenía cerca.

—Tengo planes, será una visita muy breve —repuso ella.

Se quedaron en silencio.

—¿Vas a quedarte ahí como Caperucita Roja con su cesta o vas a entrar? —le preguntó él con algo de impaciencia.

—Supongo que entraré.

Justin le quitó la cesta de las manos.

—Dame eso —le dijo él.

Tenerlo tan cerca le hizo recordar una vez más lo que había pasado esa tarde en el almacén del bar. Era un gran cambio después de que Justin hubiera pasado meses tratando de evitarla. Incluso cuando tenían los mismos turnos en el Blue Creek, habían logrado mantener las distancias el uno del otro, sobre todo después de que él le dejara muy claro que no estaba interesado en que fueran amigos ni ninguna otra cosa.

Todo había cambiado después de aquella fría noche de enero, cuando Justin se había reído de lo mal que jugaba al billar. Había sido increíble que tratara de enseñarle a hacerlo, rodeándola con sus fuertes brazos para mostrarle cómo tenía que sostener el taco. Cuando por fin consiguió meter la bola en el agujero, lo había celebrado abrazándose a él con entusiasmo. Y justo cuando había creído que iba a besarla…

Pero no era el momento para pensar en eso.

Miró a su alrededor. Había herramientas y todo tipo de materiales de construcción. Los únicos muebles que había eran un par de sillas de camping. Vio también unos sacos de dormir encima de unas mantas.

Contra una de las paredes del salón, había colocado varias cajas de cartón. Algunas ya estaban abiertas, otras no. Había muchas ventanas, pero ninguna cortina. El único punto de luz procedía del fuego que Justin había encendido.

—Hola, Jacoby —saludó al pequeño.

El niño estaba sentado en el suelo con el oso de peluche en su regazo y una botella de agua en una mano. Jack se había tumbado a su lado, encantado al ver que Jacoby le frotaba la barriga.

—Cuidado con ese perro sarnoso, si lo acostumbras mal, querrá que lo acaricies durante horas —le dijo ella con un guiño.

Jacoby sonrió tímidamente. Después, agachó la cabeza y se concentró en el perro.

—¿Qué estás haciendo aquí? —le preguntó Justin mientras colocaba la cesta sobre la encimera que separaba la cocina de la sala de estar—. ¿Sabe mi hermana que Jack está contigo?

Fue hacia donde estaba él y se fijó en la cocina. Estaba a oscuras, pero pudo distinguir un hornillo y un frigorífico bastante antiguos. Le recordaron a los de su abuela.

—Claro que lo sabe Racy —repuso ella—. Fue ella quien me sugirió que lo trajera después de ver a Jacoby con él esta tarde.

—Entonces, ¿también sabe tu hermano que estás aquí?

—¿Qué importa eso? Además, mi hermano está trabajando. Volví al bar y Racy me contó que habías decidido traerte a Jacoby a casa en lugar de… —le dijo bajando la voz—. Bueno, ya sabes.

—¿Creías que iba a dejar que el niño se fuera con otro desconocido? Me parece que el pobre ya ha sufrido demasiado en un solo día.

Estaba enfadado y sabía que se lo merecía. Respiró profundamente y lo miró a los ojos.

—Fue muy injusto por de mi parte pensar eso de ti. Lo siento.

Vio que había incertidumbre en su mirada. Había visto el mismo gesto en otros ojos del mismo color, los de Jacoby.

—Pensé que no tendrías algunas de las cosas que necesita un niño —le explicó ella mientras sacaba una bolsa de papel de la cesta y la dejaba en la encimera—. He traído leche, manzanas y plátanos, una caja de cereales…

—Llevo semanas viviendo aquí —la interrumpió Justin—. Tengo comida en casa.

—Bueno, pensé que no tendrías comida... Comida de verdad.

—¿Qué crees que es eso? —le preguntó Justin señalando el frigorífico.

—Me refería a comida apropiada para un niño —repuso algo incómoda.

—¿Y qué tipo de comida necesitan los niños? —le preguntó Justin cruzándose de brazos.

Abrió la boca, pero volvió a cerrarla cuando se dio cuenta de que no tenía una respuesta.

—Estos aparatos pueden ser antiguos, pero están limpios y en buenas condiciones. Si no me crees, echa un vistazo —le dijo Justin.

Parecía divertirle la situación y le extrañó que no estuviera enfadado. Después de todo, había asumido que vivía en una especie de chabola donde solo habría cerveza y comida basura.

Fue al frigorífico y lo abrió. Estaba limpio y lleno. Había leche, zumo de naranja, agua embotellada, huevos y embutidos en los estantes de arriba. Abajo había dos cajones llenos de frutas y verduras. Tomó su bolsa y metió la comida que había llevado ella.

—He traído un paquete de mortadela, pero no cabe. ¿Puedo meterlo en el congelador?

—Claro —repuso Justin.

Allí tenía paquetes de pollo y ternera congelados, pizzas y una caja de...

—¡Si tienes hasta helados! —exclamó sorprendida.

No terminó la frase cuando notó que Justin se le acercaba por detrás y se apoyaba en la encimera, justo a su lado. La única luz que había allí procedía de la nevera.

—Me gusta saborear algo dulce de vez en cuando —le confesó él.

«No preguntes, no preguntes, no preguntes», se dijo ella.

Le habría encantado saber cuál era su sabor favorito, pero era mejor no seguir por ese camino. Creía que era una suerte para ella que la cocina estuviera en penumbra y Justin no pudiera ver cómo se había sonrojado.

De repente, oyó el sonido de un interruptor y dos lámparas de techo iluminaron la cocina. Miró a su alrededor. Las encimeras estaban algo dañadas y los muebles necesitaban una mano de pintura, pero todo estaba limpio y no le faltaba ni un detalle.

—¿Qué esperabas? —le preguntó Justin—. ¿Cajas de pizzas y un montón de botellas de cerveza vacías?

Era como si pudiera leerle el pensamiento. Estaba muy avergonzada. Dio tres pasos hacia él y colocó la mano sobre sus brazos, que seguían cruzados contra su pecho.

—Justin, lo siento. Te he juzgado demasiado pronto. Debería haberme imaginado que la cocina habría sido lo primero que ibas a acondicionar. Después de todo, eres chef.

Justin se apartó para que ella dejara de tocarlo.

—No soy chef, solo un cocinero más.

Pero ella sabía que no era verdad. Todos en el Blue Creek estaban encantados con los platos que había inventado y Racy había sido lo suficientemente inteligente como para añadir muchos de ellos a la carta del restaurante. Le parecía increíble que hubiera aprendido a cocinar en la cárcel.

—Tengo que ir al baño.

Justin y ella se giraron a la vez al oír esa voz.

—Muy bien, ve —repuso él.

Jacoby se quedó donde estaba con el oso en una mano y la otra apoyada en el cuello de Jack.

—No hace falta que me pidas permiso. Ve cuando quieras. Es esa puerta de ahí —le dijo Justin.

El niño fue hacia allí y el perro lo siguió.

—Jack, quédate —ordenó ella al animal—. No te necesita en el baño.

Los dos se detuvieron.

—No me importa que venga conmigo —le dijo Jacoby.

Gina miró a Justin y este se encogió de hombros.

—De acuerdo —repuso ella—. Pero ten cuidado, a veces bebe del inodoro.

Jacoby la miró con una mueca.

—¡Qué asco! —exclamó.

—Sí, es asqueroso —le dijo ella sonriendo.

El niño y el perro fueron hasta el baño.

—No voy a dejar que ese perro vuelva a besarme —murmuró Justin mientras rebuscaba en su cesta—. Bueno, ¿qué más has traído?

—Sábanas y una manta, pero ya he visto que no te hacen falta —repuso ella señalando los sacos de dormir que había junto a la chimenea—. Unos cuantos libros, una lámpara de noche.

—¿Qué es esto?

Gina se quedó boquiabierta.

Justin sujetaba en su dedo índice el sujetador de satén negro que se acababa de comprar. Tenía encaje y dibujos de calaveras.

—Supongo que esto no era para mí, ¿no?

—¡Dámelo! —exclamó ella mientras trataba de quitárselo.

Pero fue muy fácil para Justin ponerlo fuera de su alcance mientras iba hacia el salón.

—¿Dónde están las braguitas que hacen juego con esto? —le preguntó.

Las llevaba puestas. Había tenido la intención de

ponerse el conjunto, pero no había podido encontrar el sujetador. Acababa de descubrir por qué.

Pero no pensaba contárselo. Y, aunque no lo hizo, su silencio le dio a Justin la información que necesitaba. Lo supo porque notó que algo se encendía en su mirada. Parecía haber deseo en esos ojos oscuros, pero fue un espejismo que no tardó en desaparecer.

Oyeron entonces la puerta del baño y Justin se giró hacia allí. Intentó aprovechar la distracción para quitarle el sostén, pero él apretó con fuerza su puño. Tiraron cada uno de un lado y pudo por fin hacerse con él. Lo metió rápidamente en el bolsillo de la chaqueta vaquera. Justo antes de que aparecieran Jacoby y el perro en el salón.

—¿Qué hacíais? —les preguntó el pequeño.

—Nada —respondieron los dos adultos a la vez.

—No me ha parecido que no pasara nada —dijo Jacoby.

El niño se colocó entonces delante de ella, plantó con firmeza sus pequeños pies en el suelo y se cruzó de brazos. A Gina le enterneció ver cómo la estaba protegiendo.

—Jacoby, no he oído el agua. ¿Te has lavado las manos? —le preguntó ella.

El niño la miró sin entender.

—Es importante lavarse las manos cada vez que vas al baño.

—¿Sí?

Gina asintió con la cabeza.

—¿Por qué no vas a hacerlo? O mejor aún, ¿qué te parece si te das un baño antes de irte a la cama? —le sugirió ella.

Jacoby negó con la cabeza.

—No tiene bañera.

—Es verdad, es una ducha —intervino Justin.

—Pero el agua sale por dos sitios —comentó Jacoby—. Y uno está justo a mi altura.

—Sí, he instalado una ducha con un chorro alto y otro a la altura de la cadera —le explicó Justin.

No pudo evitar imaginárselo desnudo en la ducha y con el agua golpeándole la piel desde todos los ángulos. Le costó centrarse de nuevo en el niño.

—Muy bien. Entonces, ¿te vas a duchar?

—Supongo, si tengo que hacerlo…

—Sí, tienes que hacerlo —repuso Justin mientras iba hacia donde estaba la vieja funda de almohada—. ¿Tienes ropa limpia aquí dentro?

Jacoby la agarró antes de que lo hiciera Justin.

—Tengo un pijama —repuso el pequeño.

Justin levantó las manos en señal de rendición.

—¿Vamos al baño? Mientras te desvistes, yo prepararé el agua, ¿de acuerdo?

Jacoby asintió con la cabeza y fue hacia allí. Gina vio que Jack lo seguía, pero se adelantó y lo sujetó por el collar.

—Tú te quedas aquí. Creo que ya va a haber demasiada gente en el baño.

—¿Seguirás aquí cuando termine? —le preguntó Jacoby desde la puerta.

No sabía qué hora era, no se atrevió a mirar el reloj ni a Justin.

—Si quieres que me quede…

Jacoby asintió con la cabeza.

—Entonces, aquí nos quedaremos —repuso mientras señalaba al perro.

El niño entró en el baño, Justin la miró antes de pasar también.

—¿Qué ha pasado? ¿Por qué se ha metido entre nosotros?

—Creo que me estaba protegiendo —susurró ella—.

Puede que lo haya tenido que hacer antes para proteger a su madre, no sé.

Justin asintió y se quedó en silencio unos segundos.

—No tienes que quedarte.

—Le dije que lo haría —repuso ella.

Justin no dijo nada y fue al baño. Prefería pensar que estaba así por lo que le había pasado ese día. La distrajo Jack, que gimoteó al verse sin Jacoby.

—No te preocupes, amigo. Vamos a quedarnos un poco más.

Miró a su alrededor. No era el mejor sitio para que un niño tan pequeño como Jacoby pudiera descansar. Se quitó la chaqueta y se puso a trabajar.

Supuso que los dormitorios no estarían aún habitables. De otro modo, Justin no estaría durmiendo en el salón. Sacudió los sacos de dormir, las mantas y las almohadas. Con las cosas que había llevado y la ayuda de unos cuantos palés, preparó dos camas frente a la chimenea.

Colocó todas las herramientas juntas al otro extremo del salón y metió los trozos de madera sobrantes en una caja de cartón. Encontró una escoba y barrió el suelo. Enchufó la lámpara de noche y apagó las luces de la cocina y la lámpara de pie del salón. Jack se acercó a una de las camas que había hecho y se tumbó a su lado.

—No te pongas demasiado cómodo —le dijo ella—. Tengo que llevarte de vuelta a casa.

Pero el perro cerró los ojos y empezó a roncar.

—¿Qué has hecho?

Se dio la vuelta y vio que Justin estaba detrás de ella. Tenía toda la ropa mojada.

—¿Qué te ha pasado? —le preguntó ella.

—Jacoby abría continuamente la cortina de la ducha. Creo que tenía miedo de que mirara lo que guarda con tanto celo en esa funda de almohada —repuso Justin—. Pero no has respondido a mi pregunta. ¿Qué ha pasado aquí?

—Bueno, Jacoby debe de estar agotado y supongo que tú también. Pensé que, si todo estaba listo cuando salierais del baño, le resultaría más fácil conciliar el sueño.

—¿No me crees capaz de extender las mantas y los sacos?

—No digo que no puedas hacerlo. Solo estaba tratando de… ¡Hola, Jacoby!

El niño tenía la cara sonrosada y brillante tras la ducha. Parecía muy cansado y arrastraba tras él la funda de almohada.

—¿Por qué no te metes en la cama donde está Jack? —le sugirió ella ignorando la penetrante mirada de Justin—. ¿Te gustaría leer un libro antes de dormir?

El niño se quedó inmóvil. Después, negó con la cabeza. Fue hasta su saco de dormir, escondió debajo su funda y se metió dentro, abrazado a su osito de peluche. Jack se estiró a su lado y Jacoby colocó uno de sus brazos sobre el perro.

—Creo que Jack quiere quedarse a dormir —susurró Gina inclinándose sobre el niño—. ¿Te parece bien, Jacoby?

El pequeño asintió con la cabeza. Vio que miraba atentamente su pelo. Extendió la mano y tocó uno de sus rizos.

—Rosa —susurró medio dormido—. Me gusta.

Se le encogió el corazón. Abrió la boca para responder, pero Justin carraspeó en ese instante.

Jacoby abrió entonces los ojos.

—¿Puede quedarse Jack? —le preguntó el niño a su padre.

Gina se enderezó y vio que Justin asentía.

—Bueno, entonces está decidido. Llamaré a Racy para decírselo.

—Ya lo haré yo —repuso Justin.

—Será mejor que me vaya —susurró ella—. Adiós, Jacoby.

Vio que el niño ya estaba dormido. Tomó su chaqueta y fue hacia la puerta.

—Gina, espera, se te ha caído algo.

Se volvió. Justin estaba detrás de ella, leyendo un papel que tenía en la mano. Se quedó sin aliento al ver lo que era.

—¿Qué es esto? —le preguntó Justin—. «Cita con el médico, ropa nueva, inscribirlo en la escuela» —leyó en voz alta—. ¿Has escrito tú esto?

—Solo trataba de…

—Sí, lo sé —la interrumpió él—. De ayudar. Pero no necesito tu ayuda.

—Solo he traído algo de comida y he barrido. No es para tanto. Jacoby parece estar durmiendo tranquilamente, así que supongo que no le ha disgustado demasiado mi presencia. Tú, en cambio, estás deseando echarme. ¿Por qué?

Justin la miró con los ojos entrecerrados.

—¿No tenías planes?

—Sí, es verdad. ¿Sabes qué? Deberías probar a decir «gracias» de vez en cuando, no es tan difícil, solo es una palabra. Quizás algún día te liberes de todo ese resentimiento.

Se dio la vuelta y fue con paso firme hasta el coche. Antes de que pudiera abrirlo, Justin ya había cerrado la puerta de la casa con un gran portazo.

Fue entonces cuando se dio cuenta de que no había sido buena idea ir a verlos.

Capítulo 4

JUSTIN se sentía como un idiota.

Había pasado gran parte de la noche tratando de entender por qué había reaccionado tan mal al ver la lista de Gina. Y a la mañana siguiente había llegado a esa conclusión tan simple mientras se duchaba. Era un idiota y un descerebrado.

Fue a la cocina y sacó todos los ingredientes necesarios para hacer tortitas.

Le había molestado que Gina no lo creyera capaz de pensar en las necesidades básicas para el cuidado del niño, pero no era eso lo que le había sacado de quicio, sino lo que había sentido cuando la vio salir por la puerta. Le habría encantado abrazarla y probar esos labios.

Y era algo que le pasaba cada vez con más frecuencia.

Como cuando llegó como un conejillo asustado, mirándolo con incertidumbre en sus ojos. También le había ocurrido en la cocina o cuando vio cómo se ruborizaba cuando él encontró su sujetador en la cesta y se dio cuenta de que llevaba puestas las braguitas a juego.

En ese momento, se había muerto de ganas de besarla.

De hecho, le había pasado desde que la conociera en el despacho de su hermana el día que consiguió convencerla para que lo contratara.

Ya se había dado cuenta de que estaba fuera de su alcance, pero mucho más sabiendo que era hermana de Gage Steele, el sheriff de Destiny.

Aun así, no era capaz de controlar la atracción que sentía por ella. Había tratado de mantener las distancias y no era fácil cuando los dos trabajaban en el mismo sitio.

Pero prefería no pensar en esas cosas, sino en los planes que tenía para el día. Miró el reloj que colgaba sobre el fregadero. Pasaba ya de las nueve.

Solía despertarse al amanecer los fines de semana, pero esa noche apenas había podido dormir. Le había costado acostumbrarse a la suave respiración del niño y no había podido dejar de pensar en un par de grandes ojos azules y unos labios rosados.

Sacudió la cabeza para tratar una vez más de centrarse en lo que tenía entre manos.

Después de desayunar, pensaba ir a la lavandería y a comprar cosas para el niño. No sabía cuánto tiempo iba a estar con él, pero se había dado cuenta de que a Jacoby le urgían algunas cosas. Se le había encogido el corazón al ver su viejo cepillo de dientes en el baño.

También quería llamar a la comisaría para ver si Gage había podido descubrir algo más.

Comenzó a tamizar la harina. Añadió después azúcar, levadura en polvo y sal. No sabía cómo le gustarían las tortitas al niño. Se preguntó si las preferiría con plátano y nueces, como le pasaba a él.

—¿Te ayudo?

Le sorprendió oír su voz y lo miró por encima del hombro. Vio que tenía el pelo revuelto y cara de sueño.

—Claro, pero, antes, será mejor que te vistas. ¿Tienes ropa limpia en tu bolsa?

Jacoby asintió.

—¿Necesitas que te ayude a asearte?

Esa vez, negó con la cabeza, pero seguía sin ir al baño.

—Entonces, ve a cambiarte.

Dudó un segundo y fue a por su funda. Le recordó a la cárcel. Allí había tenido que pedir permiso para todo, ya fuera para comer o para ir al baño. Le estaba costando adaptarse a la libertad y a tomar las decisiones más simples. Pero no entendía que Jacoby hiciera lo mismo.

Siguió mezclando los ingredientes. Unos minutos después, Jacoby entró en la cocina con una camiseta manchada y unos pantalones vaqueros que le quedaban bastante cortos.

—¿No tienes frío en los pies? —le preguntó Justin.

Jacoby vio que los dos estaban descalzos y negó con la cabeza.

—De acuerdo, como quieras. ¿Tienes hambre?

—Sí.

—Súbete aquí para que veas lo que está pasando —le dijo mientras acercaba un taburete.

Jacoby le dio al tamiz y cayó una nube de harina.

—¡Oh, no! —exclamó preocupado.

—No te preocupes, ya lo limpiaremos después —lo tranquilizó Justin.

—¿Para qué es todo esto?

—Para hacer tortitas.

—¿No tienes esas que vienen congeladas? —le preguntó Jacoby.

No le gustó nada su pregunta, pero se calló. Rompió un huevo contra el borde de la encimera y lo abrió con una sola mano.

—Así es como se hacen de forma casera.

—¿Qué significa «de forma casera»?

—Es cuando se cocina con ingredientes frescos en vez de comprar la comida ya hecha. ¿Quieres romper tú estos huevos? —le preguntó Justin mientras le ofrecía dos.

Jacoby asintió y los agarró con tanta fuerza que se rompieron entre sus manos. Trató de evitar el desastre, pero las yemas cayeron al suelo y mancharon también la encimera.

Jacoby soltó una palabrota. Se quedó inmóvil al oírlo y el niño se tapó la boca con la mano. Vio que se le llenaban de lágrimas los ojos.

—Por favor, no te enfades —le pidió el pequeño—. ¡No quería decir eso! Se me escapó. Y siento que se hayan roto. ¡Lo siento!

—Jacoby, tranquilo —le dijo Justin al ver lo alterado que estaba.

—Me pasa a menudo. Mi madre se enfada mucho, pero lo voy a limpiar, te lo prometo.

Jacoby intentó bajar del taburete, pero este se tambaleó y Justin lo agarró por el brazo para que no se cayera. El chico gritó entonces y él lo soltó rápidamente. No sabía qué estaba pasando, pero las cosas parecían ir de mal en peor.

—Jacoby, no pasa nada. No estoy enfadado.

—¿Me estás diciendo la verdad? —le preguntó Jacoby.

Le parecía increíble que dudara así de él. No quería ni pensar en lo que habría tenido que sufrir para que fuera tan asustadizo.

—Claro que sí.

Se llenaron de lágrimas los ojos del niño, como si le costara creer lo que estaba oyendo.

—La verdad es que tú eres el que debería estar enfadado —le dijo Justin de repente.

—¿Yo? ¿Por qué?

Esperaba que su plan funcionara y no tuviera el efecto contrario. Tomó el tamiz y lo sacudió sobre la cabeza de Jacoby, llenando su cabeza de harina.

—Porque te he manchado el pelo.

—¡Eh! —protestó el niño.

Frotó con los dedos el interior del tamiz y los limpió en el pecho del niño.

—¡Y también la camiseta!

Jacoby bajó la mirada, después sonrió.

—Esto no es justo. Lo mío fue un accidente.

Justin se agachó y plantó un trozo de cáscara manchada de yema en los pies de Jacoby. Fue así como comenzó la batalla campal.

Todo lo que había sobre la encimera podía ser usado como proyectil, incluso las nueces picadas y el puré de plátano. Todos los ingredientes acabaron por el aire, por el suelo y sus cuerpos.

Era una delicia oírlo reír. Y le sorprendió ver que también él estaba disfrutando mucho.

Pasaron así un buen rato, pero decidió parar cuando vio que Jacoby miraba la caja de los huevos.

—¡Ni lo pienses! —le avisó Justin.

—Por favor…

Colocó los huevos sobre la nevera para evitar tentaciones.

—No estoy tan loco como para dejar que rompas más huevos.

Jacoby dejó de sonreír.

—Lo siento, no fue mi intención…

—Lo sé —lo interrumpió Justin—. Fue un accidente, eso es todo. Son cosas que pasan. ¿Qué te parece si vas a ducharte mientras yo limpio todo esto? Tengo cosas que hacer en el pueblo.

—¿El qué?

—Tenemos que ir a la lavandería. ¿No tienes ropa sucia que hay que lavar?

—Sí, supongo que sí.

—¿Te queda algo limpio para cambiarte después de la ducha?

—Creo que sí.

Se dio cuenta de que tendría que comprarle ropa nueva y también una mochila. Su vieja funda de almohada estaba sucia y en muy malas condiciones. Tendría que lavarla o tirarla a la basura.

Pensó de nuevo en la lista de Gina.

Se preguntó si sería buena idea llevarlo al médico para ver cómo estaba.

Por otro lado, también iba a tener que matricularlo en el colegio.

Limpió rápidamente la cocina y sus pies para no dejar un rastro por toda la cabaña.

—¿Te importa que te lleve a cuestas al baño? —le preguntó.

Recordó que había gritado cuando él lo tocó y quería estar seguro de que Jacoby se sentía cómodo.

—¿Quieres llevarme a caballito?

El chico sonrió y sintió un gran alivio al verlo así. Se agachó para que el pequeño se subiera a su espalda.

—Y entonces Gina limpió el salón —contó Jacoby mientras mojaba sus patatas fritas en el ketchup—. La verdad es que lo necesitaba. Estaba muy sucio.

—¡Oye! —protestó Justin.

Racy no podía dejar de sonreír. Estaban los tres sentados a una mesa del restaurante Sherry. Se habían encontrado allí con ella cuando fueron a comer.

Todavía le sorprendía que le hubiera resultado tan fácil reconstruir la relación que tenía con su hermana después de tantos años distanciados. Significaba mucho para él que ella lo hubiera creído cuando le prometió que estaba dispuesto a cambiar de vida.

Su hermano mayor no había sido capaz de hacerlo y estaba de vuelta en la cárcel. Aunque los dos habían salido libres al mismo tiempo, Billy había vuelto a meterse en el mundo de las drogas, provocando un incendio que había destruido la casa donde habían crecido los tres hermanos. Había sido capaz incluso de tratar de extorsionar a Racy.

—¿Tan mal estaba? —les preguntó ella.

—No —contestaron Justin y Jacoby al unísono.

—Era una broma —agregó el niño—. Me gusta su casa.

—Gina se limitó a mover algunas cajas y a barrer un poco —le dijo Justin—. Bueno, también colocó los sacos de dormir, las almohadas y las mantas.

—Y dejó que Jack se quedara —agregó Jacoby.

—Fui yo quién decidió que podía quedarse —repuso él.

—Pero fue idea de Gina.

—En realidad, fue idea de mi hermana —contratacó Justin señalando a Racy—. Ella le sugirió a Gina que llevara al perro.

—¿Te ha gustado dormir con Jack? —le preguntó Racy a Jacoby.

El niño asintió con la cabeza mientras se tomaba su vaso de leche con una pajita.

—A mi marido le está costando compartir su cama —les confesó Racy—. Duerme en diagonal y con la cabeza en la almohada más cercana —les dijo—. ¡Me refiero a Jack!

Jacoby se echó a reír. Segundos después, señaló la ventana.

—¡Mirad! ¡Es Gina!

Cuando la vio entrar en el restaurante, fue corriendo a su encuentro. Justin lo llamó para que se detuviera, pero ya era demasiado tarde.

—Está obsesionado con Gina —le comentó Racy—. No habla de otra cosa.

—Dímelo a mí. Anoche, estuvo menos de una hora en la cabaña, pero es como si lo hubiera hechizado.

—No es el único. También tiene éxito entre niños algo más mayores —le dijo Racy—. Al principio me pareció muy tímida y reservada, pero ha florecido de una manera espectacular durante los últimos meses, ¿no te parece?

Él no iba a morder el anzuelo, se quedó callado.

Había esperado que su hermana le aconsejara que no se acercara a Gina, pero no le había dicho nada. Desde la boda, su hermana se había convertido en otra persona que parecía vivir en un mundo de continua felicidad y amor.

Le gustaba verla así. Creía que se merecía ser feliz después de todo lo que había sufrido en su vida. Pero no le gustaba que tratara de convencerlo para que saliera con chicas. Racy quería que fuera tan feliz como lo era ella, pero Justin estaba bien como estaba.

Al menos hasta que apareció ese niño en su vida.

—Parece que Gina viene hacia aquí gracias a un niño muy decidido —le dijo Racy.

Vio que se había alisado el pelo. Su mechón rosa hacía juego con la chaqueta de lana que llevaba. Los pantalones negros resaltaban sus curvas y llevaba las mismas botas vaqueras de la noche anterior.

—¡Mirad quién está aquí! —anunció Jacoby cuando llegaron a la mesa.

—Hola, Gina —la saludó Racy.

—Hola, jefa.

Justin se concentró en la comida que aún quedaba en su plato hasta que sintió una patada de Racy en la espinilla. Miró a su hermana con los ojos entrecerrados, pero ella le sostuvo la mirada.

Suspiró y miró entonces a la recién llegada.

—Hola —le dijo con algo de frialdad.

—Hola —repuso Gina en el mismo tono.

—Gina ha encargado comida para llevar. Le he dicho que puede esperar con nosotros —comentó Jacoby con una gran sonrisa—. ¡Ahora vuelvo! Gina, siéntate aquí.

—¡Oye! ¿Adónde vas? —le preguntó Justin.

—Al baño. Me dijiste ayer que no tenía que pedir permiso.

—En casa no pasa nada, pero, si estamos en un lugar público, tienes que decírmelo.

—¿Por qué? —le preguntó Jacoby.

Justin no supo qué responder. Se le adelantó Gina.

—Porque nos preocupas. Tenemos que saber dónde estás —le dijo—. Tienes que decirle a Justin o a cualquier adulto con el que estés adónde vas, sobre todo si vas solo.

Jacoby miró a Justin con incertidumbre.

—¿Te preocuparías por mí?

—Claro, por supuesto —repuso Justin.

Podía sentir que Gina lo miraba fijamente.

—¡Qué bien! —exclamó Jacoby—. ¿Puedo ir al baño?

Justin asintió con la cabeza y el niño salió corriendo.

—Por cierto, me ha dicho Nikki que tiene una

cama para ti. Puedes recogerla cuando quieras —le dijo Racy a su hermano.

—Eso es estupendo —intervino Gina cruzándose de brazos—. Aunque pensé que no te interesaba la ayuda de nadie. Le vendrá muy bien tener una cama de verdad. Pero seguro que ya habías pensado en eso.

No lo había hecho. Iba a comprarle zapatillas de deporte y un cepillo de dientes, pero no había pensado en algo tan básico como una cama.

—No, la verdad es que no se me había ocurrido.

—Bueno, el problema ya está resuelto. Puedes pasar a recogerla de vuelta a casa —le dijo su hermana.

Racy miró con el ceño fruncido a Gina.

—¿No te vas a sentar? —le preguntó a su empleada.

—Bueno…

—Toma, siéntate aquí, yo tengo que irme. Dile a Jacoby que lo veré más tarde.

Racy se despidió de los dos y se quedaron solos. Gina seguía de pie.

—¿Qué esperas? ¿Que alguien te envíe una invitación por correo? —le preguntó él.

No sabía por qué era siempre tan desagradable con ella, pero al menos logró que se sentara. Se quedaron en silencio hasta que él dijo lo primero que se le vino a la cabeza.

—Me he portado muy mal.

—Pues sí, es verdad —repuso ella.

—No me refiero solo a lo que acaba de pasar, sino a lo de anoche también.

Gina puso las manos sobre la mesa y comenzó a jugar con un montón de servilletas.

—De acuerdo.

Sabía que debía disculparse mejor, pero no le salían las palabras.

—¿Crees que estará bien él solo en el baño? —le preguntó Justin.

—Creo que sí. Además, puedes ver la puerta desde aquí.

Miró hacia los baños y se dio cuenta de que algunos clientes los observaban.

—¿Es cosa mía o nos está mirando la gente?

—Bueno, no es muy normal que llegue una forastera al pueblo y se vaya dejando aquí a su hijo. Supongo que lo que le ha pasado a Jacoby es noticia.

—Y si encima ven que el pobre tiene que quedarse conmigo…

Llevaba tres meses soportando cotilleos sobre Gina y él. Empezaba a cansarse de ser siempre el protagonista de todos los rumores.

—Habéis ido de compras, ¿no? —le preguntó Gina para cambiar de tema—. He visto que lleva ropa nueva.

—Fuimos al centro comercial después de dejar a Jack en casa de mi hermana. No esperaba tardar más de dos horas en comprar todo lo que necesita un niño tan pequeño.

—Supongo que necesitaba bastantes cosas. ¿Estaba el resto de su ropa tan mal como lo que llevaba ayer?

—Más o menos. Hemos pasado otras dos horas en la lavandería. Lavé todo lo que tenía en esa funda de almohada tan raída, incluyendo la propia funda. Traté de convencerlo de que era mejor tirarla a la basura, pero no ha querido.

—¡No habrás sido capaz! —le dijo Gina atónita—. Esa funda, por vieja que esté, es todo lo que tiene. Claro que no quiere tirarla. Tú deberías saberlo mejor que nadie.

—No pensé… —murmuró al darse cuenta de lo que había estado a punto de hacer—. ¿Cómo puedo ser tan estúpido?

Y Gina tenía razón. Él sabía muy bien cómo era salir de la cárcel con todas sus posesiones en una caja de cartón. Se dio cuenta de que tenía mucho en común con el niño.

—No eres estúpido. ¿Has visto algo en la funda que pueda ayudar a encontrar a su madre?

—No. Le he comprado una mochila, pero solo la ha usado para guardar sus cosas mientras lavábamos la funda. Luego lo ha vuelto a meter todo allí y, por supuesto, no me ha dejado lavar al oso.

—¿Ha preguntado por su madre?

Negó con la cabeza y le contó lo que había pasado esa mañana en la cocina, la extraña reacción del niño y cómo habían terminado tirándose la comida.

—Ha debido de sufrir mucho —le dijo Gina mientras le tocaba cariñosamente el brazo—. Pero parece que has manejado bien la situación.

No supo qué responder. Le resultaba difícil pensar cuando ella lo tocaba. Una vez más, vio que estaba metido en un buen lío. Y aún tenía que pedirle disculpas por su actitud. Pero, antes de que pudiera hablar, llegó una camarera con la comida de Gina.

—Bueno, me voy —le dijo ella mientras se levantaba.

Jacoby llegó en ese momento.

—¿Adónde te vas? —le preguntó el niño.

—A casa. Mis hermanos están esperando que llegue con la comida. Pero nos vemos pronto, ¿vale?

Justin vio que Jacoby asentía y se quedaba mirándola mientras se alejaba. Y se dio cuenta de que él estaba haciendo lo mismo.

Jacoby no pensaba meterse en esa cama.

De ninguna manera.

Apretó a Clem con más fuerza y mantuvo los ojos fijos en el pequeño televisor que Justin tenía junto a la chimenea. Le picaban los ojos y tenía sueño, pero trató de mantenerlos abiertos.

Creía que, si se quedaba dormido, Justin lo llevaría al dormitorio, lo metería bajo las sábanas y se iría.

Y Jacoby se quedaría solo.

No quería estar solo, pero no podía decírselo o Justin pensaría que era un bebé o algo así.

Y no lo era.

Pero oía muchos ruidos y las ventanas de esa habitación no tenían nada que las tapara.

Le habría gustado tener a Jack, pensaba que con él no tendría miedo.

Le gustaba la cabaña y no tener que pedir permiso para comer o ir al baño. Su madre solía hacerle pedir todas esas cosas. Unas veces le daba permiso y otras no. Cuando le decía que no podía ir al baño, Jacoby rezaba para no mojarse los pantalones.

Al final su madre terminaba cambiando de opinión y pidiéndole perdón entre lágrimas, diciéndole que no iba a volver a hacerle sufrir. Pero era mentira.

Durante esos dos últimos días, Justin había sido el que le preguntaba qué quería o qué necesitaba. Le había comprado ropa nueva y había podido elegir el color de su nuevo cepillo de dientes. También tenía una mochila. Le gustaba mucho, pero no quería usarla.

No sabía cuánto tiempo iba a estar allí. Su madre le había dicho que iba a quedarse con Justin, que era su papá, pero no sabía si podía creerla.

Así que prefería seguir usando la funda de almohada. No quería utilizar nada que no necesitara de verdad, como esa mochila o la cama.

Pero sí quería volver a ver a Gina.

Sintió dolor en la tripa y abrazó a Clem contra su

pecho. Pensaba que a lo mejor era porque tenía más ganas de ver a Gina que a su mamá. Sabía que no estaba bien, pero Gina era muy simpática. Olía a flores y no le hablaba como si fuera un bebé.

Pensó en pedirle a Justin que invitara a Gina, pero siempre que le hablaba de ella, notaba una mirada extraña en su rostro. A lo mejor a Justin no le gustaba Gina, aunque le parecía imposible que no le gustara alguien como ella.

Capítulo 5

HABÍA sido un fin de semana muy duro. Justin estaba durmiéndose y el niño también parecía muy cansado, pero no quería irse a la cama.

La noche anterior, Jacoby le dijo que quería dormir frente al fuego, como había hecho la primera noche. No le pareció mal, aún no había montado la cama que le había dado Nikki.

Pero había pasado muchas horas ese día limpiando las dos habitaciones y montando la cama del niño. También tenía una cómoda a juego, pero no quería dormir allí.

No lo entendía.

Y, para colmo de males, no paraba de preguntar por Gina.

Se había sentido mal desde que se la encontrara el día anterior en el restaurante. No sabía si era porque no llegó a disculparse por la forma en la que le había hablado el viernes o por la conversación que había tenido después con Gage.

No sabían nada del paradero de Zoe. Le parecía increíble que una mujer pudiera abandonar así a su hijo. No sabía si estaba bien ni parecía preocuparle que él no supiera nada de niños. Por otro lado, viendo las reacciones que tenía Jacoby de vez en cuando, pensaba que quizás estuviera mejor sin ella.

El problema era que no sabía qué papel iba a jugar él en esa situación si no encontraban a Zoe.

—¿Estás enfadado con Gina?

La pregunta de Jacoby lo devolvió a la realidad. Miró al niño. Los dos estaban tumbados sobre los sacos de dormir.

—¿Qué? No. ¿Por qué lo preguntas?

—Porque pareces enfadado, te pusiste así cuando te pregunté si iba a venir a visitarnos de nuevo.

—No estoy enfadado —le aseguró tratando de relajar sus facciones.

—Pero deberías ser más amable con ella.

—¿Con Gina? ¿Por qué?

—Mi profesora nos dijo que los niños tienen que ser amables con las chicas. Aunque no puedan jugar a la pelota y se rían como tontas.

Pero Gina no se reía así. Su risa era suave y profunda. Le recordaba a las estrellas de Hollywood de los años cuarenta, las que salían en esas viejas películas que siempre le habían gustado tanto. No era la risa de alguien tan joven, pero ya se había dado cuenta de que Gina no era como la mayoría de las chicas de su edad.

—Ya deberías estar en la cama —le dijo Justin entonces para cambiar de tema.

—Ya estoy en la cama.

Justin suspiró. Estaba cansado y necesitaba pasar algo de tiempo a solas. Tenía que tomar decisiones importantes.

—Me refería a la cama que hay en tu dormitorio.

—Pero no tengo sueño.

Vio que apartaba la cara y oyó cómo bostezaba.

—Mi madre me deja quedarme hasta tarde.

Era la primera vez que la mencionaba en todo el fin de semana.

—¿En serio?

—Sí, a veces la señorita Mazie y ella se quedaban dormidas en el sofá y yo veía la televisión durante horas.

—¿Por qué se dormían en el sofá?

—Les pasaba después de beber. A la señorita Mazie le gustaba mucho beber. Mi mamá prefiere fumar esos cigarrillos que huelen raro. Creo que le dan sueño.

Tuvo que contenerse para mantener la calma.

—¿Cómo se apellida la señorita Mazie?

—No lo sé. La llamaba siempre así.

—Piénsalo, ¿no te dijo nunca su nombre completo?

—Ahora sí que pareces enfadado.

—No lo estoy —repitió Justin mientras se dejaba caer sobre las almohadas.

Decidió que era mejor no insistir.

—Lo que pasa es que no entiendo por qué no quieres dormir en tu nueva cama. Me pareció que estabas muy contento cuando la montamos.

—Pensé que Gina iba a venir a verla.

—¿Otra vez Gina? ¿Por qué iba a venir?

—Porque sé que, si a ti te pareciera bien, ella vendría —replicó Jacoby poniéndose en pie—. ¡No voy a dormir en esa cama ni en esa habitación! ¡No puedes obligarme!

Fue corriendo al baño y cerró la puerta. Oyó entonces que había echado además el pestillo.

—Jacoby, abre la puerta —le pidió mientras movía el picaporte.

—¡No!

—Abre la puerta ahora mismo.

—¡No! —exclamó con más fuerza—. No la abro hasta que no venga Gina.

No podía estar pasándole a él. No pensaba llamarla.

Dio un paso atrás y miró la puerta. Era madera maciza de roble, de casi cien años de edad y con bisagras en la parte interior. Apretó con frustración los puños.

—Jacoby, tienes que abrir la puerta. ¡Ahora mismo! —le dijo con más firmeza.

Silencio.

Sabía que no iba a servirle de nada asustar al niño. Suspiró y sacó el móvil del bolsillo.

—¿Sigues siendo virgen?

Gina, que estaba cepillándose los dientes, se quedó inmóvil. Se dio la vuelta y vio que su hermana menor, Giselle, la miraba desde la puerta del baño.

—¿Qué has dicho?

—Me has oído perfectamente —repuso Giselle.

Su hermana fue a la habitación y se dejó caer en la cama de Gina. Miró de reojo la puerta. Afortunadamente, estaba cerrada.

Se enjuagó la boca y dejó el cepillo de dientes en su taza. Se secó las manos y trató de calmarse.

—¿Podrías volver a preguntármelo, por favor? —le pidió mientras se sentaba a su lado en la cama.

—¿Tengo que decirlo otra vez?

—No, pero dime por qué me has preguntado algo así.

Giselle suspiró con dramatismo, era algo que hacía a menudo y con gran habilidad.

Le quedaban dos meses para terminar el instituto. Giselle y su hermano gemelo, Garrett, habían celebrado su décimo octavo cumpleaños unas semanas antes.

Gina se había ido de casa para ir a una escuela privada para niños superdotados cuando los gemelos estaban en primero, así que no tenía una relación demasiado cercana con ellos.

Era algo que había decidido cambiar cuando regresó a Destiny para quedarse. Durante esos meses, Giselle y ella habían pasado mucho tiempo juntas, habían ido de compras y al cine, pero era la primera vez que tenían una conversación tan seria.

—Te lo he preguntando porque ya tengo dieciocho años y muchas de mis amigas no son vírgenes. No soy del todo inocente, pero… ¿Tú aún eras virgen cuando terminaste secundaria?

—Yo terminé con quince años —le recordó Gina con una sonrisa—. Así que sí, lo era.

—Pero ya no, ¿verdad?

—Que no se te olvide que tengo cinco años más que tú.

Giselle suspiró y se agarró a una de las almohadas, abrazándola contra su pecho.

—Stefan y yo llevamos saliendo juntos desde el año pasado. Él lleva un tiempo pidiéndomelo, pero he preferido esperar. No sé si estoy lista.

—Si no estás lista para hacerlo, no estás lista. Me parece muy simple.

—¿Y si mi corazón está preparado, pero mi cabeza no?

—¿Has intentado hablar de esto con mamá?

Su hermana abrió mucho sus ojos azules.

—¿Estás loca? ¡Mamá me sigue comprando muñecas por Navidad!

—Son de adorno —repuso Gina—. Además creo que mamá sería muy comprensiva.

—Pero me dijiste que podía hablar de cualquier cosa contigo, ¿recuerdas?

—De acuerdo, dime otra vez qué es lo que de verdad quieres saber.

—¿Cómo puedo saber si estoy lista? ¿Cómo lo supiste tú? Porque ya no eres virgen, ¿verdad?

Su hermana tenía mucha curiosidad y vio que necesitaba su ayuda para comprender el mundo de los adultos en el que se estaba adentrando.

—No, no lo soy. Pero la primera relación la tuve el verano pasado.

—¿Cuando estuviste en Londres?

Tenía recuerdos agridulces de esos meses. Su madre le había dicho que no se preocupara, que el dolor acabaría por desaparecer. Se había limitado a abrazarla sin hacerle preguntas mientras Gina lloraba. Le había asegurado que pronto iba a poder hacer frente a lo que le hubiera hecho regresar a su casa en Destiny.

Y su madre había tenido razón. Había conseguido superar el final de su primer amor.

—Conocí a Geoffrey durante mi primera semana de clases. Fue un flechazo. Me encantaba su aspecto, su acento y que era más inteligente que yo. Fue increíble —le contó.

—¡Qué bonito! Así que no llevabais juntos mucho tiempo cuando…

—No, hubo mucha pasión desde el principio, aunque parezca un cliché. Consiguió sacarme de mi caparazón y mostrarme un mundo lleno de diversión, risa y placeres —le confesó a su hermana—. No olvides que no salí con casi nadie ni en la escuela secundaria ni en la universidad. Mis compañeros de clase eran mayores que yo. Estaba centrada en los estudios.

Tenía que reconocer que conocer a Geoffrey había supuesto un gran cambio en su vida.

—Cuando fui a Inglaterra, tenía el objetivo de cambiar y dedicar menos tiempo a los estudios y algo más a mi vida social. Geoffrey era justo lo que estaba buscando.

En realidad, con él había conseguido más de lo que había buscado y de eso tenía aún un recuerdo demasiado doloroso.

—Pero te fuiste en junio para pasar allí un año. Fue una sorpresa que regresaras en diciembre. Entonces, ¿tu relación con Geoffrey ha terminado?

Gina asintió con la cabeza. Lo que había tenido con ese encantador profesor estaba más que acabado, sobre todo cuando descubrió que él no había estado en posición de iniciar una relación con ella.

—¿Y no has conocido a nadie interesante desde entonces? —le preguntó Giselle—. Bueno, a parte de a Justin Dillon, claro.

Las palabras de su hermana la dejaron sin respiración un segundo.

—¿Por qué has dicho eso?

—Bueno, todo el mundo sabe que pasaste la noche en su casa hace unos meses. Sé que no estáis juntos así que, ¿por qué lo hiciste? ¿Deseabas hacer algo peligroso?

No sabía cómo explicarle lo que había pasado aquella noche. Aunque siempre le quedaba la opción de decirle simplemente la verdad.

Su teléfono móvil sonó en ese instante. Era un número desconocido. Pensó que sería alguien del trabajo que necesitaba un cambio de turno.

—Tengo que contestar, luego seguimos hablando —le dijo a su hermana—. ¿Diga?

—Gina.

Se quedó sin aliento, no podía hablar. No entendía de dónde habría sacado su número.

—Soy Justin.

Sonrió al oírlo, no necesitaba presentaciones. Habría distinguido su seductora voz entre otras mil.

—Hola —consiguió contestar ella.

—Mira, siento tener que hacer esto, pero quería saber si… ¿Te importaría venir a la cabaña?

Miró el reloj. Eran casi las once de la noche.

—¿Ahora?

—Ya sé que es muy tarde, pero… —le dijo con frustración—. Gina, necesito tu ayuda.

Se quedó en silencio.

—¿Hola? ¿Sigues ahí?

Ella abrió la boca para hablar, pero no salió nada. Justin le estaba pidiendo ayuda. Le parecía imposible.

—Sí, estoy aquí. ¿Qué es lo que pasa?

—Jacoby está disgustado y quiere verte.

Sentía mucha lástima por el niño. Todo su mundo había cambiado en un par de días. Aunque Zoe no parecía muy buena madre, supuso que Jacoby la echaría de menos.

—Estaré allí tan pronto como pueda —le aseguró ella.

Después de prometerle a Giselle que seguirían hablando del tema en otro momento, Gina se cambió de ropa y salió de casa. Veinte minutos más tarde, estaba aparcando su coche junto a la camioneta de Justin.

Él la esperaba en la puerta. Nada más entrar, le llamó la atención ver que habían desaparecido las cajas de cartón y que una gran variedad de libros llenaban las estanterías a ambos lados de la chimenea. Tampoco estaban las herramientas ni los materiales de construcción.

Pero lo que más atrajo su atención fue el propio

Justin. A pesar de su gesto de preocupación, estaba tan guapo como siempre.

—¿Qué ha pasado? —le preguntó ella.

—Jacoby se ha encerrado en el baño. No quiere abrir la puerta ni hablar conmigo.

—¿Por qué lo ha hecho?

—No lo sé —repuso Justin mientras se pasaba una mano por el pelo—. Llevo más de una hora intentando que se vaya a la cama, pero se niega. Hemos pasado todo el día limpiando la casa, preparando su dormitorio y montando la cama, pero dice que quiere dormir otra vez en el salón.

—¿Tú ibas a dormir aquí? —le preguntó ella al ver los sacos de dormir frente a la chimenea.

—Sí, aún no tengo colchón en mi cama.

—Pero tenías una cama en el apartamento.

Justin se quedó inmóvil y no dijo nada, se limitó a mirarla a los ojos. Se preguntó si estaría pensando en esa noche. Ella había tratado de convencerlo para que se acostara, pero Justin quería que fuera ella, ya que se quedaba para atenderlo, la que se metiera en la cama y descansara. Temía que Justin pudiera haber sufrido una conmoción cerebral, pero cuando él se sentó en la única silla del apartamento, a ella no le quedó más remedio que sentarse en la cama. Algún tiempo después, se tapó con la manta para entrar en calor y había terminado por dormirse.

—Me deshice de esa cama cuando me vine aquí —le dijo él.

No sabía por qué lo había hecho, pero no podía preguntárselo. Fue al baño y se detuvo frente a la puerta. Llamó con suavidad.

—Jacoby, soy Gina. ¿Estás bien?

No obtuvo ninguna respuesta y decidió intentarlo de nuevo.

—Me han dicho que querías verme y he venido. ¿Puedes salir?

Unos segundos después, sonó un chasquido y la puerta se abrió lentamente.

—Hola —le dijo ella mientras se agachaba para mirarlo a los ojos.

—Hola.

—¿Qué es lo que pasa, Jacoby?

—Quiere que me vaya a la cama —repuso el niño mirando a Justin.

—Es que ya es tarde. Todo el mundo tiene que irse a la cama —intervino Justin.

—¿No estás cansado? —le preguntó Gina.

—No, no estoy cansado —mintió el pequeño.

—He visto que habéis trabajo mucho este fin de semana. Seguro que le has ayudado mucho. ¿Me enseñas lo que habéis hecho?

Jacoby asintió con la cabeza y se acercó a ella, pero se detuvo al ver a Justin.

—¿Sabes lo que me apetecería ahora mismo? —comentó ella—. Una taza de chocolate caliente. ¿Por qué no nos lo preparas, Justin?

Vio que entendía perfectamente lo que Gina trataba de hacer con el niño.

—Por supuesto, marchando tres chocolates calientes.

—Vamos, Jacoby —le dijo Gina al niño cuando Justin se fue a la cocina.

Fueron a la sala de estar. Jacoby le mostró las estanterías y le explicó que habían guardado todas las herramientas en un cobertizo del jardín.

—Habéis trabajado muy duro hoy —comentó ella—. Y veo que habéis limpiado los cristales.

—Sí —repuso Jacoby sonriendo—. Yo limpié los de abajo y Justin los de arriba. También limpiamos las ventanas de las habitaciones.

—Parece que hacéis muy buen equipo.

—¡Hasta he usado sus herramientas! Me enseñó a usar un destornillador de estrella.

Justin apareció entonces con una bandeja en sus manos.

—Tenemos que esperar un poco a que se enfríe el chocolate —les dijo.

—¿Para qué usaste ese destornillador, Jacoby? —le preguntó ella.

—Hemos arreglado los tiradores de la cocina y también montamos las camas. La suya y la mía.

—¿Puedo verla? —le pidió Gina.

Jacoby la llevó hasta allí con algo de suspicacia. Vio que había una lámpara de noche conectada.

—La verás mejor con la luz encendida —comentó Justin mientras la rozaba con el brazo para encender el interruptor.

Vio que la cama tenía sábanas limpias, una almohada y una colcha. Había una mesita y una cómoda de tres cajones, justo al lado de un armario.

—¡Vaya! ¡Qué bonita ha quedado la habitación! Me encanta la cama —comentó ella—. ¿Me puedo sentar en ella? ¿Crees que podrá con mi peso?

—Por supuesto que sí —repuso Jacoby entre risas.

Gina se sentó en la cama y rebotó un par de veces en el colchón.

—Buen trabajo, Jacoby. Creo que esta cama podría incluso con el peso de tu padre. Bueno, si cupiera en ella.

—No, él es demasiado grande. Tienes que ver su cama, es enorme.

Notó que se había quedado algo más serio y pensó que le habría extrañado que se refiriera a Justin como su padre. Él los miraba desde la puerta, con un hombro apoyado en la pared y los brazos cruzados sobre el pecho.

—Es que es un chico bastante grande —dijo ella mirando de nuevo al niño.

Jacoby se acercó a la cama y acarició la colcha. Después, miró preocupado a su alrededor.

—Oye, seguro que el chocolate ya estará listo —comentó ella—. ¿Quieres leer un cuento mientras nos lo tomamos?

Jacoby negó con la cabeza.

—Eso te ayudaría a dormir.

Sus palabras provocaron que el niño bostezara. No tuvo tiempo para esconderlo tras su mano.

—Esta cama parece el sitio perfecto para tener dulces sueños —le dijo ella—. ¿No quieres probarla? Me quedaré aquí contigo.

—¿Sí?

—Claro —repuso mientras abría la cama—. ¿Por qué no te metes aquí con tu oso?

Justin volvió con las tazas.

Gina esperó a que el niño se metiera en la cama para taparlo con la manta.

—Aquí están los chocolates —anunció Justin con una leve sonrisa.

No pudo evitar quedarse sin aliento unos segundos al ver esa sonrisa. Tomó la taza más pequeña y se la dio a Jacoby.

—Ten cuidado, todavía está algo caliente —le dijo al niño—. ¡Qué bueno! —murmuró ella después de probarlo—. Casi tan bueno como tener de nuevo una cama de verdad, ¿no, Jacoby?

—No lo sé —murmuró el niño—. Nunca había tenido una.

A Gina se le encogió el corazón.

—¿Qué es lo que nunca has tenido?

—Nunca he tenido mi propia cama. Ni siquiera una habitación.

Se le llenaron los ojos de lágrimas. Miró de reojo a Justin y se dio cuenta de que él tampoco lo sabía.

—Entonces, es tu día de suerte, ¿no? —le dijo ella—. Consigues las dos cosas la misma noche.

Jacoby se acercó un poco más a ella.

—Siempre quise tener mi propia cama. Solía dormir con mi madre o en el suelo. Pero…

—¿Pero qué, cariño?

—Pero no sabía que me iba a dar tanto miedo.

Capítulo 6

JUSTIN no podía creerlo, por fin descubría por qué Jacoby no quería irse a la cama.

Había pensado que le encantaría tener su propia cama y su propio dormitorio. No sabía qué podían hacer Gina y él para tranquilizarlo. Temía que la lámpara de noche no fuera suficiente.

Tomó un sorbo de chocolate mientras miraba a Gina a los ojos. Había mucha compasión en su mirada y se dio cuenta de que había sido un acierto llamarla. Sobre todo por Jacoby.

—¿Qué podemos hacer para que no tengas miedo? —le preguntó Gina al niño.

—Podrías dormir conmigo.

Las palabras del chico estuvieron a punto de conseguir que Justin se atragantara.

—Pero no puedo.

—¿Por qué no? —preguntó Jacoby.

Él se estaba haciendo la misma pregunta.

Gina lo miró en ese instante y vio que se había

sonrojado. Esa mujer era tan cautivadora como inocente, le parecía una combinación letal.

—Tengo mi propia cama en casa —le dijo a Jacoby—. Dime lo que no te gusta de la habitación. A lo mejor podemos cambiar algo.

—No lo sé —repuso el niño encogiéndose de hombros.

Pero Justin estaba seguro de que Jacoby estaba pensando en algo, aunque le costara admitirlo.

—¿Crees que dormirías mejor si hubiera cortinas en las ventanas? —le preguntó Gina.

Miró las ventanas. Le gustaban así. Estaba harto de ver barras durante sus años en la cárcel y le encantaba poder contemplar el bosque sin obstáculos de ningún tipo.

—Pero ahí afuera no hay nada, solo árboles y el lago —protestó Justin.

—Y animales —agregó Jacoby en voz baja.

—¿Te molesta que un ciervo o un mapache te vea en pijama?

El niño vaciló un segundo, después asintió con la cabeza. Vio que a Gina no le había gustado nada su comentario.

—El paisaje es muy bonito, pero ¿no tienes un par de sábanas que puedas clavar a los marcos de las ventanas? —le preguntó Gina.

Abrió la boca para protestar, pero vio que ella fruncía el ceño.

—Voy a ver —repuso Justin.

Regresó cinco minutos después con dos telas, un martillo y clavos. En poco tiempo, consiguió tapar las dos ventanas.

—¿Mejor? —preguntó Justin.

—Mucho mejor. Gracias —repuso Gina.

Vio su sonrisa y el corazón le dio un vuelco.

—Está bien, ¿verdad? —le dijo ella al niño—. Durante el día, si quieres que entre el sol, no tienes más que atar un trozo de tela en el centro de cada cortina. Jacoby, ¿podemos hacer algo más?

El niño abrió la boca, pero la cerró mientras miraba a Justin. Era obvio que no quería que estuviera allí.

—Bueno, voy a llevar el martillo a la caja de herramientas —les dijo.

Gina y Jacoby se quedaron hablando en voz baja.

Cuando regresó, unos minutos después, le gustó ver que Jacoby seguía acostado y abrazado a su oso. Se acercó a la cama. Al lado de ellos, se sentía como un gigante. Se agachó, pero eso fue peor, estaba demasiado cerca de Gina y le llegaba su dulce aroma.

—Bueno, ¿está todo listo? —preguntó Justin.

—No —le dijo Gina—. Tenemos otro problema y tú eres el hombre perfecto para ese trabajo.

—Está bien, ¿de qué se trata?

—De monstruos.

—¿Monstruos?

—Sí, monstruos, mutantes, bichos… Esas cosas. Esta habitación llevaba años vacía y puede que se hayan venido a vivir aquí muchas criaturas asquerosas. Tienes que decirles que se vayan.

—¿Y cómo se supone que tengo que hacerlo? —le preguntó Justin a Gina.

—Usa tu voz atronadora y fuerte, la he oído muchas veces en la cocina del bar. Asústalos.

Gina y Jacoby lo miraban como si estuvieran hablando del tiempo o de deportes.

—¿Queréis que me plante en medio de la habitación y les diga que se vayan?

Los dos negaron con la cabeza.

—Tienes que ir a su escondite —le dijo Gina—. Debajo de la cama.

—¿Debajo de la cama? —repitió él.

Suspiró y se puso de rodillas. Era muy difícil controlarse y mantener la calma cuando la tenía tan cerca.

—¡Escuchadme, monstruos, mutantes, duendes y bichos de toda clase! ¡Esta habitación está ahora ocupada y no es lo suficientemente grande para vosotros y el nuevo inquilino! —exclamó en voz alta—. ¡Tenéis que hacer las maletas y salir de este pueblo!

Se enderezó y miró a Jacoby.

—¿Satisfecho? —le preguntó.

El niño sonrió.

—Ha sido impresionante.

Sus palabras lo enternecieron.

—¿Y tú? —le preguntó a Gina—. ¿Estás satisfecha?

—Estoy de acuerdo con Jacoby, ha sido increíble.

—Entonces, ¿podemos apagar las luces y dormir un poco? —sugirió Justin.

Jacoby no dijo nada y miró a Gina.

—¡Claro! —exclamó ella entonces—. ¡El armario! Los que has echado de la cama habrán ido ahora al escondite más cercano. Esperan a que no haya nadie vigilándolos para...

—Salir por debajo de la puerta y hacer una de las suyas, ¿no? —terminó Justin.

—¡Sí! —dijo Jacoby abrazando con más fuerza su osito de peluche—. ¿Cómo sabes todo eso?

—Es que Justin también fue un niño como tú —contestó Gina—. Sabe cómo te sientes.

—Lo que siento ahora mismo es que estoy haciendo el tonto —susurró Justin poniéndose en pie.

—Lo estás haciendo bien —le dijo Gina en voz baja.

Sus ojos se encontraron durante unos segundos.

Fue hasta el armario y respiró hondo. Sabía que es-

taba haciendo el ridículo, pero también le gustaba poder ayudar al niño y estar así con Gina.

Abrió la puerta, plantó los pies en el suelo con firmeza y colocó las manos en la cadera.

—¡Os dije a todos que os esfumarais y lo dije en
serio! ¡No os servirá de nada esconderos en ningún rincón, grieta o agujero de esta cabaña! No os queremos
aquí. ¡Así que haced las maletas y salid de Destiny!

Se dio la vuelta, cerró la puerta con la bota y cruzó
los brazos sobre el pecho.

—¡Sí! —gritó con alegría Jacoby.

Gina y el niño le aplaudieron con entusiasmo.

Pero Justin no compartía su alegría. Fue hasta la
puerta y apagó la luz.

—Bueno, se acabó el espectáculo —anunció Justin.

Gina acarició el pelo del niño y se levantó. Fue hacia la puerta sin dejar de mirar a Jacoby.

—Que duermas bien —le dijo ella con dulzura.

—Gracias —murmuró el niño.

Gina se dio la vuelta y estuvo a punto de chocarse
con Justin. Estaba tan cerca que podía sentir el calor
de su aliento sobre la piel. Dio un paso atrás para salir
y ella lo siguió.

—¡Gina, espera!

El grito del niño los hizo volver a la habitación.

—¿Y si vuelven? —le preguntó Jacoby.

—No va a pasar. Tu pa… Justin los ha asustado.
Estoy segura de que se han ido para siempre.

A Justin le había dado un vuelco el corazón al ver
que Gina volvía a referirse a él como el padre de ese
niño.

—Pero a lo mejor se cuelan de nuevo cuando os
vayáis —continuó Jacoby—. Y cuando se duerma Justin, ¿quién va a detenerlos?

Temió que hubieran vuelto al punto de partida, justo cuando pensaba que ya iba a dormirse.

—Muy bien, sabelotodo, ¿tienes algún plan más en esa bonita cabeza?

A Gina le gustó que se refiriera a su cabeza en esos términos, pero se dio cuenta de que debía concentrarse en lo que necesitaba Jacoby.

Había sido una bendición que Justin hubiera estado dispuesto a ayudarla para tranquilizar al niño. Ella se había limitado a conseguir que hablara Jacoby y admitiera lo que le preocupaba. Justin había sido el héroe de la noche. Y podría seguir siéndolo.

Se volvió y señaló el torso de Justin.

—Quítate eso.

Vio que se quedaba perplejo.

—¿Cómo?

—Tu camiseta. Vamos, quítatela.

Frunció el ceño, pero hizo lo que le había pedido, dejando al descubierto un abdomen firme, anchos hombros y brazos musculosos. Vio que tenía un nudo celta tatuado en el bíceps.

—¿Y ahora qué? —le preguntó Justin.

Le costó recuperar la compostura después de verlo así. Tomó la camiseta, aún caliente, y volvió al lado de Jacoby.

—Tengo la solución —le dijo con seguridad—. Ponte esto encima del pijama.

El niño hizo lo que le había pedido.

—Te pareces tanto a tu padre que, si por casualidad no se ha ido alguno de esos seres, te verá con esa camiseta y creerá que es él quien duerme aquí.

—¿En serio?

Sabía que era arriesgado referirse a Justin como el

padre de Jacoby, no sabía cómo iba a reaccionar, pero lo cierto era que esa noche se había comportado como tal. Había dejado de lado sus propios sentimientos para hacer lo que su hijo necesitaba.

—En serio —le aseguró ella—. Todo el mundo sabe que esos seres apenas ven en la oscuridad. Así que, si se presentan, que lo dudo mucho, estarás protegido.

—¿No te importa? —le preguntó Jacoby a su padre.

—Claro que no. Te queda muy bien —repuso Justin.

Se dejó caer sobre la almohada y Gina lo tapó con la colcha. No tardó en cerrar los ojos y su respiración se fue suavizando.

—Buenas noches, Gina —murmuró Jacoby.

—Buenas noches, cariño —repuso ella yendo hacia la puerta.

—Buenas noches, papá.

Gina miró a Justin. No sabía si habría oído sus palabras, pero vio por su expresión que lo había entendido.

—Buenas noches —dijo Justin rápidamente.

Gina se aseguró de que Jacoby se había dormido antes de salir al encuentro de su padre. Lo encontró dando vueltas por la cocina.

Se había puesto una camisa de franela, pero no se había parado a abotonarla.

—¿Por qué ha dicho eso? —le preguntó en un susurro.

—Porque tú eres su padre.

—Eso no lo sabemos aún.

Justin se apoyó en la encimera y dejó que cayera su cabeza contra los armarios de cocina. Cerró los ojos y se golpeó de nuevo la cabeza, marcando cada palabra con un nuevo golpe.

—Eso no lo sabemos aún —repitió.

—Justin…

—Y, aunque fuera su padre, soy la peor persona para cuidar de él. No sé nada de niños.

Le dolía verlo así, tan desesperado. No parecía darse cuenta de todo lo que había hecho por él durante esos dos últimos días.

—El mundo de Jacoby, y también el tuyo, ha dado un giro de ciento ochenta grados —le dijo mientras se acercaba a él—. Lo estás haciendo muy bien.

—Le he dado de comer y le he comprado algo de ropa, no es para tanto. Pero ser responsable del cuidado y la educación de un niño es algo muy distinto.

—Lo que has hecho forma parte de lo que significa ser padre. Le has proporcionado lo que necesitaba.

—Eso fue fácil.

—¿Cómo es que Jacoby lleva un pijama nuevo, tiene la barriga llena y está durmiendo por primera vez en su vida en una cama de verdad? —le preguntó ella.

—Cualquiera podría haberle dado esas cosas.

—Pero nadie lo hizo, hasta que lo hiciste tú.

—Yo me refería a cosas más importantes…

—Sé a qué te refieres. Hay que enseñarle a ser buena persona, distinguir entre el bien y el mal, trabajar duro para conseguir tus sueños, ser amable…

—¿Y crees que yo soy la persona más adecuada para enseñarle todo eso? No eres tan lista como creía.

—Solo necesitas confiar un poco más en ti mismo.

—Lo siento, pero me temo que no me queda nada de confianza en mí mismo.

Gina no se paró a pensar en lo que hacía. Sujetó la cara de Justin entre las manos para que la mirara a los ojos. Él le devolvió la mirada, retándole para que se atreviera a hacerlo.

Se puso de puntillas y lo besó. Durante medio segundo, fue como besar a una estatua, pero no tardó en rodearla con sus brazos y sintió sus fuertes manos acariciándole la espalda mientras sus labios se entreabrían. Era increíble estar así con él. Justin la aplastó contra su cuerpo, compacto y musculoso. Llevó las manos a la nuca de Justin y se aferró con fuerza. El deseo y la pasión de ese beso amenazaban con romperla en mil pedazos.

Nunca la habían besado de esa forma.

Justin enredó las manos en su cabello y fue después bajándolas hasta llegar a su cintura. No pudo evitar estremecerse cuando se deslizaron bajo el jersey. Lo deseaba, no podía evitarlo.

Llevaba tres meses fantaseando con ese momento y la realidad era cien veces mejor que cualquier cosa que ella pudiera haber imaginado.

No la besaba solo con la boca, sino con todo su ser.

Justin apartó las manos de repente y ella protestó gimiendo. Pero no tardó en sentirlas en su trasero. Segundos más tarde, la tomó en sus brazos y fue a sentarla en la encimera que separaba la cocina de la sala de estar.

Se abrió paso entre sus piernas sin dejar de besarla ni un segundo. No podía dejar de arquear la espalda hacia él, necesitaba estar más cerca. Justin tenía una mano en su nuca y con la otra le acariciaba el estómago, subiendo muy lentamente por su piel.

Se separó de él un segundo, necesitaba respirar, pero tampoco se veía capaz de no tocarlo. Hundió la cara en su cuello, le encantaba su masculino aroma.

No podía creer que por fin estuviera sucediendo. Estaba entre sus brazos y era maravilloso. Sus brazos hacían que se sintiera segura y sus besos hacían que se sintiera deseada.

Pero quería más aún.

—Justin...

Él volvió a tomarla en sus brazos y la llevó al fondo de la cocina, era el rincón más oscuro. La besó de manera más ardiente, pero de repente, sin previo aviso, se apartó de ella. Estaba atrapada entre los armarios y el cuerpo de ese hombre. A Justin también le costaba respirar.

—¿Qué pasa?

Justin puso un dedo en su boca.

—He oído... —susurró él mientras apartaba sus manos—. Supongo que no ha sido nada. Pero... No podemos... No deberíamos estar haciendo esto.

—¿Por qué?

Lo dijo sin pensar y bajó avergonzada la vista. Sabía que era una pregunta muy ingenua.

—Tardaría toda la noche en decirte todas las razones. Para empezar, nuestros coeficientes intelectuales no podrían ser más distintos.

—¿Y lo dice un hombre que tiene las obras completas de Shakespeare y los libros de poesía de Byron, Shelley y Keats en su biblioteca?

—¿Cómo lo sabes?

—Recuerda que Jacoby me enseñó toda la casa.

—Hablando de Jacoby, él es la razón número dos. No estamos solos.

Fue entonces cuando se dio cuenta de que el niño podría haberlos visto besándose en la cocina.

—¡Es verdad! No se me ocurrió... Estaba tan absorta...

No terminó la frase cuando un rayo de luna le dejó ver los ojos de Justin. Vio algo dulce y tierno en su mirada, pero solo duró unos segundos.

Se apartó de él, tomó su bolso y el abrigo y fue hacia la puerta.

—Me voy.

—Gina, esto... Esto no va a volver a pasar —le dijo Justin yendo tras ella—. No puede volver a ocurrir.

Pero ella quería que pasara, quería besarlo otra vez y creía que él también lo deseaba.

—Bueno, tendremos que recordarlo si volvemos a encontrarnos a solas y en la oscuridad.

Capítulo 7

UNA semana. Siete días. Ciento sesenta y ocho horas. Llevaba diez mil ochenta minutos sin ver a la mujer que había conseguido poner su mundo patas arriba, la que había hecho que volviera a sentir algo en su interior y la que había despertado su deseo.

Había hecho en su cabeza todos esos cálculos. Pero no era distracción suficiente para dejar de pensar en ella y concentrarse en las cenas de ese día en el Blue Creek.

También trataba de olvidar lo que le había dicho a Gina después de besarla.

No era solo la primera mujer que había tenido en sus brazos durante esos tres últimos meses. Ella era la única mujer que no podía tener.

Y no hacía que se sintiera mejor el hecho de que Gina se hubiera ido de viaje al día siguiente para pasar una semana en el Caribe con sus amigas. Pensó que estaría mejor sin verla, pero no estaba funcionando.

Sabía que le había hecho daño. Lo había visto en sus ojos y oído en su voz. Pero creía que era mejor así.

Decidió entonces que tenía que hacer algo antes de que la situación se les fuera de las manos y acabaran haciendo el amor frente a la chimenea. Tenía que mantener las distancias con ella y evitar que lo mirara con admiración.

Le había pasado lo mismo tres meses antes. Gina le ofreció una coartada cuando el sheriff pensó que Justin había provocado el incendio que destruyó la casa de la familia Dillon.

Pero ella parecía estar ciega. Estaba convencido de que no le convenía alguien como él. Era un chico malo, había estado en la cárcel y no iba a darle más que problemas. Sabía que eso era lo que la gente pensaba de él. Pero Gina era demasiado inocente y buena para ver cómo era Justin de verdad.

Metió las ensaladas que había preparado en la cámara frigorífica y sacó la carne para las minihamburguesas. Para no pensar más en el calor de su piel ni en sus labios suaves, pensó en todo lo que había pasado esa semana.

Había matriculado a Jacoby en el colegio y también lo había llevado al médico.

Gage lo había llamado y le había dicho que había encontrado a una Mazie Smith en Templeton, un pueblo de Colorado. La mujer les dijo que Zoe y Jacoby habían estado viviendo durante unos meses en su casa y que ella le había robado antes de irse en mitad de la noche. No sabían nada más de Zoe.

Por otro lado, le habían cambiado el turno para que pudiera trabajar de día y tener las noches libres para estar con el niño.

Ric Murphy le había dicho que Gina había aprovechado una cancelación de última hora para irse de vacaciones con Barbie Felton y otros universitarios a una isla tropical.

Esas vacaciones de primavera eran muy populares y había visto la suficiente televisión como para saber que esos jóvenes hacían todo tipo de locuras durante esos días. Esperaba que Gina no estuviera haciendo nada peligroso. Solían beber mucho en esas fiestas y perder el control.

—¿No las estás aplastando demasiado?

Sorprendido, levantó la vista y se encontró con Barbie.

«Ya están de vuelta», pensó.

Barbie llevaba el uniforme de las camareras del Blue Creek, una ajustada camiseta con el logo del bar, una minifalda vaquera y botas. Todo diseñado para mostrar mucha piel.

Fue el primer sorprendido al sentir cuánto le ilusionaba la idea de ver a Gina.

Bajó la vista y se fijó en la hamburguesa. Era tan delgada como una tortita.

—¿Vas a decirme por qué estabas golpeando la carne de esa manera? —le preguntó Barbie.

—No —repuso él.

—Por cierto, tu niño es precioso. Tiene tus ojos. Lo vi en cuanto Gina me mostró la foto.

—¿Gina tiene una foto de Jacoby? —la interrumpió él.

—Sí, en su teléfono móvil. La recibió hace unos días mientras lucíamos nuestros pequeños biquinis en la playa.

Trató de no imaginar a Gina con uno de esos biquinis y averiguar quién le habría enviado una foto. No tardó en llegar a la conclusión de que habría sido Racy.

Habían comido en casa de Gage y de su hermana

un par de días antes. El niño les contó que Gina había conseguido convencerlo para que durmiera en su cama. Después, Racy lo había acribillado a preguntas sobre lo que había pasado esa noche y si sabía por qué Gina había pedido de repente una semana de vacaciones. Él le había dicho que no tenía ni idea.

—Dillon, te llama tu hermana —le dijo Ric Murphy asomándose a la puerta de la cocina—. ¡Ya habéis vuelto! —añadió con una sonrisa al ver a Barbie—. ¿Qué tal el viaje?

—Chicos, alcohol y playas —respondió la camarera con una sonrisa—. Fue genial.

Justin salió de mal humor de la cocina, no quería pensar en lo que habría hecho Gina durante esa semana. Encontró a su hermana en el despacho, estaba al teléfono. Lo saludó con la mano y siguió hablando.

Jack se acercó y Justin le rascó la cabeza. Después, el perro empezó a pasearse entre él y la puerta.

—¿Qué hace? —le preguntó a Racy al ver que ya había colgado.

—Creo que busca a Jacoby —le dijo ella—. Le gusta mucho ese niño.

—Sí, tanto que ha sabido cómo hacerse una foto con él y enviársela a alguien en el Caribe.

—Veo que te has enterado —repuso Racy con una sonrisa.

Justin se sentó en el sofá y Jack se subió a su lado.

—¿Por qué decidiste enviarle una foto a Gina?

—Me lo pidió Jacoby.

—¿En serio? —preguntó sorprendido—. ¿Por qué?

—Fue en mi casa, después de cenar. Le preocupaba que Gina se olvidara de él.

No tenía ni idea de que el niño se sintiera así. Cuando Jacoby le había preguntado por ella, se había limitado a decirle que estaba de vacaciones. Ninguno de los dos parecía capaz de dejar de pensar en ella.

—¿Hola? ¿Sigues aquí? —le dijo su hermana al verlo ensimismado.

La miró entonces a los ojos y le pareció que estaba preocupada.

—Le dije a Ric que te avisara porque Leeann viene para aquí para hablar contigo.

Se refería a la agente Leeann Harris. Había sido una de las mejores amigas de su hermana. Una chica que había participado desde la adolescencia en muchos concursos de belleza. Alguien le dijo que se había ido de Destiny para intentar ser modelo, por eso le había sorprendido saber que había vuelto al pueblo para trabajar con el sheriff. Y era la agente de policía encargada de encontrar a la madre de Jacoby.

—¿Por qué quiere hablar conmigo? ¿Ha pasado algo?

—No lo sé —repuso Racy—. Me llamó antes para saber si estabas aquí. Ha tratado de llamarte.

—Se me olvidó el teléfono en casa.

—¿Cómo fue la visita al médico?

—Me ha dicho que Jacoby está bien físicamente, aunque es un poco pequeño para su edad. No le vendría mal engordar cinco o seis kilos, pero al menos ya tiene las vacunas al día.

—¿Os sacaron sangre para la prueba de ADN?

Asintió con la cabeza.

—¿Tanto te importa saberlo?

—Estoy casi seguro de que es mi hijo, pero, si no lo es... No quiero que su verdadero padre no sepa que tiene un hijo. Tengo que saberlo con certeza absoluta.

—Bueno, eso importará muy poco si no encuentran a su madre.

Pero pensaba que quizás la hubieran localizado.

—Lo sé. Soy responsable de Jacoby, al menos por ahora.

—¿Y si la prueba confirma lo que todos suponemos?

—Entonces, sabremos que soy padre.

Jacoby llevaba toda la semana llamándolo «papá». Empezó la mañana después de que ahuyentara a los monstruos, cuando el niño entró en la cocina y aún llevaba puesta su camiseta. Y, desde entonces, le daba la impresión de que se esforzaba por incluir esa palabra cada vez que le hablaba. Justin le preguntó unos días más tarde que por qué la usaba tan a menudo, y Jacoby le dijo que era una palabra que nunca había tenido la oportunidad de utilizar. Y lo cierto era que él empezaba a acostumbrarse a que lo llamara así.

Alguien llamó a la puerta.

—¡Adelante! —repuso Racy.

Se abrió la puerta y entró Leeann.

—Hola, Racy. ¡Veo que lo has encontrado! —dijo la recién llegada.

Leeann era una mujer muy atractiva, incluso con el uniforme caqui y el pelo más corto.

—Hola, Justin.

Su voz seguía siendo tan fría como siempre. Le chocaba que trabajara para el sheriff cuando debía de tener una fortuna. Había vendido su herencia, las tierras donde había estado su casa familiar.

—Hola, agente Harris.

—Bueno, os dejo solos —les dijo Racy mientras iba hacia la puerta.

—No hace falta que te vayas —repuso él—. Así no tengo que contártelo todo después.

Su hermana sonrió al oírlo.

—Gracias, pero conozco a Leeann y querrá seguir las reglas con pulcritud. Me temo que no debo estar presente.

Leeann asintió con la cabeza y esperó a que saliera Racy. Después, se sentó en una silla.

—¿Habéis encontrado a Zoe?

—No estamos seguros —contestó ella sacando un cuaderno—. ¿Sabes si ha usado algún otro nombre?

—Cuando nos conocimos, me dijo que se llamaba Susie. Se lo comenté cuando vino el otro día y me dijo que me había mentido y que su verdadero nombre era Zoe Ellis.

—Han encontrado un coche que coincide con la descripción de Jacoby. Estaba abandonado en Reno.

—¡En Reno! —exclamó estupefacto.

—Encontraron el dibujo de un niño en el asiento trasero con la firma «Jacoby Ellis».

Justin cerró los ojos un momento.

—Envié una copia de la foto en la que estás con la señorita Ellis a alguien de la oficina del sheriff del condado de Washoe. Se la enseñó a gente cerca de donde encontraron el coche. Alguien la reconoció en un casino, pero le dijeron que se hacía llamar Susie Ellsworth.

—¿La han encontrado?

—No. Por lo visto, ella les contó que estaba huyendo de un marido que la maltrataba y no podía rellenar con sus datos ningún formulario. Trabajó allí como camarera durante varios días y después se fue con un tipo que había ganado un montón de dinero en la ruleta.

La parecía increíble lo que le estaba contando. Bajó la cabeza y apretó los puños.

—¿Estás bien?

Le sorprendió la voz suave de Leeann. Soltó de repente el aire que había estado conteniendo sin darse cuenta.

—¿Qué hacemos ahora?

—Seguiremos buscándola con los dos nombres. ¿Ya os habéis hecho la prueba de ADN?

—Sí, tendré los resultados dentro de unos días.

—Estupendo. Es mejor que la paternidad sea oficial cuanto antes, por el bien de los dos —le dijo Leeann mientras se levantaba.

—¿Crees que podría volver por aquí?

—No lo sé, si sigue con el hombre que conoció en el casino y ve que va a mantenerla, puede que vuelva…

Le aterrorizaba la idea de que pudiera arrebatarle al niño con la misma facilidad con la que lo había abandonado. Se levantó él también.

Leeann lo miró durante un largo rato antes de salir. Justin le sostuvo la mirada.

—No sé si te importa, pero…

Sus palabras detuvieron a Leeann cuando estaba a punto de abrir la puerta.

—Pero aprecio de verdad tu arduo trabajo en este caso. Teniendo en cuenta nuestro pasado, no me habría extrañado que…

—Me limito a hacer mi trabajo —lo interrumpió la agente.

—Bueno, gracias de todos modos.

Leeann asintió con la cabeza y salió del despacho.

—¿Qué tal? ¿Qué te ha contado Leeann? —le preguntó minutos más tarde su hermana.

—Luego te lo cuento, ¿de acuerdo? Tengo que recoger a Jacoby.

Fue al aparcamiento. Aunque era algo tarde, no sobrepasó el límite de velocidad, pero no podía dejar de pensar en lo que Leeann había sugerido. Temía que apareciera Zoe Ellis, Susie Ellsworth o como se llamara en realidad y se lo llevara con ella.

Cuando llegó al colegio, salió de su camioneta y respiró profundamente para tratar de tranquilizarse. Estaba deseando encontrar Jacoby entre la multitud de niños.

Lo vio pocos segundos después. Corría hacia él con su vieja funda de almohada al hombro.

—¿Adónde vas tan deprisa? —le preguntó Justin mientras se ponía en cuclillas.

—¡Papá! ¡Papá! ¿Sabes qué? —exclamó Jacoby emocionado—. ¡Gina ha vuelto!

—¿Cómo lo sabes? —le preguntó sorprendido.

—¡Mira esto! —repuso el niño mostrándole el papel que llevaba en su mano—. Va a leer cuentos esta noche en la biblioteca. ¿Podemos ir? ¿Podemos?

Capítulo 8

AGINA no le costó nada reconocer su masculino aroma. No tenía nada que ver con el de los niños que tenía sentados a sus pies.

Supo antes de verlo que Justin estaba cerca.

Hasta podía sentir su presencia. Sabía que sonaba a tópico de novela romántica, pero así era como se sentía. Además, no le extrañaba sentirse así. Había leído ocho novelas de amor durante su semana de vacaciones.

En cuanto Barbie, Jeannie, Tina y ella se acomodaron en sus asientos en el avión, sacó la biografía que estaba leyendo de uno de sus poetas favoritos en inglés, pero Barbie se la había arrebatado de las manos.

—De eso nada —le había dicho su amiga—. Si vas a leer esta semana, leerás novelas subidas de tono.

Fue entonces cuando le entregó un libro que sacó de su bolso. En la portada aparecía un hombre de hombros anchos, fuertes abdominales y vestido solo con unos pantalones vaqueros.

Le había hecho pensar en Justin. Y eso era lo que menos necesitaba cuando había decidido irse de vacaciones para no tener que verlo.

Poco después de que saliera de la cabaña de Justin, cuando aún podía sentir sus labios en la boca, Barbie la había llamado para decirle que se había quedado libre una plaza. Decidió entonces aprovechar esa oportunidad para alejarse de su atractivo compañero de trabajo.

Centró su atención en el libro que tenía en su regazo y siguió leyendo.

Aprovechaba los segundos que tardaba en pasar las páginas para mirar a los niños. Jacoby estaba en la parte de atrás y lo saludó con un guiño. No se atrevía a levantar más la vista, no sabía si estaba preparada para ver a Justin, pero suponía que estaría allí.

No podía dejar de pensar en él.

Le costaba centrarse en la historia y tuvo que hacer un gran esfuerzo. Le gustaba ver el interés con que la escuchaban los pequeños.

Cuando terminó, todos aplaudieron y fueron poniéndose en pie para marcharse. Habló con algunos niños y con sus padres, pero seguía pendiente de Jacoby. Vio que la observaba y que tenía su vieja funda de almohada en una mano.

Cuando por fin se quedó sola, le hizo un gesto para que se acercara a ella.

—Hola, Jacoby. Me alegra verte por aquí.

—¡Estás muy marrón!

Sonrió al oír sus palabras.

—Es que acabo de volver de viaje y he pasado mucho tiempo en la playa.

—¡Qué suerte! Yo nunca he visto el mar. Bueno, solo por televisión.

—Es mucho más bonito en persona. Allí el mar tenía tonos azules y verdosos y el agua estaba muy caliente.

—En nuestro lago no es así —repuso Jacoby riéndose—. El agua me parece más negra que azul y está muy fría. Ayer estuvimos trabajando en el muelle y mi papá me dejó meter los pies en el agua. ¡Estaba helada!

Le encantó ver que se refería a Justin como su «papá».

—Y ¿dónde está tu padre ahora mismo? —preguntó sin poder resistir la situación.

—Está en la camioneta.

—¿Estás aquí solo? —repuso frunciendo el ceño—. ¿Por qué no está contigo tu papá?

—Sí que está.

Jacoby había abierto la boca, pero las palabras salieron de otros labios.

Levantó la vista lentamente, fijándose en las botas vaqueras, los pantalones tejanos y una camiseta negra.

—¡Justin! —murmuró con la voz algo ronca—. Hola.

Notó que a él se le iban los ojos a su boca, aunque fue solo medio segundo.

—Hola, Gina.

—¿Lo tienes, papá?

—Sí, estaba en tu asiento, donde lo dejaste —repuso Justin mientras entregaba algo al niño.

—¡Mira! ¡Lo he dibujado yo! —exclamó Jacoby mientras le mostraba un papel.

Había dibujado a un niño y un adulto con el pelo del mismo color. Estaban en una cocina y también había una chimenea encendida.

—¡Qué bonito! Estos sois vosotros dos, ¿verdad?

—Sí, estamos haciendo galletas. Las hicimos dos veces esta semana, unas de cacahuetes y otras de chocolate. Esas son mis favoritos.

—¿Y qué es esto? —preguntó ella mientras señalaba una caja cerca de la chimenea.

—Es nuestro nuevo televisor. Nos encanta ver dibujos animados antiguos, de cuando mi padre era pequeño. A mí me gusta mucho *Tom y Jerry*. Y a papá, *La liga de la justicia*, dice que Wonder Woman es su heroína favorita.

No pudo evitar mirar a Justin al oírlo.

—¿De verdad? ¿Wonder Woman?

—¿Qué quieres que te diga? Tengo debilidad por las mujeres que llevan esa especie de bañadores sin tirantes —le confesó Justin encogiéndose de hombros.

No pudo evitar recordar que ella había estado usando un bañador igual en la playa, pero no dijo nada y miró al niño.

—Jacoby, me encanta el dibujo. Lo has hecho fenomenal —le dijo ella.

—Es para ti —repuso Jacoby.

—¿Para mí? ¿Seguro que no quieres dárselo a tu papá?

—No, él ya tiene unos cuantos en la nevera. Dice que soy como Pablo… Pablo Picasso. Me ha dicho que fue un famoso pintor —le contó Jacoby—. Además, este ya te lo he dedicado —añadió mientras señalaba lo que había escrito—. ¿Ves?

Con letras algo temblorosas, Jacoby había escrito: *Para Gina. Con amor, Jacoby.*

Se le hizo un nudo en la garganta y se limitó a asentir con la cabeza.

En ese instante, un niño pelirrojo llamó a Jacoby para que fuera a ver algo.

—Es Dustin. ¿Puedo ir? —le preguntó a su padre.

Justin dudó un segundo, después le dijo que podía ir. Mientras tanto, ella colocó el dibujo en una mesa y alisó con cuidado las esquinas del papel.

—Le ha costado mucho trabajo hacerlo —murmuró Justin.

Se dio la vuelta al oír su voz y vio que estaba más cerca y la tenía atrapada en un rincón.

—No me extraña. Es precioso y lo guardaré siempre.

Justin la miraba con mucha intensidad, le resultaba imposible no perderse en sus ojos.

—Tengo que hablar contigo. ¿Podemos ir a otro sitio más tranquilo?

No sabía si era buena idea. La voz de Justin, suave y seductora, estaba consiguiendo derretirla por dentro, igual que le había pasado una semana antes en su cocina. Y cada vez tenía más claro que había sido un error. Se había sentido como una tonta desde entonces.

Le parecía increíble que hubieran terminado besándose apasionadamente cuando su única intención había sido ir a su casa para ayudarlo con Jacoby.

Lo peor de todo era recordar que ella había sido la primera en besarlo. No quería ni pensar en lo que habría pasado si se hubieran dejado llevar y…

—¿Gina?

Su voz la sacó de sus pensamientos y no pudo evitar sonrojarse. Era una suerte que Justin no pudiera saber en qué había estado pensando. Tenía la esperanza de que su bronceado ocultara algo lo avergonzada que se sentía. Tomó su chaqueta y el bolso.

—Tengo que ir al trabajo. Es mi primera noche después de…

—Sí, lo sé, de tus repentinas vacaciones. Vamos, te acompaño al coche —le dijo Justin mientras miraba a su hijo—. ¡Jacoby, nos vamos!

El niño se les acercó corriendo.

—¿Lo has oído, papá? ¡Un piloto de carreras muy famoso que es de Destiny ha sufrido un accidente!

El amigo de Jacoby y su padre también se acercaron.

—Se refiere a Bobby Winslow —les dijo el hombre—. Acabamos de escucharlo en la radio. Parece que se estrelló mientras preparaba la próxima carrera.

Justin maldijo entre dientes y ella lo miró sorprendida.

—¿Estás bien? —le preguntó algo preocupada.

—Estoy bien —repuso Justin—. ¿Está muy mal? —le preguntó al otro padre.

—No lo sé, dicen que está en estado crítico. Supongo que en los informativos de esta noche darán algo más de información —contestó el hombre—. Bueno, tengo que irme.

Fue propagándose entre los padres la noticia del accidente, todos estaban muy preocupados. Gina no había conocido personalmente a Bobby Winslow, pero sabía que había estudiado con Gage en el instituto y era una especie de héroe local para mucha gente.

—Es terrible. Espero que se recupere —murmuró ella.

—Sí —repuso Justin—. Yo también.

—¿Lo conoces, papá? —le preguntó Jacoby a Justin.

—Éramos amigos, al menos hasta que Bobby empezó a salir con Leeann Harris. Perdimos el contacto cuando se fue para entrar en el ejército, pero he seguido su carrera.

Fueron hacia el aparcamiento, estaba atardeciendo y Gina se estremeció. No sabía si era por culpa del frío o por la cálida mano que Justin había colocado en la parte baja de su espalda para guiarla hasta su coche.

Jacoby se les adelantó corriendo hasta la camioneta de Justin. Estaba aparcada junto a su coche.

—Vamos, Jacoby, métete dentro —le pidió Justin a su hijo tras abrir la puerta.

El niño levantó un pie para subir, pero después se giró hacia ella.

—¡Gina, casi se me olvida decirte algo! Estoy jugando al béisbol.

—Es estupendo, Jacoby. ¿En qué posición juegas?

—En el campo izquierdo. Es un poco aburrido porque los niños no pueden golpear la pelota tan lejos, pero me lo paso muy bien. ¿Vas a ir a verme jugar alguna vez?

—Por supuesto —le prometió ella.

Jacoby le regaló una gran sonrisa y después se subió a la camioneta.

—¿Recuerdas las normas? —le preguntó Justin.

—Ponerme el cinturón de seguridad y no tocar nada de tu lado.

Justin asintió con la cabeza y comenzó a cerrar la puerta, pero Jacoby tenía algo más que decir.

—Oye, ¿te llegó una foto mía con Jack cuando estabas de viaje?

—Sí —repuso ella mientras sacaba su teléfono y le enseñaba la imagen—. Gracias por mandármela.

El niño parecía entusiasmado.

Justin cerró la puerta. No sabía qué querría decirle, pero su instinto le decía que tenía algo que ver con lo que había pasado en su cocina.

Jacoby abrió la puerta de nuevo.

—Papá.

—¿Sí? —repuso Justin con algo de frustración.

—Yo tenía un amigo que también se llamaba Bobby y que también tuvo un accidente de coche. No sé si está bien porque nos mudamos, pero mi profesora me dijo que se iba a curar —le dijo Jacoby algo lloroso—. Siento mucho que le haya pasado lo mismo a tu amigo.

Justin no pudo ocultar su sorpresa. Las sinceras palabras de Jacoby consiguieron emocionarla a ella también. Se dio cuenta de que esos días justos los habían unido mucho.

—Gracias, Jacoby —repuso Justin—. Pero ahora, siéntate bien y ponte el cinturón de seguridad.

Esperó a que el niño le obedeciera antes de cerrar la puerta de la camioneta.

—Parece que esta semana juntos os ha unido mucho —le dijo ella.

—No tanto como crees. Hemos hecho galletas y hemos visto juntos los dibujos animados, pero se ha despertado gritando algunas noches por culpa de unas pesadillas de las que no puede o no quiere hablarme.

—Justin, lo siento mucho —le dijo mientras agarraba con una mano su chaqueta y con otra su muñeca—. No sé cómo ayudar, pero me encantará escucharte si quieres hablar de ello.

Él se apartó y Gina lo soltó de inmediato.

—No es eso lo que quería, mi intención era hablar contigo de otra cosa.

—¿De qué se trata? —le preguntó ella fingiendo más calma de la que sentía—. Voy a llegar tarde al trabajo.

—Quiero disculparme.

Sus palabras la sorprendieron. Se le encogió el corazón al pensar que le iba a pedir perdón por haberla besado.

—He sido muy duro contigo, cuando no has hecho más que ayudarme desde que apareció Jacoby. Te has portado fenomenal desde el principio y yo he sido un auténtico cretino que…

—Ya te disculpaste el otro día en el restaurante. Es suficiente —repuso ella—. Necesitabas ayuda y por eso hice lo que hice. No tienes que disculparte por nada.

No quería que Justin siguiera hablando y le dijera que lamentaba haberla besado.

—Viniste a la cabaña cuando te lo pedí en vez de colgarme el teléfono, que es lo que me merecía —continuó Justin—. Me ayudaste a entender por qué Jacoby no quería irse a la cama y, ¿cómo te demostré mi agradecimiento? Haciendo la única cosa que prometí que nunca…

—Ya te he dicho que no pasa nada —lo interrumpió ella de nuevo.

Sacó las llaves del coche y trató de abrirlo, pero le temblaban las manos y le costó hacerlo.

—Lo que hice, lo habría hecho por cualquiera —balbuceó ella—. Y no te preocupes por lo del beso. No pasa nada.

Justin se quedó unos segundos en silencio antes de hablar.

—¿No pasa nada? —repitió entonces él.

—No, fue algo espontáneo, no sé… Había sido un fin de semana muy largo, estabas agotado y te pillé desprevenido —balbuceó ella sin saber muy bien lo que decía—. Fue solo un beso amistoso. Porque podemos considerarnos amigos, ¿no? Así que, déjalo estar, ¿de acuerdo?

—¿Amigos? —susurró Justin mientras se quedaba contemplando el coche de Gina hasta que desapareció.

No entendía nada.

Cuando Jacoby le pidió que lo llevara a la biblioteca para ver a Gina, él había tratado de quitarle la idea de la cabeza, pero no lo consiguió.

Al final, decidió ir porque lo cierto era que tenía tantas ganas de verla como Jacoby. Se había quedado hipnotizado al ver de nuevo sus brillantes ojos azules, los rizos castaños y su piel bronceada por el sol.

A pesar de todo lo que le había dicho Leeann, la sonrisa y la voz de Gina habían conseguido relajarlo y transportarlo a otro mundo. Había decidido entonces que se merecía una disculpa.

La disculpa que debería haberle ofrecido después de besarla aquella noche en su cocina.

Pero Gina había dado la vuelta a sus palabras para terminar asegurándole que aquel beso no significaba nada y que eran solo amigos.

No creía que lo hubiera dicho en serio, pero le había molestado oírlo. Le había dado la impresión de que no tenía mucha experiencia, pero lo que le faltaba en ese aspecto lo compensaba con creces gracias a su pasión. Una pasión que había estado a punto de conseguir que él hiciera una verdadera estupidez. La estupidez de dejarse llevar por la esperanza.

Ese sentimiento le habría podido hacer creer que Gina de verdad quería estar en sus brazos, besarlo y estar cerca de él. Tampoco quería soñar con que a ella le importara de verdad ese niño. No podía permitirse el lujo de dejarse llevar por esa absurda esperanza y creer que a lo mejor él también podría llegar a tener las mismas cosas que otras personas daban por sentado.

No podía creer que Gina le hubiera sugerido que fueran amigos.

Suspiró y se dispuso a abrir la puerta de la camioneta. Pero notó que alguien lo observaba y se dio la vuelta.

—Creo que es una vergüenza —dijo una mujer tras él mientras lo miraba fijamente.

La señora le hablaba a otro hombre a su lado. Debían de tener unos cincuenta años. No los conocía, pero le sonaban sus caras.

—¿Cómo dice?

—Me parece imperdonable lo que haces —le dijo la mujer—. No creo que seas la persona más adecuada para cuidar de ese niño.

—¿Eso cree? —repuso Justin estupefacto.

—Eso creemos muchos —intervino el hombre—. Y ten en cuenta que los servicios sociales te están vigilando. Te pareces demasiado a tu padre y a tu hermano. A ese niño no le conviene estar contigo. Lo último que necesitamos es una nueva generación de la familia Dillon para causar más problemas.

—No queremos gente como vosotros en este pueblo —agregó la mujer—. Vámonos, Harold.

La sorpresa inicial se convirtió en rabia que le hirvió en las venas. Sentía una voz en su interior que trataba de calmarlo y recordarle que no debía dejarse llevar por la ira.

Era una voz dulce y suave, era la voz de Gina.

Logró controlar el impulso de ir tras esa pareja y decirles lo que pensaba de ellos.

Fue un alivio comprobar que las ventanillas de su camioneta estaban subidas y que Jacoby no habría podido escuchar a esas dos personas tan llenas de odio.

Trató de relajarse, respirar hondo y no pensar en ello mientras se metía en el vehículo. Lo que más le había dolido era que él estaba de acuerdo con ellos, no creía ser la persona más adecuada para cuidar de nadie.

Capítulo 9

GINA, por favor, te necesitamos! ¡Tienes que ayudarnos!

Trató de ignorar el lloriqueo de su hermana, pero era imposible.

—Ya te dije que iría con mamá y contigo a ayudarte a escoger un vestido —repuso Gina—. Pero no estoy dispuesta a ir a ese baile como supervisora.

—¡Pero no es un baile cualquiera! ¡Es el baile de primavera, el último antes de la graduación! Si no conseguimos suficientes supervisores, no nos dejarán hacerlo —repuso Giselle a través de la puerta del probador—. Celebramos la fundación del instituto en los años cincuenta y hemos trabajado mucho para ambientarlo en esa década.

Llevaban toda la tarde del sábado rebuscando entre los vestidos que tenían en la mejor tienda de ropa *vintage* de Cheyenne.

—Sí, ya sé que es importante, pero no quiero tener que…

No terminó la frase al oír el timbre de su teléfono. Era un mensaje de texto y no pudo evitar que se le acelerara el corazón mientras sacaba el móvil del bolso.

Pero sabía que no sería Justin. Apenas habían hablado desde el lunes, cuando tuvieron una tensa conversación en el aparcamiento de la biblioteca. Las pocas veces que lo había visto en el trabajo, Justin se había limitado a mascullar una respuesta cuando ella lo saludaba.

Había vuelto a ver a Jacoby en la biblioteca, pero había sido Racy la que lo había llevado.

Se había dado cuenta de que ese hombre no tenía ningún interés en ser amigo ni ninguna otra cosa. Leyó el mensaje.

No seas así y ven al baile, no puedes dejarnos a cargo de unos cuantos adultos aburridos.

Era de Garrett, el gemelo de Giselle.

—¿Qué has hecho? ¿Pedirle a Garrett que me presione? —le dijo a Giselle mientras respondía a su hermano en los mismos términos—. No me interesa.

—Pero seguro que te lo pasarías bien —repuso su hermana entreabriendo la puerta del probador—. Y necesitas divertirte más que nadie.

—¿Qué quieres decir con eso?

—Has estado triste y de mal humor desde que volviste de viaje.

—Giselle, deja a tu hermana —intervino Sandy Steele acercándose con varios vestidos más en sus brazos—. Si no quiere ir, seguro que tiene una buena razón.

—Gracias, mamá —repuso Gina mientras se fijaba en uno de los vestidos.

—Tú nunca pudiste asistir a ninguno de estos bailes —agregó Sandy—. Siempre me dio pena que te perdieras esta experiencia. A lo mejor podrías ponerte guapa e ir a este.

Giselle se echó a reír y Gina gimió desesperada al oír la sugerencia de su madre.

—Mamá, ¿tú también?

—Creo que te lo pasarías muy bien —le dijo su madre mientras le ofrecía el vestido que había atraído su atención.

Era negro, con escote palabra de honor, un corpiño ajustado y una falda voluminosa.

—¿En un baile de instituto? —repuso Gina con incredulidad.

—No hace tanto que dejaste la escuela secundaria, cariño —le recordó su madre.

No pudo evitar acariciar el vestido. Tres capas de tul formaban la falda. Era precioso.

—Voy a cumplir veintitrés años dentro de unos meses.

—La edad perfecta para vigilar a un grupo de adolescentes mientras tú también te diviertes —repuso su madre—. ¿Por qué no te lo pruebas? —añadió ofreciéndole el vestido.

—No sé… —murmuró mientras lo sujetaba en sus manos.

—Pruébatelo, cariño. En cuanto lo vi, pensé que te quedaría fenomenal.

Gina entró en el probador y se quitó la ropa antes de que pudiera cambiar de opinión. Se puso el vestido y se subió la cremallera de la espalda con algo de dificultad. Cuando se dio la vuelta para mirarse en el espejo, se quedó maravillada.

El escote realzaba sus pechos y la forma del vestido acentuaba su cintura. Nunca se había visto tan guapa. Se dio cuenta de que necesitaría zapatos de tacón alto y el pelo recogido en un moño.

Le encantaba ese vestido y pensó que quizás no fuera mala idea ir al baile. Creía que sería divertido ver a sus hermanos vestidos como en los años cincuenta. Giselle formaba parte del comité que organizaba el baile y quería que todo saliera muy bien.

Pero no podía ir sola y no se le ocurría a quién podría pedirle…

Como no podía ser de otra manera, Justin fue la primera persona en la que pensó, pero era imposible.

Su teléfono volvió a sonar. Era un mensaje de Barbie.

Ve a ese baile, no te hagas de rogar.

Le parecía increíble que su hermana recurriera también a sus amigas para presionarla.

¿Te gustaría ir a un baile del instituto?, escribió ella a modo de respuesta.

Un minuto más tarde, recibió la contestación de Barbie.

No, gracias. Ya fui a muchos. Si quieres alguien que te acompañe, pídeselo a un chico.

No había terminado de leerlo cuando vio que su amiga le había enviado otro más.

Pídeselo a Ric Murphy. Está loco por ti. A no ser que quieras probar suerte con el chico de la universidad de Boston.

Gina suspiró. Sabía que le gustaba a Ric y Barbie se refería a un chico de Boston que había conocido en la playa. Le había mandado un par de correos electrónicos desde entonces.

Los dos eran divertidos, agradables y guapos, pero no eran Justin.

Cerró un instante los ojos.

Creía que había llegado el momento de seguir adelante con su vida. Sin pensárselo dos veces, buscó un número en la agenda del móvil y lo marcó.

—Hola, Ric. Soy Gina. Me preguntaba si tendrías ya algún plan para el sábado por la noche.

A Gina le habían dado plantón.

Ric había llamado una hora antes para decirle que tenía la gripe y que no iba a poder llevarla al baile, cuando ella ya había estado completamente arreglada y vestida.

Esperó a que su madre hiciera fotos de los gemelos con sus respectivas parejas. Giselle estaba muy guapa con su vestido amarillo de gasa. Garrett había vuelto a casa después de recoger a Leenie Harden, la chica con la que llevaba ya algún tiempo saliendo y que era además hija del alcalde. Después, los cuatro adolescentes se fueron al instituto, habían quedado allí con otros amigos.

—¿Cómo es que no ha llegado aún Ric? —le preguntó entonces su madre.

—Me llamó hace un rato. No va a venir. Tiene gripe. Empezó esta mañana como un resfriado, pero ha ido a peor por momentos. Esperó hasta el último momento para llamar porque tenía la esperanza de poder llevarme, pero…

—Cariño, no sabes cuánto lo siento. Estabas tan ilusionada con él.

—No, no lo estaba. Ric iba a acompañarme esta noche, pero no hay nada más —le dijo Gina—. No pasa nada.

Esas últimas palabras resonaron en su cabeza. Eran las mismas que le había dicho a Justin. Y se había dado cuenta de que la había creído porque había estado tratándola como si fuera una desconocida desde entonces. Tenían turnos distintos y apenas se veían.

No la ignoraba, pero la trataba con indiferencia. Como si de verdad no hubiera pasado nada entre los dos.

Gina se sentó en el sofá y cerró los ojos, no quería que su madre los viera llenos de lágrimas. No entendía por qué estaba tan dolida. Después de todo, solo era un baile de instituto.

—No te preocupes por mí —le dijo a su madre—. Sé que Hank y tú tenéis planes.

—Aunque no pueda llevarte Ric, podrías ir al baile.

—¿Quieres que aparezca sola? No, no quiero hacerlo.

—Gina Marie Steele, los gemelos cuentan contigo —le recordó su madre con más firmeza—. Y también te están esperando los otros supervisores.

Sabía que tenía razón, pero no le gustaba nada tener que entrar sola en el gimnasio del instituto. Se le pasó por la cabeza la posibilidad de esconderse en el baño o dedicarse a vigilar los pasillos por si a alguna pareja se le ocurría ocultarse en algún rincón oscuro.

—Lo sé, mamá. Lo sé.

—Hank no tardará en llegar. Si quieres, te llevamos al instituto de camino al cine.

—No, gracias, mamá. Iré en mi coche en cuanto me cambie de ropa.

—¿Te vas a cambiar?

—Sí. Tenía sentido vestirme así para ir con Ric, pero yendo sola… Voy a ponerme un vestido más sencillo y calzado cómodo —le dijo mientras empezaba a quitarse uno de los zapatos.

—Pero, Gina…

—Nada de peros, mamá. Ve a terminar de arreglarte. Hank no tardará en llegar.

Su madre abrió la boca para protestar, pero no dijo nada y fue a su dormitorio. Segundos más tarde, sonó el timbre y fue hacia allí con el zapato en la mano.

—Debe de ser Hank. Ya voy yo —le dijo a su madre mientras abría la puerta sin mirar—. Hola, está casi lista, ahora…

Se quedó sin palabras al ver unas botas vaqueras y subió la vista, pero un sombrero ocultaba casi todo su rostro. Aun así, no le costó reconocerlo.

Justin.

Llevaba un traje oscuro y una camisa blanca. En lugar de una corbata normal, llevaba el cordón típico de los vaqueros.

No podía creer que tuviera a Justin Dillon en su porche y con un aspecto tan delicioso. Parecía listo para el baile y llevaba en las manos una caja transparente de plástico con un ramillete de rosas amarillas.

—Si buscas un príncipe azul que te ayude con ese zapato, no estás de suerte, Cenicienta —le dijo Justin entonces.

Gina estaba bellísima, Justin no podía dejar de mirarla.

Llevaba los hombros al descubierto y el vestido le proporcionaba una vista inmejorable de su escote, sobre todo cuando se agachó para ponerse el zapato. Se había pintado las uñas de los pies del mismo color rosa de su mechón de pelo y vio que se había recogido los rizos en una especie de moño.

Tenía claro que su presencia la había sorprendido y seguía mirándolo con la boca entreabierta. Y él no podía dejar de observar esos labios brillantes, se moría de ganas por besarlos.

Aunque sabía que estaba mal, no podía evitarlo.

No había podido olvidar lo que le habían dicho en el aparcamiento de la biblioteca. Se dio cuenta después de que eran Harold Lyons y su esposa. Su hijo había sido uno de los chicos con los que se había juntado durante su rebelde adolescencia y había muerto por culpa de una sobredosis unos años más tarde.

Aunque trataba de no pensar en lo que le habían dicho, una parte de él sabía que tenían razón. No sabía nada de niños y no podía ser un modelo de conducta para nadie, como tampoco lo había sido su padre para él.

En cuanto a la hermosa dama que tenía delante de él en esos momentos... Gina le había dicho que quería que fueran amigos, pero no lo creía posible.

Quería algo más que una amistad con Gina, pero sabía que ella no era chica de una sola noche y él no podía ofrecer nada más.

Así que había estado manteniendo las distancias hasta que Racy apareció esa noche en su casa para pedirle que acompañara a Gina. Sabía que iba a ser muy duro pasar las siguientes horas con ella sin dejarse llevar por su deseo.

—¿Qué haces aquí? —le dijo ella con algo de suspicacia.

—Estoy aquí para llevarte al baile.

—¿Cómo? —le preguntó perpleja.

—Bueno, tu acompañante te ha dejado plantada, ¿no?

—Está enfermo... Pero ¿cómo sabías que tenía planes con Ric?

—No ha hablado de otra cosa esta semana —le dijo él—. Todo el mundo lo sabía... Hola, señora Steele —agregó al ver a la madre de Gina aparecer en el vestíbulo.

Lo miraba sonriente, pero no podía esconder la sorpresa de verlo en su casa.

—Hola, Justin. ¡Qué elegante estás!

—Gracias, señora Steele.

—Gina, ¿no lo vas a invitar a pasar?

Su hija se apartó de mala gana y le hizo un gesto para que entrara. En el vestíbulo había marcos con fotografías de la familia, algunas del difunto padre de Gina. Gent Steele había sido el sheriff de Destiny durante mucho tiempo, hasta su muerte diez años antes durante un tiroteo.

Siguió a Gina hasta el salón con los ojos fijos en su cuello.

Era una casa sencilla y acogedora. Olía bien, a una mezcla de flores frescas y una comida casera. Desde hacía ya unos días, tenía unos muebles en la sala de estar de segunda mano, pero su cabaña aún no parecía un hogar por muchos dibujos de Jacoby que pusiera en la nevera.

—Tiene una casa muy bonita —comentó.

—Gracias —repuso la madre de Gina—. ¿Me va a contar alguien qué es lo que pasa?

—Parece que Justin ha venido para sustituir a Ric y que no me quede sin acompañante esta noche.

Gina lo había explicado muy bien, pero sus palabras le habían dolido. No creía que su madre la dejara salir de allí con un tipo como él.

—¡Qué detalle, Justin! —le dijo la señora Steele—. Hank me ha llamado hace un momento. Tampoco se encuentra bien, así que voy a su casa para llevarle un caldo y ver una película con él. ¿Queréis que os haga una foto antes de irme?

—Mamá, ni siquiera sé si voy a ir al baile —protestó Gina.

Le dolió ver que estaba dispuesta a ir con Ric Murphy, pero no con él.

—Bueno, ya sabes lo que pienso al respecto, así que no te diré nada más. Estáis los dos muy guapos —les dijo Sandy Steele—. No tienes que volver con tus hermanos, estaré esperándolos en casa. Diviértete, cariño. Y tú, Justin, conduce con cuidado, por favor.

—Sí, señora Steele.

Gina acompañó a su madre a la puerta. Las oyó susurrar y supuso que estaría hablando de él.

—¿Por qué estás haciendo esto? —le preguntó
Gina cuando volvió al salón.

—¿Qué quieres decir?

—¿Apareces sin previo aviso y esperas que me
vaya contigo?

—No espero nada —le confesó él—. Racy se presentó en mi casa hace una hora. Me dijo que Ric la había llamado para decirle que no podía trabajar porque
estaba enfermo. Le preocupaba que te perdieras la
fiesta y me convenció para… Mira, si quieres ir al baile sola, no me importa.

Gina se mordió el labio inferior. Por alguna extraña razón, era un gesto que le resultaba muy sexy. Había desconfianza en sus ojos y adivinó lo que iba a decirle.

—Bueno, tengo una cerveza y un partido esperán-
dome en casa. Así que será mejor que me…

—Espera —repuso ella cuando él se daba la vuelta
para irse—. ¿Son para mí esas flores?

Capítulo 10

GINA trató de convencerse una y otra vez de que no era importante. Eran solo dos amigos yendo juntos al baile para supervisar a los adolescentes. Pero no conseguía tranquilizarse.

Cuando llegaron al instituto, solo tenía una cosa en mente: besarlo apasionadamente.

Sacudió la cabeza, enfada consigo misma por pensar en esas cosas cuando eran solo amigos, nada más. De un modo u otro, le parecía increíble que Justin se hubiera presentado en su casa para acompañarla al baile. Sabía que lo estaba haciendo porque se lo había prometido a su hermana, pero le había emocionado que le regalara unas flores para adornar su muñeca. Aunque cabía la posibilidad de que también esas rosas hubieran sido idea de Racy.

Se estremeció al sentir la cálida mano de Justin de repente en su espalda.

—¿Estás bien? —le preguntó él mientras apartaba la mano.

Gina asintió con la cabeza. Sabía que Justin no contaba con que ella accediera a ir al baile con él. Incluso ella estaba sorprendida, pero había decidido vivir esa noche como lo que era, una fantasía, y tratar de ignorar durante unas horas la realidad de su situación.

No había querido tener que ir sola, pero sabía que Justin no quería estar allí.

Durante el trayecto en coche, se le había ocurrido una idea. Pensaba hablar con la persona encargada de los supervisores, pedirle disculpas por el retraso y ver si sus servicios seguían siendo necesarios. Si ya tenían suficiente voluntarios, iría a saludar a sus hermanos para volver cuanto antes a casa.

Cuando llegaron a las puertas del instituto, sus manos chocaron al tratar de abrirla a la vez y ella apartó la suya como si el contacto la quemara.

—Creo que soy yo el que tengo que abrir las puertas —le recordó Justin.

Lo miró de reojo. Había dejado su sombrero en el coche.

—¿Qué pasa? —le preguntó Justin.

—Si no quieres entrar, lo entenderé perfectamente —susurró ella—. Estoy segura de que encontraré a alguien que me lleve de vuelta a casa.

Justin dio un paso hacia ella e inclinó la cabeza. Vio que se fijaba un segundo en su boca, casi como si estuviera a punto de…

—No me voy a ninguna parte —le dijo con firmeza mientras abría la puerta—. Pase, señorita Steele.

Gina entró en el vestíbulo. Todo estaba decorado para la ocasión. A lo lejos sonaba una canción de Elvis. Había dos señoras sentadas a una mesa. Una de ellas se puso en pie para recibirlos.

—¿En qué podemos ayudaros? —les preguntó.

—Soy una de las supervisoras del baile. Siento llegar tarde —repuso Gina.

La mujer la miró con el ceño fruncido.

—¿Cómo te llamas?

No le gustó cómo la miraba y trató de convencerse de que no era nada personal.

—Gina Steele —repuso ella con su mejor sonrisa.

La otra señora también se puso en pie y las dos fijaron entonces su atención en Justin. Gina notó que hacían el mismo gesto con la boca. No les gustaba verlo allí.

—¿Podrían decirme dónde está la presidenta del comité? —les preguntó Gina al ver que se quedaban en silencio.

—La señora Powers debe de estar en el gimnasio —contestó una de las mujeres.

—¿No tienen que añadir el nombre de mi acompañante a su lista? —preguntó ella.

—Sí, por supuesto.

—Justin Dillon —intervino entonces él—. Pero, bueno, usted ya sabe quién soy, señora Lyons. Tragó saliva al ver que Justin había reconocido a una de las señoras. Formaba parte de un grupo de mujeres muy conservadoras e intransigentes que le habían hecho la vida imposible a la hermana de Justin.

Se despidió de las señoras al ver que él ya se iba hacia el gimnasio. Tuvo que apresurarse para alcanzarlo.

—Los colegios parecen muy distintos de noche, ¿verdad? —susurró ella—. ¿No habías vuelto a venir desde que te graduaste?

—No llegué a graduarme aquí —repuso Justin—. Dejé los estudios cuando estaba en tercero de secundaria.

Antes de que se le ocurriera una respuesta, llegaron al gimnasio. La mayoría de las chicas vestía como su hermana y como ella, con trajes parecidos a los de los años cincuenta. Muchos adolescentes los observaron con curiosidad al verlos entrar, pero fueron las crueles miradas de los adultos los que le helaron la sangre.

Vio al entrenador de fútbol y a otro hombre controlando la fila en la que esperaban las parejas que querían hacerse fotos. Se les acercaron de pronto dos mujeres. Supuso que serían profesoras y vio que se ponían a hablar en voz baja. De vez en cuando, los miraban a ellos dos. No le costó adivinar que estaban hablando de ellos.

—¿Entramos? —le sugirió Gina a su pareja.

Justin le hizo un gesto para que pasara delante de él. Estaba siendo muy caballeroso.

Hacía bastante calor y aún conservaba cierto olor a gimnasio. Habían colgado una bola de espejos del techo y las paredes estaban decoradas con guirnaldas de papel crepé con los colores del instituto, azul y blanco.

Siempre había estado demasiado centrada en los estudios para asistir a bailes como ese. Después, cuando se marchó a una escuela privada para seguir estudiando, sus compañeros habían sido mayores que ella y su timidez le impedía ser más sociable. Le había pasado lo mismo en la universidad.

Miró a su alrededor y se dio cuenta de que se había perdido una experiencia mágica.

—Creo que tu hermana viene para aquí.

La música estaba tan alta que Justin tuvo que hablarle al oído y el calor de su aliento hizo que se estremeciera.

—Ya era hora de que vinieras —le dijo Giselle cuando llegó a su lado de la mano de su novio—. ¿Dónde está tu…? —preguntó mientras miraba a Justin— ¡Ah! ¡Hola!

—Ric está con gripe —le explicó Gina mientras agarraba a Justin del brazo—. Y él ha tenido el detalle de acompañarme para que no tuviera que venir sola.

Sabía que estaba balbuceando, pero no podía evitarlo.

—¡Genial! —exclamó Giselle—. Hola, Justin.

—Hola —repuso él.

Justin no parecía estar cómodo en esa situación, apenas había hablado y recordó entonces la idea que había tenido. Esperaba poder irse de allí cuanto antes.

—Giselle, ¿sabes dónde puedo encontrar a la señora Powers?

—Seguro que está en el baño —repuso el novio de su hermana—. Porque está a punto de estallar.

—La señora Powers está embarazada —explicó Giselle—. Creo que sale de cuentas muy pronto. Te ayudaré a encontrarla.

—¿Te importa esperarme aquí a que…? —le preguntó Gina a Justin.

—Claro que no le importa —la interrumpió Giselle—. Justin, te presento a Stefan, mi novio.

El chico le ofreció la mano y Justin tardó unos segundos en aceptarla. Gina dejó que su hermana la sacara de la mano del gimnasio, pero le preocupaba su acompañante.

—¿Es cierto que estuviste en la cárcel por tráfico de drogas?

A Gina se le encogió el corazón al oír la pregunta del adolescente, pero ya estaba demasiado lejos para tratar de sacar a Justin de allí.

Unos minutos después, encontraron a la señora Powers a la puerta de los servicios. Giselle se la presentó y se fue.

—Siento haber llegado tarde —volvió a disculparse Gina—. Pero aquí estoy, lista para ayudar. ¿Qué necesita que haga?

—La verdad es que ya tenemos suficientes voluntarios —contestó Linda Powers—. Han sido muchos los profesores que han querido participar en la fiesta.

Se preguntó si sabría que estaba allí con Justin y si lo juzgaría con tan poca compasión como parecía hacerlo el resto de los adultos presentes.

—Bueno, si no me necesitáis…

—Por supuesto, podéis quedaros si queréis y disfrutar del baile —la interrumpió la profesora—. Ahora, si me perdonas, tengo que ir a comprobar una cosa.

Se quedó observándola mientras se alejaba por el pasillo. No sabía si su invitación sería sincera. Necesitaba un momento para pensar y entró en el servicio. Se metió en el último cubículo y se apoyó en la pared.

Podían irse o quedarse.

Respiró profundamente y trató de no pensar en cuánto le gustaría poder bailar con Justin. Sabía que lo más inteligente era irse de allí.

Salió del cubículo y se miró en el espejo.

—No entiendo que traiga a ese hombre al instituto, ¡a un baile lleno de jóvenes! —dijo alguien mientras abría la puerta del baño.

Entraron las dos mujeres que Gina había visto hablando unos minutos antes con el entrenador de fútbol.

—Además, teniendo en cuenta que es la hermana del sheriff… —contestó la otra mujer—. Y de una de las mejores familias de la ciudad, no entiendo qué hace con él.

—¿Por qué no me lo pregunta a mí? —repuso ella.

Le encantó ver sus caras de sorpresa.

—¡Señorita Steele!

—Esa soy yo. Pero me temo que a ustedes no las conozco.

Ya había aguantado bastante y no estaba dispuesta a dejar que siguieran tratando a Justin de esa manera.

—¿Qué es lo que pasa? ¿No les gusta mi acompañante? —les preguntó con bastante calma.

—Pues no, la verdad es que no. Soy Beverly Simpson, profesora del instituto. Tengo dos hijos ahora mismo en el baile y creo que es el lugar menos adecuado para alguien que se ha dedicado al tráfico de drogas —le dijo una de las mujeres.

—Justin ya ha pagado por lo que hizo —repuso ella—. Ahora está luchando para recuperar su vida y cuidar de su hijo.

—¿Y cómo podemos estar seguros de que no ha vuelto a las andadas? De tal palo, tal astilla, como dice el refrán —comentó la señora Simpson.

—Entonces, ¿fueron sus padres los que la convirtieron en una mujer tan intolerante? —le preguntó Gina—. Si no queremos que nos juzguen, es mejor no juzgar a los demás.

—¿De verdad confía en ese hombre?

—Sí, por supuesto —repuso Gina.

Recordó lo que había pasado en el Blue Creek tres meses antes. No le costó adivinar que los tipos que los interrumpieron eran viejos conocidos de Justin. Pero él no había querido tener nada que ver con ellos y terminó herido cuando trató de defenderla.

—Puede que haya llegado el momento de confiar en la gente —les dijo mientras se iba.

Fue hacia el gimnasio y tomó dos vasos con refrescos de la mesa de las bebidas. Se sentía más fuerte, con una nueva confianza. Pero se quedó helada al ver que Justin no estaba donde lo había dejado.

Le dio un vuelco el corazón, pero trató de tranquilizarse y lo buscó por la pista de baile. No lo veía capaz de irse sin despedirse de ella.

Se quedó perpleja cuando por fin lo encontró. Estaba sentado a una de las mesas y lo rodeaba un grupo de adolescentes entre los que estaban sus hermanos.

—Hola, hermana —la saludó Garrett al verla llegar.

Justin levantó la cabeza hacia ella y se puso de pie. Se había quitado la chaqueta y tenía las mangas remangadas. Tomó los vasos que sujetaba ella y los dejó en la mesa.

—¿Qué hacéis? —preguntó Gina después de abrazar a su hermano.

—Nada —repuso Justin metiéndose las manos en los bolsillos—. Estábamos charlando.

—Entonces, ¿de verdad se te daba tan bien correr? —le preguntó una de las chicas a Justin.

—Bueno, supongo que sí. Estuve en el equipo de atletismo durante unos años. Si no hubiera sido tan estúpido como para dejar los estudios, a lo mejor habría conseguido llegar lejos.

—¿Sigues corriendo? —le preguntó otra chica.

—Sí, cuando tengo tiempo —les explicó Justin—. Corrí bastante en la cárcel. Tenían una pista al aire libre. Pero correr en círculos y rodeado siempre por una valla electrificada no es lo mismo.

—Bueno, pero al menos terminaste secundaria y estudiaste una carrera —le dijo entonces Giselle—. Me parece algo impresionante.

Gina se quedó boquiabierta y lo miró con el ceño fruncido. A ella le había dicho nada más entrar en el instituto que no había llegado a graduarse. Pero recordó entonces que lo que le había dicho era que no se había graduado allí.

—Habría sido más impresionante que hubiera logrado esas cosas sin verme envuelto en el mundo de las drogas y el dinero fácil —les confesó Justin.

Vio que casi todos asentían con la cabeza y lo escuchaban con atención.

—A mi primo le concedieron una beca de baloncesto para estudiar en la universidad, pero lo echó todo a perder por culpa de la droga —dijo uno de los chicos.

—Por eso mismo me mantengo yo alejado de esa porquería —añadió otro—. Ya es bastante complicado decidir qué vas a hacer con tu vida sin problemas de ese tipo.

—Bueno, es una suerte que no tengáis que preocuparos de eso esta noche —repuso Justin mientras señalaba la pista de baile—. Pasadlo bien, que para eso es esta fiesta.

Todos fueron levantándose hasta dejarlos solos a Justin y a ella.

—No me habías dicho que tenías un título universitario —le dijo Gina entonces.

—No me lo habías preguntado —repuso Justin encogiéndose de hombros.

—Muy bien —contestó Gina mientras se sentaba a su lado—. Te lo pregunto ahora.

—Estudié Literatura Inglesa y Humanidades.

Recordó entonces los libros que llenaban las estanterías de la cabaña.

—¡Vaya! ¡Es impresionante! —exclamó ella—. ¿Cómo has empezado a hablar de esas cosas con estos chicos?

—El novio de tu hermana quería saber qué hice para acabar en la cárcel.

—Lo sé, lo escuché cuando me iba —repuso ella.

—Es agradable que alguien lo pregunte directamente en lugar de cuchichear a mis espaldas, así que contesté todas sus preguntas —le confesó Justin—. Cuando quise darme cuenta, estaba rodeado de chicos. Les he contado todas las estupideces que hice en mi adolescencia y lo que tuve que pagar por ellas.

Gina se inclinó hacia delante y puso su mano sobre la de Justin.

—La gente se limita a decirles lo que tienen que hacer y lo que no. Creo que les habrá sido muy útil hablar con alguien que ha tenido que sufrir las consecuencias de sus acciones —le dijo ella.

—Ese soy yo —repuso Justin.

—No, tú eres mucho más que eso —protestó Gina—. Y lo sabes.

—¿Eso crees?

Justin apartó la mano para que dejara de tocarlo y bebió un buen trago de su refresco.

—Puedo contarles un par de historias y asustarlos un poco para que no se salgan del buen camino. Eso no me convierte en una buena persona.

—Pero eres una buena persona. Me has acompañado esta noche aunque preferirías no estar aquí. Has tenido que sufrir los malos gestos de mucha gente para que yo no tuviera que venir sola —le dijo ella con sinceridad—. Así que, si quieres irte, me parece bien.

Justin la miró a los ojos.

—¿Cómo?

—Podemos irnos —le explicó ella apartando la mirada—. Parece que tienen suficientes voluntarios. No nos necesitan.

—O no nos quieren.

Se encogió de hombros, pero pensaba lo mismo que él.

—No pasa nada —susurró ella.

De todas las palabras de su rico idioma, Gina no entendía cómo podía haber usado esas mismas otra vez. Se mordió el labio inferior. Era demasiado tarde para borrarlas.

Justin creía que estaba equivocada. Aquello era muy importante.

Desde que salieran esa noche de su casa, ella parecía haber estado esforzándose por mantener las distancias. Sabía que Gina habría supuesto que su acompañante no iba a ser bien recibido y se dio cuenta de que le habían dolido las reacciones que habían tenido casi todos los adultos al verlos llegar al baile.

Le dolía que estuviera sufriendo por culpa de esa gente y también por él. Le acababa de decir a esos chicos que se divirtieran y se dio cuenta de que él no estaba haciendo nada para asegurarse de que Gina disfrutara también de esa noche.

La miró fijamente, esperando a que ella levantara la vista.

—Eres increíble, ¿lo sabías?

Abrió mucho sus hermosos ojos azules al oírlo.

—Tú eres la que ha tenido que soportar la falta de respeto de esas personas esta noche. Todo por mi culpa —le dijo mientras acercaba un poco más su silla—. Si hubieras venido con Ric, todo el mundo estaría sonriente y feliz. Tú también estarías sonriente y feliz. Pero has tenido que conformarte con alguien que ni siquiera te da conversación o… Quiero que sepas que eres tú la que tienes que decidir si quieres irte o quedarte.

Se detuvo para respirar profundamente.

—De ahora en adelante, haremos lo que tú quieras —insistió él.

Gina abrió la boca, pero la cerró de nuevo.

Sabía que no era buena idea tocarla, pero no pudo evitar acariciar su mandíbula con un dedo.

—No pienses. Di la primera cosa que te venga a la mente. ¿Qué quieres?

—Quiero bailar.

De todas las respuestas posibles, era la última cosa que habría esperado de ella.

—¿Cómo?

—Quiero bailar —repitió Gina en voz baja—. Contigo.

La agarró de la mano y tiró de ella. Estaban tocando un *rock and roll* muy conocido.

—Justin, ¿seguro que quieres hacer esto? ¿Bailar conmigo?

—Más que nada en el mundo.

Pero era mentira. Lo que más deseaba era besarla, pero le encantó verla de nuevo sonriendo y llena de vida. Llevaba dos semanas sin verla así. Recordó que la última vez había sido cuando su hijo le entregó el dibujo que había hecho para ella.

Su hijo.

Le costaba aceptarlo, pero era de verdad su hijo. Había recibido esa misma tarde una llamada del laboratorio confirmándoselo. Estaba deseando compartir esa noticia con Gina, pero decidió esperar a que pudieran hablar sin esa música tan alta.

—¿Estás tú segura de que quieres hacerlo? No se me da muy bien bailar el *rock and roll* como lo hacían antes.

Gina apretó la mejilla contra la suya para que pudiera escuchar sus palabras.

—Tampoco saben bailar estos chicos. Esta música es de la época de sus abuelos. Limítate a pasártelo bien.

Y se lo pasó muy bien. Le gustó saltar con los adolescentes que los rodeaban, bailar sujetando las manos de Gina y dejarse llevar. Tardó un poco en conseguirlo, pero logró olvidarse de los demás y disfrutar de esos momentos.

Cuando llegó por fin una canción lenta, Gina se deslizó entre sus brazos. Quería presionarla contra su cuerpo, sentir sus curvas contra su torso. Pero se dio cuenta de que los hermanos de Gina los observaban mientras bailaban con sus respectivas parejas.

—No estamos supervisando el baile, pero supongo que deberíamos mostrar el debido decoro —susurró Gina entonces.

—¿Has visto a las parejas que nos rodean? Creo que no tienen ni idea de lo que es el decoro.

—¿Prefieres sentarte hasta que toquen otra cosa? —le sugirió Gina.

Justin le sonrió y negó con la cabeza.

—No, tengo una idea mucho mejor.

Capítulo 11

JUSTIN no soltó la mano de Gina mientras la sacaba de la pista de baile. Volvieron a la mesa, pero solo para recoger su chaqueta. Ella lo miró con suspicacia, pero siguió caminando. Poco a poco se abrieron paso hasta la pared opuesta del gimnasio, donde habían apilado las gradas.

—¿Adónde vamos? —le preguntó Gina.

—Confía en mí.

Vio que las puertas de emergencia seguían abiertas y que la alarma de incendios no estaba conectada. Por allí solían escaparse del instituto y vio que nada había cambiado.

Salieron y se detuvo un segundo para mirar a su alrededor y asegurarse de que no estaban interrumpiendo a nadie que hubiera salido con la misma idea. Pero estaban solos. Era agradable sentir el aire fresco de la noche.

—Mucho mejor —susurró él.

—¿Dónde estamos? —le preguntó Gina estremeciéndose ligeramente—. ¿Y qué hacemos aquí?

Soltó un segundo su mano para cubrirle los hombros con su chaqueta.

—Estamos al otro lado del gimnasio. Este camino va del aparcamiento hasta las pistas de atletismo.

Gina deslizó sus brazos por las mangas de la chaqueta y se las subió un poco, eran demasiado largas para ella.

—Creo que ya me oriento —murmuró ella mientras señalaba un punto—. Allí está el bosque. Algo me dice que has usado antes esta salida. ¿Estás reviviendo tu juventud?

Justin tomó de nuevo su mano.

—No, nunca había estado aquí con una chica tan guapa.

Podían oír aún la música del baile. Tiró de ella hasta tenerla contra su torso. Metió una mano bajo la chaqueta hasta llegar a su espalda y la acercó más aún. Las otras manos las tenían unidas entre ellos dos.

Creía que no era una buena idea, pero Gina había conseguido emocionarlo al decirle que le parecía una buena persona. Llevaba demasiado tiempo encerrado en sí mismo y nadie conseguía romper sus barreras. Pero esa mujer, mitad hechicera, mitad ángel, había conseguido llegar a su corazón. Se dio cuenta de que debería haber salido de allí cuando ella le dio la oportunidad, pero quería quedarse y proporcionarle la noche que Gina se merecía.

En ese momento se estaba dejando llevar por su egoísmo para hacer algo con lo que llevaba toda la noche soñando, quería tenerla en sus brazos lejos de la multitud y los ojos de los demás.

Deseaba estar a solas con ella y, si reunía el valor suficiente, volver a besarla.

Tenía muy claro que no debía hacerlo, pero no podía quitárselo de la cabeza.

—Por cierto, me enteré de la buena noticia el otro día —le comentó Gina entonces.

Se preguntó si se referiría a Jacoby, pero se dio cuenta de que no podía ser.

—¿De qué buena noticia?

—¿De tu amigo, Bobby Winslow? Racy me dijo que va a recuperarse del accidente.

—Sí, tendrá que estar en el hospital durante algún tiempo y no está claro que pueda volver a correr, pero sobrevivirá. Eso es lo más importante.

Gina apoyó la cabeza en su hombro.

—Gage me contó que Bobby siempre soñó con ser piloto de carreras. Si no se recupera, le resultará muy duro renunciar a ese sueño —murmuró Gina.

Justin no supo qué contestar, había renunciado a sus propios sueños. Aunque, por otra parte, tener a esa mujer en sus brazos hacía que se sintiera capaz de volver a soñar.

—¿Te parece bien que bailemos aquí? —le preguntó él mientras hundía la cara en su sedoso cabello—. Podemos volver a entrar si quieres.

—Lo que quiero es estar aquí contigo —le susurró Gina.

Una emoción que no podía describir llenó su pecho en ese instante. No sabía lo que era ni le importaba. No quería pensar, solo sentir y dejar que el resto del mundo desapareciera.

Solo había una cosa fuera de ese pequeño universo de ellos dos que quería compartir con ella.

—¿Sabes qué? Ya tengo los resultados. Jacoby es mi hijo.

—Yo ya lo sabía —repuso ella con una sonrisa—. Pero felicidades, de todos modos.

—¿No tenías ninguna duda?

—No, ninguna.

Siguieron bailando en silencio. Acabó una canción y comenzó otra.

Gina acarició la piedra que adornaba el cordón que llevaba al cuello.

—Recuerdo esta corbata vaquera, la llevabas el día que Racy y Gage renovaron sus votos.

—Sí, era de mi abuelo. Mi hermana se la encontró en una caja hace unos años y me la dio ese día, para que la llevara puesta durante la ceremonia.

No sabía por qué, pero deseaba compartir esa historia con ella.

—Supongo que algún día se la daré a Jacoby.

Gina siguió tocando la corbata. Era difícil sentir sus manos tan cerca y controlarse.

—Bueno, estás muy guapo con ella.

Levantó entonces la barbilla de Gina para mirarla a los ojos.

—No te he dicho nada y no debería haber esperado tanto, pero tú sí que estás bella esta noche.

En la penumbra, le costó ver si se había ruborizado, pero supuso que sí.

—Es un vestido bonito —repuso ella con modestia.

—No es el vestido. Eres tú, Gina —le dijo mientras llevaba una mano a su nuca—. Es tu sonrisa, tus ojos y ese mechón rosa que tratas de ocultar —añadió mientras lo liberaba con un dedo—. Mucho mejor así.

—Justin... —susurró ella.

Pero evitó que dijera nada colocando un pulgar en sus labios. Bajó la cabeza hasta que sus frentes se tocaron.

—Sé que es una locura, pero tengo que…

Oyeron de repente un grito y los dos se quedaron inmóviles.

—¿Qué ha sido eso? —susurró Gina—. ¿Un animal?

—No, calla un momento —repuso él.

Lo oyeron otra vez y él lo reconoció. Soltó a Gina y señaló la puerta.

—Entra en el gimnasio. Ahora mismo —le ordenó.

—Justin, ¿qué pasa?

—Alguien está en peligro —repuso él—. Hazme caso, entra.

Los años en la cárcel habían agudizado sus sentidos. Sabía que pasaba algo y que no era nada bueno. Se alejó hacia una esquina del edificio.

—¿Y dejarte solo? De ninguna manera.

Gina fue tras él. Abrió la boca para pedirle que le hiciera caso, pero los dos se quedaron helados al ver la escena frente a ellos.

A veinte metros de distancia, dos parejas del baile estaban siendo atracadas por cuatro hombres que ocultaban sus rostros bajo sudaderas con capucha.

Dos de los tipos sujetaban a uno de los chicos y lo habían amordazado con un pañuelo. Otro hombre sujetaba a una chica rubia mientras le tapaba la boca con la mano. El cuarto vándalo se enfrentaba al otro chico, que se interponía entre su asustada novia y una navaja.

Justin se volvió hacia Gina y le hizo señas para que llamara por teléfono. Pero él no podía esperar sin hacer nada. Fue corriendo y empujó a uno de los chicos del instituto para tirarlo al suelo en el momento en el que su atracador iba hacia él con el cuchillo.

Inhaló profundamente y se encorvó para protegerse, pero le dio con la navaja en el estómago, aunque de manera solo superficial. Podía sentir la adrenalina por sus venas. Dio una patada al brazo de ese hombre que le hizo tirar el cuchillo. Antes de que pudiera recuperarse, le dio un puñetazo en la mandíbula que lo tiró al suelo.

—¡Justin! ¡Cuidado! —le gritó Gina.

Se giró al oírla, justo a tiempo de prepararse para el ataque de otro de los tipos, el que había sujetado a una de las chicas. Cayeron los dos al suelo. Era más grande y fuerte que el primero. No pudo evitar que le pegara un par de golpes, pero Justin se defendió y aprovechó la primera ocasión que tuvo para darle un gancho de derecha.

Sabiendo que tenía que enfrentarse a otros dos, se puso de pie rápidamente. Pero vio que habían soltado al otro chico y salían corriendo.

Vio luces rojas y azules acercándose al instituto y no tardó en aparecer el coche patrulla del sheriff, que logró cortar el paso a los que habían tratado de escaparse. Comenzaron a salir algunos chicos del gimnasio.

Todo había terminado tan rápidamente como había empezado.

Le costaba mantenerse en pie, sus piernas no lo sujetaban. Vio que Gina corría a su encuentro.

—¡Dios mío, Justin! ¿Estás bien?

Apretó la mano de Gina con fuerza.

—Sí. Estoy... Estoy bien —susurró con la respiración entrecortada—. ¿Y los chicos?

Los profesores hicieron que todo el mundo regresara al baile. Se quedaron afuera el entrenador, otro profesor y la señora Powers. También estaba el ayudante del sheriff, que había estado patrullando cerca de allí cuando recibió el aviso. Pocos minutos después llegó una ambulancia. Y también el sheriff, que fue derecho a ver cómo estaba su hermana.

—¡Gina! —exclamó Gage—. ¿Estás bien? ¿Qué está pasando aquí?

Justin trató de soltar su mano, pero ella siguió sosteniéndola y no se apartó de él. Le contó a su hermano lo que había pasado y le aseguró que Giselle y Garrett estaban a salvo en el gimnasio.

Gage miró a Justin durante un buen rato, pero no dijo nada.

Después, se fue a hablar con su ayudante, que interrogaba en esos momentos a los cuatro asaltantes. Los enfermeros comprobaban al mismo tiempo el estado de los adolescentes.

—Entonces, ¿salisteis a tomar el aire fresco y de repente os asaltaron esos cuatro? —le preguntó Gage a los adolescentes poco después.

—Sí, señor. No sabemos de dónde salieron —le dijo uno de ellos.

Le explicó que habían intentado robarles y, cuando los chicos se negaron a darles su dinero, las cosas se pusieron feas. Sus amigos respaldaron la historia, repitiendo lo que ya le habían dicho al ayudante del sheriff. Este, con el visto bueno de Gage, se dirigió a comisaría con los asaltantes.

—¡Michael! —exclamó alterada una señora.

Justin se volvió para mirarla. Era una de las profesoras que supervisaba el baile esa noche.

—¡Michael! —gritó mientras abrazaba a uno de los chicos—. Tu hermana me acaba de decir lo que ha pasado. Cariño, ¿estás bien?

—Estamos bien, señora Simpson —contestó la chica que acompañaba a su hijo.

—Están bien, señora. Y todo gracias a él —intervino Gage mientras señalaba a Justin.

Todos lo miraron en ese instante, pero a él solo le interesaban unos ojos azules que tenía cerca. Vio que parecía preocupada, pero también había admiración en su mirada y el brillo de las lágrimas que no había llegado a derramar.

—Todo está bien, no te preocupes —le susurró él al ver que caía una de esas lágrimas.

Se apresuró a limpiarla con la yema de su pulgar.

—Pero podrían haberte herido... —repuso Gina rodeando su cintura con los brazos.

Ignoró el dolor que sentía en esa zona y la abrazó también. Vio que Gage los observaba y también había preocupación y admiración en su mirada. Creía que, si estaba preocupado el sheriff sería por Gina. Lo que era una novedad era que lo mirara a él con admiración.

—Gracias por todo, señor —le dijo Michael mientras le daba la mano—. No sé qué habría pasado si no nos hubiera ayudado. Pensé que tendríamos que defendernos a puñetazos. Eso podría haberlo intentado, pero cuando vi el cuchillo…

—Te colocaste entre esa navaja y tu chica —repuso Justin—. Fuiste muy valiente.

El chico se enderezó un poco al oírlo. Pudo ver que sus palabras habían conseguido reparar el frágil ego del adolescente.

Después, lo felicitaron todos los adultos presentes. Le parecía extraño estar en esa situación, sobre todo después de ver cómo los habían tratado a Gina y a él desde que llegaron al baile.

Pero decidió no echárselo en cara a nadie y aceptar sus palabras de agradecimiento. Aunque les dejó claro a todos que había sido la rápida llamada de Gina la que había conseguido que llegara el sheriff cuanto antes.

Poco a poco, fueron volviendo todos al gimnasio hasta que se quedaron solo Gina, Gage y él.

—¿Vais a entrar para seguir vigilando a esos adolescentes? —les preguntó Gage.

Era una buena pregunta. Justin no sabía qué iban a

hacer, pero estaba deseando tomarse un par de aspirinas y un buen trago de algo fuerte.

—No sé… —comenzó él.

—Creo que vamos a pasar solos el resto de la noche —lo interrumpió Gina.

—Bueno, tengo que ir a la comisaría y llamar a Racy para decirle que estáis bien.

—¿Cómo está Jacoby? —le preguntó Justin.

—Cuando me fui, lo dejé acurrucado en el sofá viendo una película y luchando contra el sueño. Pensábamos llevarlo con nosotros a la iglesia mañana, si te parece bien.

Justin asintió con la cabeza y Gage se giró para ir hacia su coche, pero se detuvo para darle un cariñoso golpe en la espalda a su cuñado.

—Has hecho algo increíble esta noche, Dillon. Puede que no esté todo perdido contigo —le dijo con una sonrisa.

Gina observó a Justin mientras se metía en el coche. Le había devuelto la chaqueta y había conseguido que se le pusiera. Estaba temblando y él le había dicho que era una reacción tardía tras la lucha, pero sabía que le estaba mintiendo y que ese tipo lo había herido. Se había dado cuenta al notar que contenía la respiración cuando ella lo abrazó.

—Entonces, ¿adónde vamos ahora? —le preguntó Justin mientras se ponía el cinturón de seguridad—. ¿Quieres comer algo? Podríamos ir al restaurante Sherry.

—¿Y si vamos a tu casa?

Llegaban en ese momento a un semáforo en rojo y Justin pisó el freno con más fuerza de la necesaria al oír su sugerencia. Cuando se detuvo el coche, se giró para mirarla.

—¿A mi casa?

—Supongo que podríamos volver a la mía, pero mi madre ya estará allí.

Se sentía orgullosa al ver que podía hablarle de ese modo sin que le temblara la voz.

—¿Qué? ¡Ah! ¡No! —balbuceó Justin carraspeando para aclararse la garganta—. Podemos ir a mi casa, por supuesto.

Se acercó a él tanto como le permitió su propio cinturón de seguridad y acarició con los dedos su brazo, desde la muñeca hasta el hombro.

—¿Sabes qué? Hay algo en tu casa que los dos necesitamos —le dijo ella.

—¿A qué te refieres? —repuso él mientras la miraba de reojo.

No le dijo lo que tenía en mente, por mucho que lo deseara.

—A tu botiquín.

Justin gimió y cerró un segundo los ojos. Vio que había conseguido sorprenderlo.

—¿Cómo lo sabes? —le preguntó Justin.

—Recuerda que soy muy lista.

—Gina, no es nada, de verdad —repuso él.

—Vamos a tu casa o a la clínica. Tú eliges.

Justin la fulminó con la mirada, pero no consiguió amedrentarla. Suspiró y tomó la salida de la autopista para ir a su casa.

Momentos más tarde, estaban en la cabaña. Justin se quitó la chaqueta nada más entrar y fue directo a la cocina para encender las luces.

Mientras tanto, ella fue al cuarto de baño. Encontró un botiquín debajo del lavabo. Tomó además un par de toallas y humedeció una de ellas con agua tibia y jabón.

De vuelta en la sala de estar, se detuvo al ver que

tenía muebles nuevos. Había dos sofás frente a la chimenea y un televisor bastante grande sobre un mueble bajo. Tenía también una mesa de centro y otras dos más pequeñas con lámparas. Vio que Justin estaba esforzándose por conseguir que su casa pareciera un hogar de verdad para su hijo y para él.

—¿Qué te parece? —le preguntó Justin—. Todo es de segunda mano, pero…

Vio que se había quitado la corbata y desabrochado un par de botones de la camisa. Llevaba una botella de whisky y dos vasos en las manos.

—Me parece genial —repuso ella—. Creo que vamos a necesitar un poco más de luz.

Justin encendió una lámpara y fue entonces cuando vio por primera vez las manchas de sangre en su camisa.

—¡Justin! —exclamó mientras hacía ademán de tocarlo.

Pero él se apartó y comenzó a servir un poco de whisky en los vasos.

Se enderezó y le ofreció uno.

—¿Tienes sed?

Gina negó con la cabeza. Justin no la miraba a los ojos. Fue entonces cuando se dio cuenta. Supuso que le ponía nervioso tenerla en su casa de nuevo. No sabía si alegrarse o no.

Justin parecía estar luchando contra la atracción que sentía por ella tanto como ella por él. Había percibido el anhelo en su voz y había sentido cómo contenía su deseo mientras bailaban esa noche en el gimnasio. Recordó emocionada cómo le había secado las lágrimas después.

Justin no quería que pasara nada entre ellos y luchaba para evitarlo. Pero ella no podía dejar de pensar en cómo sería poder por fin rendirse a la magnética atracción que parecían sentir el uno hacia el otro. No sabía si sería algo mágico o el mayor error de sus vidas.

Estaba dispuesta a arriesgarse, aunque el sentido común le decía que ese hombre no le convenía.

—¿Estás segura? —insistió Justin ofreciéndole el vaso.

Ella asintió con la cabeza.

—Como quieras —agregó él mientras bebía un trago.

Gina aprovechó la oportunidad para acercarse con rapidez y desabrocharle la camisa.

—¿Qué haces? —replicó sorprendido y casi atragantándose.

—No pasa nada, no es nada que no haya visto antes —repuso ella fingiendo que no le afectaba estar tan cerca de él—. Déjame, por favor.

Se quedó sin aliento al ver los cortes que tenía en su estómago y en el pecho.

—¡Dios mío! Creo que será más fácil si te tumbas.

—Muy bien, como quieras —repuso de mala gana Justin.

Se tumbó y ella se sentó a su lado. Tomó la toalla que había humedecido y comenzó a limpiarle las heridas.

Notó que Justin contenía el aliento.

—Ni siquiera estás sangrando. No me digas que te duele —comentó ella.

Al ver que no contestaba, levantó la vista. Justin la miraba con intensidad.

—¿Te duele? —insistió ella.

—No —repuso él.

No soportaba que la mirara de ese modo y volvió a centrarse en sus heridas. Le encantó ver cómo se estremecían sus abdominales bajo sus manos.

—¿Está muy fría el agua?

—No —repitió Justin.

—Entonces, ¿por qué te quejas?

Justin se levantó y tomó su mano para que ella también se pusiera en pie.

—Dime que no eres tan inocente como pareces. ¿Es que no sabes lo que me estás haciendo?

—Yo no… ¿Qué…? —tartamudeó ella.

Justin llevó las manos a su espalda y las fue bajando hasta llegar a su trasero. Después, apretó su cuerpo contra el de él y supo entonces a qué se refería.

—Esto es lo que me estás haciendo —susurró Justin con la voz cargada de deseo.

Gina se mordió el labio inferior para contener una sonrisa triunfante. Estaba agarrada a la camisa de Justin y vio que él parecía hipnotizado por su boca. Se pasó la lengua por los labios y le pareció que él gemía al verlo.

—Entonces, a lo mejor deberías terminar lo que empezaste en el baile —susurró ella con valentía mientras se ponía de puntillas y se pegaba más a él.

—¿Qué quieres decir?

—Ibas a besarme cuando nos interrumpieron.

—Besarte en público y con la ropa puesta es muy diferente a besarte aquí.

Justin bajó la cabeza y besó su hombro desnudo.

—O aquí —añadió mordiendo suavemente su cuello—. O aquí.

Gina no pudo reprimir un gemido cuando sintió que le besaba la oreja.

—Pero si aún estamos vestidos… —susurró ella.

—No por mucho tiempo —le advirtió él un segundo antes de besarla.

Su corazón comenzó a latir frenéticamente en su pecho. Justin sabía a whisky y a algo excitante y peligroso. Rodeó su cuello con los brazos mientras él inclinaba la cabeza para profundizar en el beso, cada vez más apasionado y urgente. Era increíble estar así con él.

Era un beso mucho más ardiente, carnal y decadente que el que habían compartido unos días antes. Sentía una oleada de deseo quemando cada centímetro de su cuerpo. Justin dejó un segundo de besarla y aprovechó para recobrar el aliento, pero no podía estar sin él. Se estremeció al sentir que le besaba el hombro y que su lengua iba dejando un rastro húmedo hasta su clavícula. Justin fue bajando poco a poco por su escote, ella cerró los ojos y arqueó la espalda de manera casi instintiva.

No sabía si lo dirigía ella a él o si era al revés, pero no le importaba. Lo único que sabía era que no quería que se detuviera.

Capítulo 12

JUSTIN gimió cuando llegó al escote de Gina y la tela de su vestido acarició su barbilla. No era agradable sentir esa tela contra su malherido torso, pero no le importaba. Tenía a esa mujer en sus brazos, completamente entregada y ardiente.

Estaba en el cielo.

Era increíble besar su escote, tener tan cerca la curva de sus pechos, sobre todo después de que ella se echara hacia atrás. La acarició con sus labios lentamente, su aroma lo envolvía y no podía pensar en nada más. La abultada falda del vestido le impedía apreciar plenamente las curvas a las que se aferraba y, sin poder esperar más, llevó una mano a su espalda, buscando a tientas la cremallera.

Pero no tuvo suerte y cada vez le costaba más mantener el control de la situación. Levantó la cabeza y tomó su cintura entre las manos para apartarla de él. Cuando se encontró con su mirada, vio mucho deseo en sus ojos y le costó contenerse para no besarla de nuevo.

—Gina... ¿Estás segura?

Ella se inclinó y besó su torso.

—¿He hecho algo que te haga pensar que no quiero que ocurra?

No, no lo había hecho, pero necesitaba saber que Gina tenía muy claro lo que iba a pasar.

Reprimió un gemido cuando sintió la cálida lengua de esa mujer jugando con sus pezones. Nunca pensó que esa noche pudiera terminar con ellos dos en su cama, aunque no había dejado de pensar en tenerla así desde aquella noche en su apartamento. Y eso que ya habían pasado casi cuatro meses.

—Si te duele mucho, podemos… ¡Oh! Mira tu torso —exclamó Gina acariciando su pecho.

Además de las heridas de navaja, tenía algunos rasguños más.

—Te he hecho eso con el vestido, ¿verdad? Lo siento mucho. No pensé que pudiera hacerte daño —le dijo Gina algo preocupada.

—Me estás haciendo daño —repuso él mientras ella agarraba la cintura de sus pantalones—. Pero es un dolor maravilloso, cariño.

Vio que se sonrojaba.

—Quiero quedarme contigo... Si lo deseas.

—No es una cuestión de deseo —repuso él—. Seguro que ya te has dado cuenta, a pesar del vestido y de todas las capas de tela de esa falda, de cuánto te deseo.

Gina bajó la mano a su entrepierna sin dejar de mirarlo.

—¡Ah! ¿Te refieres a esto? —le preguntó con picardía.

Verla jugando de ese modo con él no hizo sino encenderlo aún más. Le habría resultado muy fácil tomarla en sus brazos y llevarla a su dormitorio.

—Sí —susurró él.

—Entonces, ¿a qué estamos esperando?

Él tampoco lo sabía. Nunca se había controlado tanto con una mujer. Aparte de la breve aventura de una noche que había tenido nada más salir de la cárcel, no había estado con nadie. Muchas le habían dejado claro que estaban interesadas, pero no había tenido ojos para nadie más desde aquella noche en el bar con Gina, cuando le enseñó a jugar al billar.

—No puedo prometerte nada —le dijo él entonces.

No sabía de dónde habían salido esas palabras, pero era demasiado tarde para echarse atrás.

Gina tomó su mano y lo llevó al dormitorio. La siguió de buen grado, pero se detuvo cuando ella hizo lo mismo al llegar a la habitación. Vio que la luna la iluminaba.

—¡Qué bonito! —susurró ella.

Gina se acercó a la cama y acarició la madera pulida del cabecero. Se imaginó cómo sería ver el cuerpo desnudo de esa mujer contra las sábanas verdes y cómo descansaría su cabeza en esas almohadas mientras él se deslizaba entre sus muslos…

Se acercó a ella, necesitaba volver a tocarla. Ella se giró en ese instante y se besaron apasionadamente. Gina le quitó la camisa. Segundos más tarde, llevó las manos a sus pantalones.

—Gina… —murmuró él mientras sujetaba sus manos temblorosas.

—No te pido promesas, Justin —lo interrumpió ella—. Solo deseo que me hagas el amor ahora, esta noche. No pido nada más.

Tomó su mano y le quitó el ramillete de rosas amarillas que llevaba en la muñeca.

—Por favor, ten cuidado, quiero conservarlo —le pidió Gina.

Sus palabras lo dejaron sin habla. Se limitó a asentir y a colocar las flores en la cómoda. Después, se acercó a Gina por detrás y la besó en el cuello, incapaz de resistir la tentación. No habían encendido las luces, pero la luz de la luna que entraba por la ventana era suficiente. Estaban frente al espejo del armario, le encantaba verlos allí reflejados.

Acarició el pelo de Gina y su mechón rosa. Le quitó las horquillas hasta soltarle la melena.

—¿Sabes qué? —le susurró—. Llevo toda la noche preguntándome qué llevas debajo del vestido.

—Muy poco.

Gimió al oírlo. Gina le mostró dónde estaba la cremallera, bajo uno de sus brazos. La bajó lentamente, con cuidado, hasta su cadera. Debajo solo tenía la piel suave de su espalda y un poco de encaje negro. Ella aún sujetaba con las manos el vestido.

La miró en el espejo, esperaba ver timidez en su mirada, pero solo había deseo.

La hizo girar, tomó su barbilla y la besó. Su boca era una poderosa droga, no se cansaba de ella. Mientras tanto, le quitó el vestido y dejó que cayera al suelo. Se apartó un poco para disfrutar de la vista.

No podía dejar de admirar sus curvas, su piel, sus increíbles piernas.

Le costaba respirar. Estaba casi desnuda y en su dormitorio, no podía creerlo. Solo llevaba unas braguitas de encaje, zapatos de tacón alto y la luz de la luna.

El primer impulso de Gina fue cubrirse, pero no lo hizo. Se apoyó en la cama, tratando de controlar su nerviosismo.

—No es justo —susurró ella sin poder dejar de mirarlo—. Llevas más ropa que yo.

Justin le dedicó media sonrisa y el corazón le dio un vuelco. Le encantaba ese gesto. No lo mostraba a menudo, solo cuando estaba con su hijo.

—Eso tiene fácil solución.

Sin dejar de mirarla, Justin se quitó una bota de vaquero y luego la otra. También se desprendió de los calcetines. Bajó la cremallera de sus pantalones y se los quitó.

Lo miró entonces de arriba abajo. Solo llevaba puestos unos ajustados bóxer negros que no podían ocultar la evidencia de su excitación.

—¿Mejor? —le preguntó él.

Pero a Gina seguía pareciéndole que no era justo.

No era justo que tuviera un cuerpo tan perfecto, con anchos hombros, brazos fuertes y piernas esbeltas y largas. No era justo que su torso tuviera aún las marcas de la navaja sobre unos marcados abdominales y no era justo tampoco que ella solo pudiera tener esa noche con él.

Pero prefería no pensar en ello y disfrutar de esa noche y de ese hombre.

—Creo que ahora tengo ventaja —repuso ella con una sonrisa señalando sus zapatos.

—No por mucho tiempo —le aseguró Justin mientras la tomaba en sus brazos.

Gina no pudo ocultar su sorpresa, pero Justin la distrajo con un apasionado beso mientras la dejaba sobre las frías sábanas y se tumbaba a su lado.

Después de una eternidad besándose, Justin se apartó para bajar a los pies de la cama. Le quitó lentamente los zapatos y no pudo evitar estremecerse cuando besó uno de sus tobillos mientras su mano subía por la pierna.

Sus labios no la abandonaron. Fueron escalando por su pierna hasta llegar al final. Podía sentir su aliento sobre su parte más íntima y contuvo la respiración. Justin lamió su estómago, dibujando un camino entre su ombligo y el borde de sus braguitas.

—Pero bueno… ¿Qué tenemos aquí? —susurró Justin.

Contuvo la respiración, sin saber cómo iba a reaccionar Justin al ver las palabras que se había tatuado en la cadera izquierda. Era el fruto de un capricho que había tenido mientras estaba de vacaciones. Había sorprendido a todos con su decisión, también a ella misma.

—«No habré vivido en vano» —leyó Justin en voz alta.

—Es de un poema de Emily Dickinson. Me encanta su poesía y ese es mi poema favorito. «Si puedo evitar que un corazón se rompa, no habré vivido…».

—Sí, lo conozco —la interrumpió Justin.

Subió por su cuerpo mientras recitaba el poema. Ella lo había encontrado por casualidad unos años antes, mientras leía buscando en esas páginas consuelo tras la muerte de su padre. Justin fue intercalando cada palabra con un beso en su estómago, en sus costillas y en su pecho. Hasta llegar a su cara y susurrar la última palabra en sus labios.

Lo amaba.

Era una verdad simple y cristalina. Se dio cuenta en ese instante. Era un mundo desconocido para ella. Estaba completamente enamorada de ese hombre. De Justin Dillon.

Cerró los ojos, temiendo que él pudiera leer en su mirada lo que acababa de descubrir.

No pudo evitar gemir cuando Justin le acarició los pechos. Primero con las manos y después con su boca húmeda y caliente.

Era una sensación increíble y no pudo evitar clavarle las uñas en los hombros. Él no dejaba de acariciarla al mismo tiempo hasta que llegó a sus braguitas y deslizó los dedos por debajo del encaje. Ella hizo lo mismo y contuvo el aliento al sentir su erección firme y sedosa en la mano. Pero no permitió que lo acariciara. Se apartó de ella para quitarse la ropa interior e hizo lo mismo con la de ella.

Estaban piel contra piel.

Justin estaba perdiendo la cabeza.

Los movimientos naturales e instintivos de Gina lo estaban volviendo loco de deseo. Quería tocarla, besarla por todas partes. Se aferraba a él y él deseaba hacerle sentir la mujer más especial del mundo, quería hacerle sentir más placer del que hubiera conocido nunca.

—Justin, por favor… —le suplicó ella.

Su gemido le atravesó el corazón. La besó de nuevo mientras abría el cajón de la mesilla de noche. Buscó un preservativo, se lo puso rápidamente y se colocó entre sus piernas.

Fue deslizándose muy lentamente en su interior, dándole tiempo para acostumbrarse a él.

—No... No quiero hacerte daño…

—No vas a hacerlo. Por favor —gimió Gina elevando hacia él las caderas.

Se dejó llevar y no pudo ahogar un gemido cuando sus cuerpos se unieron.

Sintió un montón de emociones en ese instante. Deseaba quedarse allí para siempre, encontrar su sitio en el mundo entre esos brazos. Le parecía increíble que ella quisiera estar con él.

La miró entonces a los ojos y se deslizó más profundamente en su cuerpo. Una y otra vez, se movieron en perfecta armonía hasta que ella se estremeció y gritó su nombre.

No se cansaba de Gina, no quería que esas sensaciones terminaran nunca, pero su cuerpo quería liberarse y no tardó en llegar al clímax.

A Justin le tembló el cuchillo en las manos mientras pelaba una piña fresca. Llevaba levantado desde el amanecer y había pasado la última hora haciendo delicadas flores con frutas. Tenía margaritas de piña, rosas de tomate, abanicos de fresa y hojas de manzana.

Quería que todo fuera perfecto.

Ya había hecho las crepes de vainilla rellenas de arándanos frescos y nata montada. Tenía zumo de naranja y café en la bandeja del desayuno. Solo tenía que terminar esas últimas flores y volver a su dormitorio antes de que Gina se despertara.

Inhaló profundamente y continuó a trabajando. No pudo evitar bostezar, no había dormido nada. Estaba exhausto, pero feliz. Gina y él habían hecho el amor dos veces más antes de que ella se durmiera en sus brazos. Había cerrado entonces los ojos, deleitándose con la sensación de estar así con ella. Se había dado cuenta de que podría llegar a acostumbrarse y esa idea había hecho que se levantara de la cama.

Lo de esa noche había sido increíble y no sabía qué hacer con lo que estaba sintiendo.

La noche anterior, habían acordado que no habría promesas ni ataduras, pero con el amanecer le habían llegado las dudas porque no sabía qué hacer a partir de ese momento. Sobre todo cuando una voz en su interior le decía que no podía haber nada entre ellos.

Aunque se había entregado por completo en cada beso y en cada caricia, sabía que la fantasía de la noche anterior había llegado a su fin. Pero quería darle algo especial esa mañana, un par de horas más con ella antes de que el mundo real irrumpiera en sus vidas.

Afuera los esperaba un mundo lleno de incertidumbres y dudas. Un mundo donde sus pasados dictaban sus futuros, les gustara o no.

Le parecía imposible que pudiera haber algo importante entre la chica más lista de Destiny y un hombre con historial delictivo como él.

Pero no quería seguir pensando en ello. Adornó los platos con las flores de la fruta, tomó la bandeja y se dirigió a la habitación. Se detuvo en la puerta, disfrutando de la vista de Gina en su cama. Sintió que el corazón le latía con fuerza, pero decidió ignorarlo.

Se sentó en la cama y colocó la bandeja entre los dos.

Gina abrió entonces los ojos, parpadeó un par de veces, como si no supiera dónde estaba.

—Buenos días —le dijo él.

Ella le dedicó una sonrisa que era a la vez sexy y tímida. Deseaba más que nada apartar la bandeja y besar su increíble boca, pero se contuvo.

—Buenos días —respondió ella mientras miraba la comida—. ¡Vaya! ¿Qué es todo esto?

—El desayuno. Espero que tengas hambre.

Gina se sentó en la cama, sujetando la sábana con una mano para cubrir su desnudez.

—¡Es precioso! No tenías que hacer todo esto.

—Lo sé, pero quería hacerlo. ¿Qué prefieres para empezar? ¿Zumo o café?

—Zumo, por favor.

Le sirvió un vaso. Gina acarició una flor de piña, después apartó la mano.

—Se pueden comer —le dijo Justin sonriendo—. Para eso están.

—Pero son demasiado bonitas para comerlas —protestó Gina.

Justin tomó un sorbo de café y dejó la taza en la bandeja. Cortó un pedazo de crepe con el tenedor y se lo ofreció a ella.

—Prueba esto.

Ella aceptó su oferta, pero le manchó la boca con la nata montada.

—Espera —le dijo él mientras le limpiaba el labio con el dedo.

—¿No se te ha ocurrido una manera mejor de limpiarme? —le preguntó Gina con una pícara sonrisa—. Deja que te enseñe —añadió mientras metía un dedo en la nata.

Le manchó la barbilla y se acercó después para lamerlo directamente de su cara.

—Umm… Mucho mejor —repuso Gina.

No le había costado nada despertar de nuevo su deseo. Justin fue entonces el que usó la nata para manchar el escote de Gina.

Se tomó mucho tiempo para limpiarle la piel, recorriendo las curvas de sus senos con la lengua. La deseaba más que nunca. Gina agarró entonces su cara para que se detuviera y lo besó apasionadamente.

Unos minutos después, se levantó y colocó la bandeja sobre la cómoda. Le encantó cómo lo miraba Gina mientras él comenzaba a desabotonarse los vaqueros.

Pero, antes de que terminara de hacerlo, escucharon unos golpes en la puerta de entrada.

—¿Quién demonios…? ¿Quién podrá ser? —murmuró él.

—¿Jacoby?

—No, va a estar con Racy y Gage hasta la hora de comer. Espera aquí, ahora vuelvo.

Fue hacia el salón mientras se abrochaba los pantalones. No le dio tiempo a llegar a la puerta antes de que llamaran de nuevo.

Cuando por fin lo hizo, se encontró con Leeann Harris y con Gage en su porche.

—¿Qué es esto? ¿Ha pasado algo? ¿Está bien Jacoby? —preguntó preocupado y algo aturdido.

Vio entonces que con ellos estaba otro hombre que no conocía de nada.

—Justin, te presento al señor Ellsworth —le dijo Gage—. Jacoby está bien, pero tenemos que hablar.

El apellido de ese hombre le sonaba, pero no sabía de qué.

—¿Ahora? —les preguntó Justin.

—Sí, ahora —repuso Leeann.

Dio un paso atrás y se apartó para dejarlos pasar.

No sabía qué estaba pasando ni si Gina decidiría seguir en el dormitorio, pero les hizo un gesto para que se sentaran.

Fue a la cesta de la ropa limpia y se puso la primera camiseta que vio.

El señor Ellsworth miraba a su alrededor con interés. Era un hombre de unos sesenta y tantos años con el pelo gris y un elegante traje a medida. Estaba claro que tenía dinero.

Justin acababa de sentarse en unos de los sofás cuando el sonido de una puerta los sorprendió a todos. Segundos más tarde, Gina entró en el salón.

Llevaba una camisa de franela y unos pantalones de chándal que le quedaban muy grandes. Fue a sentarse a su lado en el sofá, parecía también muy preocupada.

Gina colocó una mano en su brazo y saludó a su hermano y a Leeann. Justin vio que todos se esforzaron por ocultar su sorpresa, aunque Gage los miró con algo de suspicacia.

—Siento interrumpir —se disculpó Gina—. Reconocí la voz de mi hermano y pensé que a lo mejor había pasado algo malo.

Justin hizo las presentaciones rápidamente.

—Señorita Steele, señor Dillon, será mejor que vaya directo al grano —les dijo Richard Ellsworth—. Soy el padre de Susan Ellsworth. Me han dicho que usted la conoce como Zoe Ellis.

Justin se quedó perplejo y apretó con fuerza la mano de Gina. Le parecía increíble que ese hombre tan elegante y de aspecto adinerado fuera el padre de la mujer que, vestida como una indigente, había sido capaz de abandonar a su hijo unas semanas antes.

Miró a Gina. Después a Gage y a Leeann.

—¿Es que la han encontrado? ¿Sabe dónde está Zoe o Susan?

Leeann asintió con la cabeza, pero fue Richard Ellsworth el que habló.

—Sí, algo así.

Justin lo miró de nuevo, con más interés. Jacoby se parecía mucho a él. También le dio la impresión de que había mucha angustia en sus ojos.

—Mi hija... —comenzó el hombre—. Susan ha muerto.

Capítulo 13

¿HA muerto? —repitió Justin.

Richard Ellsworth asintió con la cabeza, después bajó la mirada.

—Tuvo un accidente de coche en una carretera cerca de Las Vegas. Pudieron identificar su cuerpo gracias a su carné de conducir y nos llamaron. También encontraron una foto de su... La foto de un niño en su bolsillo.

Justin trataba de entender lo que le decía, pero se sentía muy confuso. Miró a Gage y a Leeann.

—Así fue como el señor Ellsworth se enteró de la muerte de su hija —le explicó Leeann—. Y de que tenía un nieto.

—Mi esposa, Elizabeth, está destrozada —le dijo Richard—. Susan era nuestra única hija. Siempre fue una niña independiente y creativa. Pero se metió de adolescente en el mundo de las drogas y el alcohol y comenzó a faltar al colegio. A veces desaparecía durante varios días —añadió con la voz cargada de do-

lor—. Tratamos de ayudarla y empezó un tratamiento
de desintoxicación, pero se escapó al cumplir los dieciocho. Denunciamos su desaparición y contratamos a
varios detectives, pero no supimos nada de ella hasta
recibir esta llamada...

No pudo continuar hablando. Metió la mano en su
chaqueta y sacó una fotografía. Se la ofreció, pero
Justin no podía moverse. Era como si estuviera congelado en su sitio. Fue Gina quien se la enseñó.

Era la imagen de un bebé sentado sobre una manta
azul. Reconoció los ojos oscuros y la sonrisa.

—Elizabeth se ha quedado en casa para organizar-
lo todo. Nos llevaremos a Susan para enterrarla donde
vivimos en cuanto terminen con la autopsia —le dijo
Richard—. Cuando me enteré de que alguien más la
estaba buscando y por qué, decidí venir a Destiny. La
agente Harris me contó lo que hizo Susan el mes pasado, cuando apareció de repente y…

El hombre seguía hablando, pero no lo escuchaba.
Estaba absorto mirando la fotografía de Jacoby. Era su
hijo. Su familia. Pero acababa de darse cuenta de que Jacoby tenía más familiares, otras personas que compartían
su sangre y sus genes. Personas que se preocupaban por
él como esos abuelos. No entendía por qué Zoe, o Susan,
no había recurrido a ellos para pedirles ayuda.

—¿Justin?

La voz de Gina lo devolvió a la realidad y vio que
todos estaban en silencio.

—Perdone. ¿Qué ha dicho?

—No sabíamos que Susan había tenido un hijo. Si
nos lo hubiera dicho, podríamos haberla ayudado y así
habríamos conocido a nuestro… A nuestro nieto —le
dijo Richard Ellsworth con emoción—. Supongo que
no está aquí, ¿verdad?

Justin negó con la cabeza.

—El sheriff me ha dicho que Jacoby tiene siete años. ¿Puedo ver alguna foto de él?

Justin se dio cuenta dijo que no tenía ninguna. Miró a su alrededor, no tenía nada que ver con la casa de la familia Steele, llena de fotos.

A pesar de sus intentos, creía que esa casa aún no era un hogar. El incendio de su casa familiar había destruido todos sus recuerdos del pasado.

Racy había logrado salvar una caja llena de viejas fotos de familia que guardaba en su despacho del Blue Creek. Otras las tenía colgadas en la casa que compartía con Gage. No se le había ocurrido pedirle que le diera algunas, y, durante el mes que llevaba con el niño, no le había hecho ninguna fotografía.

—Yo tengo una —intervino Gina mientras se levantaba para ir a la cocina.

Volvió poco después con algunos papeles y su bolso de fiesta.

—Pensé que le gustaría verlos —dijo mientras le entregaba a Richard los dibujos—. Justin cuelga en el frigorífico todo lo que hace Jacoby. Como puede ver, es todo un artista.

Se sentó a su lado y sacó su teléfono móvil del bolso. Buscó la imagen de Jacoby con el perro. Se le hizo un nudo en la garganta al ver que le pasaba el móvil al abuelo de Jacoby.

—Esa fotografía es de hace un par de semanas —le explicó Gina.

El hombre tomó con entusiasmo el teléfono y miró la imagen.

—Tiene la misma sonrisa de mi esposa... La sonrisa de Susan. ¿Este es su perro?

—Es Jack, el perro de mi hermana —repuso Justin—. Ahí es donde está Jacoby. Ha pasado la noche en su casa.

—¿Volverá pronto? Me gustaría conocerlo.

Se le cayó el alma a los pies al oírlo.

—No sé si es buena idea…

—Es mi nieto —le dijo Richard con firmeza.

—Y mi hijo.

—¿Está seguro? Teniendo en cuenta el comportamiento de mi hija antes de irse de casa, no me extrañaría que no hubiera sabido quién era el padre. Sé que solo hace un mes que está aquí.

Tenía derecho a preguntárselo y Justin trató de calmar su ira. Gina tomó su mano y la apretó, ofreciéndole su apoyo. Todos se quedaron en silencio mientras miraba a ese hombre a los ojos.

—Sí, estoy seguro. Me dieron ayer mismo los resultados de la prueba genética —anunció con orgullo—. Entiendo perfectamente cuánto estará sufriendo y lo siento mucho, pero voy a ser yo el que le diga a Jacoby lo que le ha pasado a su madre y que tiene abuelos.

Richard se quedó callado unos segundos. Después, asintió con la cabeza.

—Aún tardarán unos días en entregarnos su cuerpo. El funeral será la semana que viene en Boulder. Nos gustaría que Jacoby fuera… Bueno, que los dos estuvieran presentes.

Después de doce días, por fin habían vuelto a casa.

Gina apretó con fuerza el volante de camino a la cabaña. Recordó la tensa conversación con Richard Ellsworth cuando apareció de improviso en casa de Justin. Ella había querido quedarse con él después de que se fueran todos, pero él le dijo que quería estar a solas. Ya había notado ella que se alejaba por momentos, tanto física como emocionalmente.

La despedida había sido tierna, pero muy triste.

Dos días más tarde, Justin y Jacoby se fueron a Boulder y solo habían recibido una rápida llamada durante esos días, no sabía nada más de ellos. Había telefoneado a Racy para decirle que habían llegado bien, pero ella había estado en ese momento en el despacho y fue la que descolgó el teléfono. Notó que Justin no esperaba tener que hablar con ella y fue muy breve. Le preguntó por Jacoby y le había dicho que el niño estaba algo triste. Le había preguntado también por él y le había asegurado que estaba bien.

Racy le había dado un paquete de comida para servir a domicilio y le había pedido que lo entregara. No pudo evitar sonreír al ver para quién era.

Aparcó el coche, tomó la bolsa con la comida y fue a la puerta. Estaba a punto de llamar con los nudillos cuando se abrió.

—Ya estoy listo para ir… ¡Eh! ¡Hola, Gina! —exclamó Jacoby al verla.

Llevaba puesto su uniforme de béisbol.

—Hola, ¿tienes partido?

—No, es un entrenamiento. Estaba esperando a la mamá de Dustin. Viene a buscarme —le explicó el niño—. ¿Quieres entrar?

—¿Dónde está tu padre? —le preguntó ella.

—Jacoby, no te he oído, ¿qué es lo que…? —dijo una voz masculina de repente.

Apareció Justin en la sala de estar poniéndose una camisa vaquera. Se quedó inmóvil al verla y ella no podía apartar la mirada. Era el mismo, pero estaba distinto. Tenía ojeras y parecía cansado, como si no hubiera dormido bien. Teniendo en cuenta lo que había sucedido, no le sorprendía en absoluto. Quería ir hacia él y abrazarlo, pero se limitó a mostrarle la comida.

—Traigo lo que habéis pedido del Blue Creek. Entrega gratuita a domicilio —le dijo sonriendo.

—¡Ah! Gracias —repuso Justin—. Acabamos de regresar esta tarde y no tenía comida en casa.

—Pasa, Gina. ¡Estoy muerto de hambre! —exclamó Jacoby.

Dejó de mirar a su padre para sonreír al niño. Entró en la casa, dejó la bolsa en la mesa y trató de no mirar mientras Justin se abrochaba la camisa, pero le fue imposible.

Sin esos dos chicos, las dos últimas semanas habían sido tranquilas, pero también tristes. Echaba de menos ver a Jacoby en la biblioteca y en el parque jugando al béisbol. Y después de la noche tan increíble que había compartido con Justin, también lo había echado de menos a él.

—Vas a tener que comer después del entrenamiento —le dijo Justin—. ¿O prefieres quedarte en casa esta noche?

—Pero es que me he perdido muchos días por el viaje a Colorado —repuso Jacoby.

El niño la miró entonces.

—Supongo que sabes lo de mi madre, ¿no?

Gina se sentó a la mesa del comedor.

—Sí y lo siento mucho.

—Tuvimos que ir a su funeral. Había mucha gente allí —le contó Jacoby—. No conocía a nadie, solo a mi padre. Mi mamá... Ella estaba acostada en una caja muy bonita con montones de flores a su alrededor. Parecía que estaba durmiendo, pero yo sabía que en realidad no lo estaba.

A Gina se le llenaron los ojos de lágrimas y se emocionó más aún al ver que Justin se acercaba a su hijo por detrás y le ponía las manos en los hombros.

—Mi papá no me obligó a ir a verla —continuó el niño—. Pero nunca podré volver a hablar con ella. Es un rollo.

—Te entiendo. Mi papá murió cuando yo era pequeña y todavía lo echo mucho de menos —repuso ella.

Miró a Justin y vio que la observaba. Prefirió centrarse de nuevo en Jacoby.

—Pero cuando quiero compartir algo con él, se lo digo directamente.

—¿En serio? ¿Crees que él te escucha aunque no te pueda responder?

—Sí, estoy segura —afirmó ella.

Jacoby se quedó pensando en lo que acababa de decirle.

—Nos quedamos en un hotel dos días.

Le sorprendió el cambio de tema, pero no le dijo nada.

—¿Era bonito?

—Sí. Después nos fuimos a casa de mis abuelos. Son los papás de mi mamá. Dijeron que tenían sitio para nosotros y era verdad. ¡Su casa es enorme! —exclamó Jacoby abriendo mucho los brazos—. Tienen un montón de habitaciones, un garaje para tres coches, un jardín con piscina y un… Un…

—Un jacuzzi —terminó Justin por él.

—Sí, una de esas cosas. El agua está muy caliente y tiene burbujas. Y me han dado… ¡Espera un momento!

Fue corriendo a su cuarto y volvió segundos más tarde con una bicicleta.

—¿A que es genial? —le preguntó Jacoby.

Justin estaba en la cocina, sacando la comida de la bolsa y no les prestaba atención.

—¡Es una bicicleta muy bonita!

—Me la dieron el abuelo Richard y la abuela Liz. Y, ¿sabes qué? Tengo otra igual en su casa para que pueda montar cuando vaya a verlos.

Antes de que Gina pudiera responder, oyeron un claxon.

—¡Es Dustin! Me tengo que ir —le dijo Jacoby mientras miraba a su padre—. ¿Puedo dejarla aquí por ahora?

Justin asintió con la cabeza. Jacoby tomó su guante de béisbol y su mochila y fue a la puerta.

—¡Espera! —lo llamó Justin dándole una fiambrera—. Tu tía Racy te ha hecho tu sándwich favorito y yo he metido un par de botellas de agua.

—Gracias, papá. Adiós, Gina.

Se despidió del niño. Justin lo acompañó al coche y se quedó allí hasta que se fueron. Después entró, cerró la puerta y se apoyó en ella. Parecía exhausto y agobiado.

—¿Estás bien? —le preguntó ella.

Él negó con la cabeza.

—Han sido dos semanas muy largas para Jacoby.

—Para los dos —repuso Gina.

Tenía ganas de abrazarlo, pero no sabía si debía hacerlo.

—Jacoby parece haberlo aceptado bien.

—Los Ellsworth hicieron que su estancia fuera muy agradable. A él se lo pusieron muy fácil —le contó Justin suspirando—. Y a mí, demasiado difícil.

—¿A qué te refieres? ¿Qué ha pasado?

—Cuando estábamos listos para venir, Liz Ellsworth metió a Jacoby en la camioneta mientras Richard me llevaba a su despacho, me dijo que quería hablar del futuro de Jacoby.

Se le había quebrado la voz. Fue a donde estaba y lo abrazó. Justin se quedó inmóvil, pero ella siguió abrazándolo, tratando de aliviar de alguna manera su dolor.

Al final, terminó cediendo y la abrazó él también, pero solo un momento.

—Te agradezco que me trajeras la comida, pero

tengo mucho que hacer —le dijo entonces Justin apartándose de ella.

—¿Qué ocurrió, Justin?

Él la miró durante unos segundos. Después, recogió un sobre que tenía en la mesa y se lo dio. Gina lo abrió. Dentro había un documento legal. Empezó a leerlo, pero no pudo seguir.

—¿Qué es esto?

Justin ignoró su pregunta y volvió a la cocina.

—¿Justin? —insistió ella.

La miró entonces. Sus ojos oscuros no transmitían lo que estaba sintiendo.

—Los Ellsworth quieren la custodia legal de Jacoby.

—¿Qué? —preguntó estupefacta mientras apretaba el documento—. No me lo puedo creer. ¿Qué vas a hacer?

Justin se quedó callado.

—No estarás pensando en acceder, ¿verdad?

—Son buena gente —murmuró él mientras volvía a su lado—. Son los abuelos de Jacoby. Su hija lo crió durante siete años…

—¡Y era tan buena madre que decidió abandonarlo con alguien al que apenas conocía!

—Solo he estado con Jacoby un mes —le recordó Justin.

—Y en ese tiempo has demostrado que eres capaz de cuidar de él. Le has dado mucho.

—Ropa barata y una cama de segunda mano —le dijo él—. Además, tuve un padre que nos pegaba con un cinturón, nos reprendía insultándonos y menospreciándonos cuando no estaba de humor. ¿Cómo sé que no voy a llegar a ser como él? —agregó desesperado—. No es tan fácil como parece. A Jacoby le está costando mucho ponerse al día en el colegio. Va por detrás de los otros niños en todo, desde la lectura hasta las matemáticas. Eso le enfada y le frustra y está empezando a portarse peor. Y todo eso fue antes de que se enterara de lo de su madre.

Gina ya se había dado cuenta de que Jacoby se negaba a leer en la biblioteca.

—Es difícil ser el niño nuevo en el colegio. Necesita más tiempo para adaptarse.

—Es más que eso —susurró Justin mientras se metía las manos en los bolsillos—. Ya te hablé una vez de sus pesadillas y sigue teniéndolas. La primera vez me asusté mucho al ver que en realidad no estaba despierto, sino atrapado en algún otro lugar.

—Es horrible, pobre niño.

—Tiene los ojos abiertos, pero no ve. Y no deja de llorar por su madre.

—Pero sé que le estás ayudando a superarlo —repuso ella mientras se acercaba y tocaba su brazo.

—Puedo hablar con él y calmarlo hasta que se vuelve a dormir. La primera noche me senté a su lado y lo observé hasta que salió el sol. Cuando le pregunto al día siguiente, me dice que no recuerda nada —le dijo Justin.

Fue a la cocina y se apoyó en la encimera, dándole la espalda.

—Es horrible oírle gritar y llorar de esa manera, llamando a su madre, y ahora ya no está…

—¿Y crees que los Ellsworth podrían llenar ese vacío mejor que tú?

—Gina, vivo en una choza de dos habitaciones que ni siquiera es de mi propiedad. Trabajo en un restaurante con turnos complicados. Apenas me llega para vivir y debería cambiar de coche.

Le dolía oírle hablar de esa manera.

—Justin, no digas eso. Has trabajado mucho en esta cabaña y está preciosa. La madre de Jacoby se crió en una mansión y mira en qué se convirtió. Lo de menos para un niño es el tipo de casa en el que viva, sino que se sienta seguro y querido. Y ¿quién dice que tengas que seguir trabajando en el Blue Creek? Tienes un título universitario, podrías ser profesor. Me encantó verte con esos chicos en el baile del instituto, podrías hacerles muy bien.

—¿En qué mundo de fantasía vives, Gina? Me saqué el título mientras cumplía una condena por tráfico de drogas. ¿Qué colegio contrataría a alguien como yo?

—Pero estuviste muy bien en el baile, hablándoles de cómo habías aprendido de tus errores y luego pusiste tu vida en peligro para proteger a unos cuantos.

Tenía que hacerle ver que tenía mucho que ofrecer, que podía tener un futuro con su hijo y tal vez incluso con ella. Solo tenía que creer en sí mismo.

—Eres maravilloso con Jacoby. Sé que ha sido difícil, pero no le quites mérito a lo que has logrado. Eres un buen hombre, Justin. Tu hijo necesita estar contigo y tú necesitas estar con él.

—Lo que necesito ya no importa. Desde que Jacoby llegó a mi vida, mis deseos y mis necesidades no importan. Siempre he sido un egoísta, centrado en mí mismo, pero ya no soy así. Tengo que anteponer lo que Jacoby quiere y necesita.

Vio que ya había tomado una decisión.

Durante un buen rato, se limitó a mirarlo sin decir nada. Sentía un dolor enorme en su corazón.

—Bueno, te dejaré solo para que tomes una decisión.

—Gina, lo siento. Pero tú no entiendes...

Ella cerró los ojos. Justin tenía razón. Aunque quería a Justin y a Jacoby, no podía decirle lo que tenía que hacer. Porque se había dado cuenta de que también quería a Jacoby, tanto como a su padre.

No podía quedarse allí y ver cómo Justin lo tiraba todo por la borda.

—Lo entiendo, Justin, más de lo que crees.

Una semana más tarde, Gina fue a abrir la puerta de su casa cuando oyó el timbre. Sabía que era Racy.

—Gracias por venir tan rápido… ¡Hola, Jacoby!

—¡Gina!

Con su andrajosa funda de almohada a cuestas, el niño entró y le dio un fuerte abrazo.

—No sabía que ibas a venir —le dijo ella.

—Lo siento. Estaba recogiéndolo en el colegio cuando llamaste.

—Sí, mi padre tenía una reunión, así que me he quedado con mi tía Racy —le dijo Jacoby.

—¡Estupendo! —repuso Gina forzando una sonrisa.

Suponía que Justin estaría con los Ellsworth. Lamentaba que fuera a tomar la peor decisión posible, pero se dio cuenta de que debía dejarlo y centrarse en su propia vida.

—¿Qué pasa? ¿De qué querías hablarme con tanta urgencia? —le preguntó Racy.

Garrett entró en ese momento en la cocina y los saludó a todos.

—¿No deberías estar estudiando para los exámenes finales? —le preguntó Gina a su hermano.

—Me estoy tomando un descanso —repuso Garrett mientras miraba a Jacoby—. ¿Te gustan los videojuegos? Si quieres, puedes jugar conmigo.

—¿Puedo? —le preguntó Jacoby a Gina.

—Claro, si quieres.

Racy y ella se quedaron mirándolos mientras subían las escaleras.

—Bueno, ahora podemos hablar tranquilamente —le dijo Racy—. Aunque aún me duele que dejaras el trabajo de manera tan repentina.

—Lo siento mucho, pero tenía que…

—No, no te preocupes —la interrumpió—. Era broma.

—¿Por qué no subimos a mi habitación a hablar? —sugirió Gina.

—Vaya, es más serio de lo que pensaba. ¿Qué ha hecho mi hermano?

—¿Qué te hace pensar que Justin tiene algo que ver con esto?

—Te ha gustado desde que lo conociste. Conmocionaste a todo Destiny pasando la noche en su apartamento. Lleváis meses coqueteando y estuviste en su cabaña después del baile…

Gina la miró con sorpresa.

—Sí, todo el mundo lo sabe —añadió Racy—. Después de lo que le ha pasado a la madre de Jacoby y que Justin desapareciera durante casi dos semanas, me sorprende que de repente hayas decidido que no quieres ser camarera. ¿Cómo no iba a tener nada que ver con Justin?

—Está bien, tú ganas. Estoy enamorada de tu hermano.

Racy tomó con cariño su mano.

—¿Y mi hermano también te quiere?

—No.

—¿Cómo lo sabes?

Gina se secó las lágrimas que rodaban por sus mejillas. Después, se lo contó todo a Racy y le dijo que había decidido hacer algunos cambios en su vida.

—¿Qué cambios? ¿Como el de dejar de trabajar en el Blue Creek? —le preguntó Racy.

—Y el de irme de aquí —repuso Gina.

Capítulo 14

¿QUÉ?

Gina se dio cuenta de que debía habérselo dicho con más tacto.

—He decidido volver a la universidad y sacarme el título de Magisterio —le contó a Racy algo más animada—. Me ha encantado colaborar este mes en la biblioteca contándoles cuentos a los niños. He descubierto que quiero ser profesora de primaria.

—Eso es genial, pero ¿por qué tienes que irte de Destiny? —le preguntó Racy—. ¿No puedes ir a clase en la Universidad de Wyoming?

Gina se levantó y se acercó a la cómoda, jugueteó sin pensar con las horquillas que tenía allí, pero cuando vio el ramillete seco de rosas amarillas sobre su joyero, se quedó sin aliento.

—No puedo quedarme en Destiny y no… Sería demasiado doloroso ver…

—¿A Justin? —adivinó Racy.

—Y a Jacoby —repuso mientras miraba a su cuñada—. No sabes cuánto lo quiero. No sé si Justin va a hacer lo mejor para él y su hijo.

—¿Te ha dicho lo que le han ofrecido los Ellsworth?

Gina asintió con la cabeza.

—Y sabes que Richard Ellsworth está aquí y Justin está hablando con él ahora mismo, ¿verdad?

Volvió a asentir del mismo modo, no le salía la voz.

—He intentando hablar de ello con él. No se cree capaz de ser un buen padre —murmuró Racy suspirando—. Creo que le influye mucho el tipo de padre que tuvimos y cómo crecimos.

—Le asusta convertirse en alguien como vuestro padre.

—La verdad es que entiendo sus temores. Mi padre nos pegaba e insultaba. Justin tuvo que defenderme muchas veces —le dijo Racy con voz temblorosa.

Se acercó a su cuñada y le dio un fuerte abrazo.

—A lo mejor Justin necesita ayuda profesional —añadió Racy—. Se lo comentaré esta noche cuando venga a cenar. Y también necesita un buen abogado para poder luchar por su hijo.

A Gina le pareció muy buena idea. Aunque no solucionara los problemas que tenían ellos dos, sería positivo para la relación de Justin con su hijo. Y creía que eso era lo más importante.

—Yo tuve la ayuda de una psicóloga en la universidad —le confesó Racy—. Y me ayudó mucho. Como le pasa a Justin, yo tampoco me planteaba ser madre. Me aterrorizaba repetir los mismos errores horribles de mi padre.

—Pero ya no te sientes así, ¿verdad? Gage y tú queréis tener hijos algún día, ¿no?

—Puede que incluso antes de que lo piensas —repuso Racy con una sonrisa nerviosa.

—¿Qué?

—Nada, nada. Estábamos hablando de Justin y de ti.

—No, no hay nada de lo que hablar. Mi cabeza lo sabe. Ahora tengo que convencer a mi corazón —le dijo Gina fingiendo más seguridad de la que sentía—. ¿Qué es lo que no me estás contando?

Racy abrió su bolso y sacó una bolsa que le entregó a Gina.

—¿Qué es esto? —preguntó mientras la abría—. ¿Una prueba de embarazo?

—En realidad he comprado cinco. Quería estar muy segura —le dijo su cuñada.

Gina dejó de lado sus preocupaciones. Estaba muy emocionada.

—Racy, ¡es maravilloso! ¿Lo sabe mi hermano?

—Todavía no. He ido a Laramie a comprar las pruebas para que no se enterara nadie.

Gina ya podía imaginarse a su hermano mayor acunando a un recién nacido en sus brazos.

—Dios mío, se pondrá loco de contento cuando lo sepa.

—Eso espero —repuso Racy con una sonrisa—. ¿Por qué no me hago ahora la prueba? A las dos nos vendría bien pensar en otra cosa —agregó yendo al baño—. Ahora vuelvo.

Salió unos minutos más tarde con los ojos fijos en su reloj.

—Ya está todo listo. Tenemos que esperar por lo menos cinco minutos, pero no más de diez.

—¿Has hecho todas las pruebas? —repuso Gina riendo.

—Quiero estar segura.

Fueron cinco minutos que les parecieron eternos. Cuando pitó la alarma del reloj, las dos se sobresaltaron.

—No puedo mirarlo —le dijo Racy con nerviosismo.

—¿Qué? ¿Por qué?

—Pensé que podía hacerlo, pero ahora... —susurró Racy mirando a Gina—. Ve tú, por favor.

Gina entró en su cuarto de baño y miró las cinco pruebas de embarazo que Racy había colocado junto al lavabo. Los resultados eran idénticos. Tomó uno de ellos y volvió a la habitación.

—¡Tenemos un bebé en camino! —exclamó Gina entusiasmada.

Justin miró por la gran ventana del comedor de su hermana. Daba a un jardín bastante grande rodeado de árboles. Empezaba a anochecer y era una agradable noche de primavera.

Había llegado a casa de Racy y Gage a tiempo para cenar.

Su hermana estaba en la cocina, recogiendo los restos de la cena con su amiga Maggie Stevens. Gage y Landon, el marido de Maggie, habían ido al garaje para ver la motocicleta de Gage.

Él había preferido quedarse allí para ver cómo jugaba Jacoby en el jardín con Anna, la hija de Maggie, y Jack, el perro de su hermana.

No podía dejar de pensar en lo que Richard Ellsworth le había dicho esa tarde. Querían la custodia de Jacoby y le habían asegurado que podrían proporcionarle una vida muy buena.

Tenían una casa grande y mucho dinero. Él no podía competir, aunque se había dado cuenta de que la gente empezaba a mostrarle más respeto.

Muchos vecinos de Destiny se habían parado a felicitarle por su intervención para detener a los asaltantes del instituto y había sentido una gran satisfacción al explicarle a Jacoby por qué esas personas le daban la mano y le agradecían lo que había hecho. Pero no podía borrar su pasado.

Richard no lo había amenazado con usar su historia familiar o sus antecedentes penales si llegaban a una batalla legal por la custodia de Jacoby, pero sabía que estaría dispuesto a hacerlo.

Suspiró y se apartó de la ventana. Maggie y Racy estaban de vuelta en la sala y lo miraban.

—¿No vas a decirnos lo que pasó hoy? —le preguntó su hermana.

—No.

Con quien deseaba hablar era con Gina, pero dudaba que estuviera dispuesta a escucharlo.

Se sentó al lado de las dos mujeres.

—No quiero hablar de ello —les dijo.

—Pero tienes que hacerlo. Debes dejar que tu familia y tus amigos te ayuden —repuso Racy—. ¿Qué tal la reunión con Richard Ellsworth?

Terminó por rendirse y se lo contó todo.

—Así que ahora estoy tratando de decidir si debería hacer la maleta de Jacoby o no. He estado pensando mucho durante estos días. Sus abuelos pueden darle cosas que yo no puedo ofrecerle.

—Pero eres muy buen padre —le dijo Racy—. Tienen suerte de que hayas reaccionado tan bien después de que su hija abandonara a Jacoby como lo hizo. No creo que sean mejor para…

—No sabían que existía Jacoby, no tenían ni idea —la interrumpió él.

—¿Y qué tiene eso que ver? —preguntó Racy.

Justin se levantó del sofá y se cruzó de brazos.

—No lo sé, ya no sé ni lo que digo —les confesó.

—Tú no eres como papá —le dijo su hermana con cariño—. Nunca pegarías a tu hijo.

—También he estado pensando en eso —reconoció Justin—. Sé que no soy como él.

—Entonces, ¿por qué te planteas darles la custodia a ellos? —le preguntó Maggie.

—Porque quiero lo mejor para él. Richard y Elizabeth son cariñosos con él y…

—¡No tanto como tú! —exclamó Racy poniéndose en pie—. Aquí también tiene familia. Gage y yo lo queremos mucho. ¡Hasta ha empezado a llamar a mi suegra «abuela Steele»!

—¿En serio? —le preguntó sorprendido.

—Justin, no estás solo. Todos estamos aquí para ayudarte y también pueden hacerlo los Ellsworth, pero como abuelos de Jacoby, pues eso es lo que son —le dijo entonces Maggie.

—¿Quieres a Jacoby? —le preguntó Racy de repente.

—Más que a mi propia vida —repuso él sin dudarlo un segundo.

—¿Quieres que se quede?

Puso sus manos en sus caderas y respiró profundamente.

—Sí, pero…

Oyeron los gritos de Anna llamando a su madre y no pudo terminar la frase.

—¿Qué pasa, cariño? —le preguntó Maggie a su hija al verla entrar corriendo en la casa.

—¿Está aquí Jacoby? Estábamos jugando al escondite y me pidió que contara hasta doscientos. He estado buscando y buscando, pero no lo encuentro.

Se le hizo un nudo en la garganta al oírlo. No podía hablar. Trató de respirar y mantener la calma, sabía que era importante que estuviera tranquilo.

—¿Cuándo lo viste por última vez? —le preguntó Maggie a Anna.

—Hace ya un rato —repuso la niña—. Cuando entramos para ir al baño.

—¿No está Jack con él? —intervino Racy.

—No. Él descubría los escondites y lo metimos en la casa —repuso Anna.

Justin fue a la ventana. Ya estaba oscureciendo. Miró su reloj y calculó que habrían estado hablando durante unos cuarenta y cinco minutos. Esperaba que no hubiera oído la conversación.

—¡Vamos a buscarlo! —decidió Racy—. Justin, ve a preguntarles a Gage y a Landon. A lo mejor está en el garaje con ellos.

Rezó para que su hermana tuviera razón mientras iba hacia allí deprisa. Pero se le cayó el alma a los pies al ver que los dos hombres estaban solos. Les contó lo que había sucedido. Gage tomó un par de linternas y salieron hacia el bosque mientras las mujeres lo buscaban por la casa.

Gritó su nombre y trató de encontrarlo entre los árboles, pero no obtuvo respuesta. Después de buscarlo por allí, volvieron a reunirse en el jardín de la casa. Estaba aterrorizado.

—¿Dónde demonios puede estar? —se preguntó Justin en voz alta—.¿Dónde puede haber ido?

—No encuentro su funda de almohada —les anunció Racy saliendo de la casa.

Le empezaron a temblar las rodillas. Trató de respirar profundamente para calmarse.

Jacoby se había escapado. Pero no sabía adónde ni por qué.

—Bueno, esto es lo que vamos a hacer —les dijo Gage con autoridad—. Maggie se quedará aquí con Anna por si regresa. Justin, tú ve a la cabaña, puede que esté allí. Landon, Racy y yo iremos en tres coches distintos a dar vueltas por el pueblo. Hay que mirar sobre todo en el restaurante, la biblioteca y los parques.

—¿De verdad crees que pueda haber llegado al pueblo? —le preguntó Landon.

—Ha pasado media hora desde que Anna lo viera por última vez —repuso Gage—. Nos vemos en la comisaría. Si alguien lo encuentra, que me llame y yo llamo a Justin.

—No me has preguntado por mi reunión con Richard Ellsworth —le dijo Justin a su cuñado.

—Pensaba hablar de ello cuando nos quedáramos solos. ¿Crees que puede tener algo que ver con la desaparición de Jacoby? ¿Sabe el niño que quieren su custodia?

—No se lo he dicho, pero puede que me haya oído hablar de ello —repuso Justin.

—¿Crees que haya podido ir a hablar con sus abuelos?

—No lo sé. A lo mejor debería ir a su hotel por si está allí.

—Todavía no. No creo que haya llegado tan lejos y no es preferible no darle a Ellsworth ningún motivo para que dude de tu capacidad como padre.

—No creo que dude más que yo ahora mismo —le confesó Justin.

—No te preocupes —le dijo Gage dándole una palmada en la espalda—. Lo vamos a encontrar.

Justin corrió a su camioneta y fue a la cabaña. Vio al llegar que todo estaba a oscuras, pero entró de todos modos. No estaba Jacoby, pero vio que faltaba su nueva bicicleta. Se metió de nuevo en su vehículo y fue hacia el pueblo mientras llamaba a Gage.

—No estaba en casa —le dijo a su cuñado—. Pero tampoco están su nueva bicicleta ni el casco. Supongo que vino a por ella.

—Muy bien, voy al hotel —repuso Gage—. ¿Quieres probar en casa de mi madre? Ya sabes cuánto quiere Jacoby a Gina.

—¿Crees que sabrá cómo llegar hasta allí? —le preguntó Justin.

—Es un pueblo pequeño. Además, puede que le haya preguntado a alguien cómo ir.

Justin se quedó callado.

—¿Sigues ahí?

—Sí, sí… Tienes razón. Le gusta mucho Gina —repuso Justin—. Voy para allí.

Unos minutos más tarde, aparcaba en la acera e iba corriendo a la puerta.

Gina abrió la puerta y se sorprendió al verlo allí.

—¿Está aquí Jacoby? — le preguntó directamente.

—No, ¿por qué crees que…?

—Se ha escapado.

Abrió angustiada la boca al oírlo y se acercó a abrazarlo, pero él se apartó rápidamente. No podía dejar que lo tocara o se rompería en mil pedazos. Necesitaba ser fuerte.

—Por favor, entra —le pidió ella.

—No puedo. Tengo… Tengo que encontrarlo.

—Deja que te ayude —le pidió Gina—. Voy contigo.

—No tienes que hacerlo.

Gina agarró una chaqueta que colgaba del perchero y comenzó a cerrar la puerta tras ella.

—Por supuesto que sí.

En ese instante, apareció Garrett y metió el pie para que Gina no cerrara del todo.

—¿Lo he entendido bien? ¿Estáis buscando a Jacoby? —les preguntó el joven.

Gina y Justin se volvieron hacia él al mismo tiempo.

—¿Sabes dónde está? —repuso Justin.

—A lo mejor me equivoco. Pero estaba antes en la cocina y me pareció ver un destello de luz en la caseta que tenemos en un árbol del jardín.

Gina volvió a entrar y Justin fue tras ella. Llegaron a la cocina y salieron por la puerta de atrás.

—¿Cómo podría saber Jacoby que tenemos esa casa en el árbol? —le preguntó Gina.

—Se lo dije yo el otro día —les dijo Garrett mientras la señalaba—. ¿Veis la luz?

Justin fue hacia allí, pero Gina agarró su mano y se lo impidió.

—Deja que vaya yo antes —le susurró ella—. Si es él, no conviene asustarlo.

Justin asintió y dio un paso atrás.

Gina fue hacia allí. La casa del árbol estaba en una esquina del gran jardín. Cuando llegó a la escalera, se volvió hacia la casa y le indicó que fuera con la mano.

Justin corrió hasta donde estaba con el corazón en la garganta, pero Gina le hizo un gesto para que no dijera nada.

La observó mientras subía la escalera.

—Hola —dijo cuando llegó a la estructura de madera—. ¿Tienes la contraseña secreta para estar en la casa del árbol de la familia Steele?

Justin contuvo la respiración. Gina bajó la mano y le hizo un gesto de triunfo. Dejó que su frente cayera contra el tronco del árbol y cerró los ojos. Jacoby estaba allí.

No pudo contener las lágrimas de alivio mientras sacaba el móvil para llamar a Gage. Afortunadamente, su cuñado no había llegado aún al hotel donde estaba el abuelo de Jacoby.

Colgó el teléfono y volvió junto a la escalera, Gina estaba hablando con su hijo. No podía entender sus palabras, pero era evidente que mostraba su amor y preocupación por el niño.

Gina había sido muy buena con Jacoby desde el principio. Se sintió muy mal al haberla acusado de no entender su situación. Oyó que la escalera crujía y levantó la vista.

Gina comenzó a bajar y le entraron ganas de agarrar su cintura para ayudarla, pero sabía que ella preferiría que no la tocara.

—Puedes subir a hablar con él —le dijo Gina.

—No sé qué decirle.

—Sí, lo sabes —repuso ella colocando una mano en su pecho—. Escúchale y dile lo que hay en tu corazón.

Tenía ganas de abrazarla, pero se contuvo. Era increíble sentir de nuevo el calor de su mano.

Subió la escalera y se encontró a su hijo sentado en un rincón de la cabaña. Apretaba contra su pecho a su oso de peluche.

—Jacoby? ¿Puedo entrar?

Capítulo 15

JACOBY esperaba que su padre no estuviera muy enfadado. Vio que no parecía enfadado, sino preocupado. Le había pasado lo mismo con Gina.

Asintió con la cabeza y esperó a que entrara. La casa era demasiado pequeña para él.

—¿Estás bien? —le preguntó su papá.

Volvió a asentir mientras bajaba la mirada.

—Tienes a un montón de gente preocupada por ti. Hemos estado buscándote por todas partes.

Ya se lo había dicho Gina. Sentía haberlos preocupado. No había sido su intención irse tan lejos.

—Estaba muy preocupado por ti.

Lo miró a los ojos al oírlo. No sabía si lo decía en serio. Si era así, no entendía por qué quería que se fuera a vivir con sus abuelos.

—Cuando vi que no estabas en casa de la tía Racy, me asusté mucho. Temía no volver a verte.

—¿Por eso quieres que me vaya a vivir con ellos? ¿Para no volver a asustarte por mi culpa?

—Creo que siempre voy a estar preocupado por ti, incluso cuando seas un adulto.

—¿Por qué?

—Porque eres mi hijo —le dijo su padre mientras acariciaba su pelo—. Te quiero y deseo que te quedes conmigo.

—¿En serio?

—En serio, pero quiero lo mejor para ti. Sé que tu vida está cambiando mucho y que sufres por culpa de esas pesadillas que tienes. Creo que te vendría bien hablar con alguien de ello.

Jacoby asintió con la cabeza.

—Está bien, pero no quiero vivir con mis abuelos. Su casa es genial, pero no quiero irme —le dijo Jacoby—. Me gusta mi colegio y me esforzaré más, te lo prometo. Y me encanta mi equipo de béisbol. ¡Y también mi habitación! Ya no me da miedo. Y papá, te quiero. Más que nada.

Su padre se pasó una mano por los ojos y abrió sus brazos.

—Ven aquí, hijo.

Fue hacia él y le encantó que lo abrazara. Se sentía muy seguro con él.

—Sé que mi madre no me quería y luego pensé que tú tampoco me querías ya. Por favor, deja que me quede. Me portaré bien, te lo prometo. Creo que Gina es genial y seré bueno con el bebé.

Justin se quedó helado. La sensación de pánico había empezado a desaparecer después de ver a Jacoby, pero volvió a sentir una angustia similar en su garganta.

Había dicho algo de un bebé.

—¿De qué estás hablando? —le preguntó con la voz algo temblorosa.

—Del bebé. Me da igual tener un hermanito o una hermanita, compartiré mis juguetes. Menos a Clem, claro —le dijo Jacoby abrazándose a su oso—. Clem es mío.

No podía creerlo. Le parecía imposible que Gina pudiera estar embarazada.

Pero empezó a hacer cuentas y vio que habían pasado dos semanas desde aquella noche. Había tomado precauciones cada vez, pero…

—Todavía quieres que me quede, ¿verdad, papá?

La incertidumbre en la voz de su hijo lo devolvió a la realidad.

—Por supuesto. Te quiero, Jacoby —le dijo mientras volvía a abrazarlo—. Haré todo lo posible para que te quedes conmigo.

Iba a necesitar la ayuda de un abogado, pero en ese momento, solo podía pensar en Gina.

—Oye, ¿cómo te enteraste de lo del…? ¿De lo de Gina?

Vio que Jacoby parecía algo culpable.

—La oí cuando se lo contaba hoy a la tía Racy. Estaban hablando en la habitación de Gina.

—A lo mejor estaban simplemente hablando de bebés en general —repuso él.

Jacoby negó con la cabeza y buscó algo dentro de su funda. Después, se lo dio. Era un plástico alargado.

—¿Qué es eso?

Jacoby lo iluminó con la linterna y vio que era una prueba de embarazo. Con resultado positivo.

Ver aquello lo dejó sin aliento. No entendía por qué Gina no le había dicho nada.

—¿De dónde lo sacaste?

—Del baño de Gina.

Justin guardó la prueba en el bolsillo de su chaqueta. Respiró profundamente mientras trataba de pensar en lo que iba a hacer.

—Bueno, ¿qué te parece si nos vamos a casa? Es tarde y mañana tienes que ir al colegio.

—¿Vas a decirle a Gina lo que te he contado? —le preguntó Jacoby.

—Bueno, cuando hable con ella, querrá saber cómo... Una cosa, ¿te pareció que estaba disgustada con lo del bebé?

—No, parecía muy emocionada.

Se quedó más perplejo aún. Tenía que hablar con ella.

—¿Nos vamos, papá?

—Sí, claro.

Justin fue el primero en bajar. Después ayudó al niño. Miró entonces hacia la casa y vio que no estaban solos.

Desde el porche trasero los observaban Racy, Gage y la madre de este. También estaban Giselle, Garrett y Gina.

—Cuando nos llamó Gage, vinimos enseguida —le dijo Racy—. ¿Todo bien?

—Sí, todo bien —repuso Justin—. Todo está muy bien. Jacoby se quiere quedar conmigo y yo también lo quiero.

Todos aplaudieron al oírlo. Racy se agachó y abrazó a su sobrino. Gage se acercó también y se pusieron a charlar. Justin aprovechó la distracción para acercarse a Gina.

—Tengo que hablar contigo —le susurró al oído.

—Creo que ya hemos hablado todo lo que teníamos que hablar, pero me alegra que quieras que se quede contigo, Justin. Es una noticia maravillosa —repuso ella.

Tomó su brazo y la apartó de los demás.

—Sabes de sobra que tenemos que hablar —insistió él mirándola a los ojos.

—Ya me dejaste muy claro que no te interesa lo que pueda decir.

Le parecía increíble que quisiera ocultarle que esperaba un hijo. Sabía que era el lugar equivocado y el peor momento posible, pero necesitaba que le dijera la verdad.

—Gina, es importante que…

—Entonces, ¿cuál es el siguiente paso? ¿Qué vas a hacer ahora? —le preguntó de repente Racy acercándose a Justin y a Gina.

—Supongo que hablar con sus abuelos. Pero puede que necesite un abogado —repuso Justin.

—En eso podemos ayudarte —le dijo Gage—. Nuestra prima Jennifer es abogada y tiene el bufete en Laramie. Su especialidad es el derecho de familia. Si ella no puede, a lo mejor conoce a alguien que te asesore.

—Y si necesitas que alguien cuide a Jacoby, estoy disponible —se ofreció Giselle.

—No, seguro que prefiere estar conmigo —protestó Garrett mientras le hacía cosquillas a Jacoby—. Tengo que enseñarle unos cuantos trucos para que mejore con los videojuegos, ¿a que sí?

Jacoby se echó a reír y se apartó de Garrett.

—Sí, pero lo primero que tenemos que hacer es organizar la boda. ¡Mi papá y Gina van a tener un bebé! —exclamó el pequeño.

Todos se quedaron en silencio y Gina sintió que la cabeza le daba vueltas. Jacoby la miraba con una gran sonrisa en la cara y alegría en sus ojos. Unos ojos que eran iguales a los de su padre.

Buscó a Justin con la mirada, pero sus ojos estaban sombríos y serios.

Cuando se había acercado a ella después de anunciar que iba a luchar por Jacoby, le había costado mantener las distancias cuando en realidad se moría por abrazarlo.

Pero se sentía orgullosa, había conseguido fingir que no estaba interesada en lo que tuviera que decirle.

—Gina, ¿qué es lo que acaba de decir el niño? —le preguntó su hermano Gage.

Vio que fulminaba a Justin con la mirada y que iba hacia él. Ella levantó la mano para detenerlo.

—No estoy embarazada.

—¡Claro que sí! —exclamó Jacoby.

—Gina, no pasa nada. Lo sé —le dijo entonces Justin tomando su mano—. He visto la prueba de embarazo y creo que deberíamos casarnos.

—¿Qué?

—Admito que no había pensado en ello —le confesó Justin—. Pero quiero ser padre de ese bebé desde el principio, ya he perdido demasiados años con Jacoby.

Todo aquello era una locura y se apartó de él.

—¡No hay ningún bebé!

—Serás una madrastra maravillosa para Jacoby —continuó Justin—. La cabaña no es muy grande, pero puedo añadir otra habitación. Sé que puedes hacer que llegue a ser un hogar para nuestra familia.

Le estaba diciendo las palabras adecuadas, pero por las razones equivocadas. Había soñado con que Justin llegara algún día a pedirle que se casara con él, pero no de esa manera.

Sabía que en realidad no la amaba y solo quería casarse con ella porque la creía embarazada.

—No va a haber ninguna boda —dijo Gina entonces con firmeza—. ¡No estoy embarazada!

—Es verdad —intervino de repente Racy—. Soy yo la que estoy embarazada.

Todos la miraron entonces.

—¿Estás…? ¿En serio? ¿Vamos a…? —tartamudeó Gage con una gran sonrisa.

—Me hice el test en la habitación de Gina —les contó Racy—. Esperaba el momento adecuado para decírtelo, cariño, pero ha sido una noche bastante agitada y…

—¿Vamos a tener un bebé? —preguntó Gage de nuevo.

—Sí, papá —repuso Racy besando a su marido.

Se abrazaron emocionados y a Gina se le llenaron los ojos de lágrimas.

—¡Qué noticia tan maravillosa! —exclamó Sandy Steele—. Vamos a entrar para celebrarlo.

Gina suspiró aliviada al ver que su madre metía a todo el mundo en casa. Se quedaron solos Justin y ella. Él no se había movido de su sitio.

Se dio cuenta de pronto de que no había hablado con su hermano.

—¡Ni siquiera he felicitado a Gage! —murmuró.

—Yo tampoco —repuso Justin.

—Bueno, hemos pasado de padres a tíos en unos segundos —dijo ella sin pensar.

Miró a Justin, le dio la impresión de que parecía algo decepcionado.

—¿Por qué pensaste que estaba embarazada? —le preguntó.

—Jacoby encontró la prueba y os oyó hablar en tu cuarto de baño. Dijo que parecías emocionada... Pensó que eras tú.

—¿Y tú me crees capaz de esconderte algo así?

—Gina, siento…

—No digas nada —lo interrumpió ella—. No necesito tus disculpas.

No podía quedarse allí y ver cómo se arrepentía por haberle propuesto matrimonio. En el fondo, Gina quería todo lo que Justin le había ofrecido. Sobre todo la parte que había dejado fuera de su discurso, su corazón.

—Suerte con Jacoby —le dijo ella mientras iba hacia la casa—. Tenéis que estar juntos y espero que sus abuelos o el juez se den cuenta de que es lo mejor para Jacoby.

—Gina...

Tropezó con algo que había en el suelo. Justin se acercó para ayudarla, pero se enderezó antes de que pudiera tocarla.

—Voy a celebrar con todos la buena noticia. Si quieres, puedes venir.

Justin le dedicó una sonrisa triste.

—No estoy de humor para celebraciones...

Capítulo 16

¿CÓMO que Gina se va de Destiny? ¿Qué quieres decir? —le preguntó Justin a su hijo.

—Nos lo dijo hace unos días en la biblioteca —repuso Jacoby.

El niño estaba dibujando algo en una gran cartulina que tenía en el suelo del salón.

—Te lo dije, pero estabas ocupado mirando unos papeles. Se va a ir a la universidad.

Aturdido, Justin miró a su hermana. Estaba sirviéndose un té helado en su cocina. Racy asintió con la cabeza, confirmando así las palabras de su hijo.

—No quiero que se vaya —le dijo Jacoby—. Por eso hemos decidido llevar estos carteles mañana en la carroza de la biblioteca. Para demostrarle lo mucho que la queremos y darle las gracias por los cuentos.

Justin fue a la cocina y sacó un refresco de la nevera.

—¿No lo sabías? —le susurró Racy.

—No, pero veo que tú sí.

—Me lo dijo el día que decidiste pedirle en matrimonio cuando creíste que estaba embarazada. Fue antes de que Jacoby se escapara. La verdad es que me pareció muy romántico.

—¿Romántico? —repitió él con incredulidad—. Metí la pata y ahora Gina me odia.

Racy le acarició el brazo con ternura.

—Por favor, no digas eso. Gina no te odia. Eso es lo último que siente. Ella…

Miró a su hermana con interés al ver que no terminaba la frase.

—¿Ella qué?

—Lo siento, hermanito, eso lo tienes que averiguar tú solo. Aunque entiendo que no hayas tenido tiempo para pensar en lo que Gina pueda estar sintiendo. Ha sido una semana horrible.

Justin había tenido tres reuniones el lunes. Una con el abogado que le había recomendado Jennifer Steele, otra con el médico de Jacoby y la tercera con los Ellsworth.

Había solicitado formalmente la custodia de Jacoby y todo parecía estar saliéndole bien. Los abuelos de Jacoby habían decidido que no iban a utilizar la muerte de su hija para hacer que otro padre de familia tuviera que separarse de su hijo.

Habían pedido un régimen de visitas y Justin se había comprometido a llevar a Jacoby al menos una vez al mes. Y, poco a poco, podría ir pasando más tiempo con sus abuelos.

—Sí, una semana horrible —murmuró Justin—. Pero creo que estaba peor de lo que pensaba si Jacoby me dijo que Gina se iba de Destiny y yo no lo escuché.

—A lo mejor cree que no tiene ningún motivo para quedarse —le dijo Racy con una sonrisa—. Creo que ha sido su trabajo voluntario en la biblioteca lo que le dio la idea de hacerse profesora.

—¿Profesora?

—Sí, va a la escuela para sacarse el certificado y poder trabajar en primaria.

No podía creerlo. La propia Gina había tratado de convencerlo para que se hiciera profesor y había decidido después seguir su propio consejo. Sabía que sería una maestra increíble. Era muy dulce con los niños y siempre los escuchaba con atención.

Él mismo había estado mirando la página web de la Universidad de Wyoming. Le atraía la idea de convertirse en profesor y pensaba que a lo mejor podría empezar trabajando de manera temporal como consejero para adolescentes o algo así.

—¿Justin? ¿Dónde estás? ¿No me has oído?

—¿Cómo? —repuso algo confuso al oír la voz de su hermana.

Vio que se estaba poniendo la chaqueta y buscaba su bolso.

—¿Cuándo se va Gina?

—Mañana, después del desfile —contestó Racy.

—¿Mañana? —repitió angustiado—. ¿Por qué tan pronto?

—Va a intentar matricularse en los cursos de verano —le dijo su hermana mientras iba a la puerta. Le dijo a Jacoby que se despidiera de su tía y la siguió hasta el coche.

—Si tienes algo que decirle, creo que será mejor hacerlo hoy. Antes de que sea demasiado tarde.

Observó cómo se alejaba el coche de su hermana con sus palabras aún retumbando en su cabeza.

Gina le había dejado claro que no estaba interesada en hablar con él. Pero no podía dejar que se fuera sin decirle… «¿Qué voy a decirle?», pensó entonces.

Quería que supiera lo importante que había sido que creyera en él desde el principio. Había estado a su lado desde que apareció su hijo y nunca había dudado de su capacidad para cuidar de Jacoby. Esa mujer le había enseñado a reír, a pensar y a soñar. Había cambiado su vida.

—¡Papá! —lo llamó en ese instante el niño.

—Sí, hijo. ¿Qué quieres?

—¿«Queremos» se escribe con cu o con ka?

—Con cu. ¿Por qué?

—Quiero hacer otro cartel —le explicó Jacoby—. Los otros niños le quieren dar las gracias, pero yo quiero hacer un letrero que diga: *Te queremos.*

—¿Por qué quieres decirle eso a Gina? —le preguntó mientras se agachaba a su lado.

—Porque es verdad. La queremos, ¿no? ¿Por qué no iba a decírselo?

Justin se puso de rodillas y tomó unos de los pinceles. Acababa de darse cuenta de que su hijo lo veía todo mucho más claro que él.

Gina aplaudió cuando la banda del instituto pasó por la calle Mayor. Hacía tanto calor que se había puesto un vestido sin tirantes y sandalias de cuña.

Era extraño estar en ese desfile y sentirse parte de esa comunidad de Destiny cuando estaba a punto de volver a irse.

—Ahí vienen los gemelos —le comentó su madre.

Vieron la carroza decorada con los colores del instituto. En ella iban los estudiantes de último curso. Giselle había sido elegida una de las princesas de su clase y estaba guapísima.

Los gemelos habían tratado de persuadirla para que se quedara hasta su graduación, pero no podía quedarse ni un día más. Además, les había prometido que volvería para verlos cuando llegara ese momento.

No podía seguir allí y no decirle a Justin lo que sentía por él. Y no quería verse en esa situación y hacer el ridículo cuando sabía que ella no le interesaba.

—¿Sabes que ya tengo los billetes de avión y he reservado un hotel? —le preguntó entonces Racy.

—¿Te refieres a París? ¿Vais a iros de luna de miel? —repuso Gina.

—Sí, por fin nos hemos animado. Iremos poco después de la graduación de los gemelos. Serán dos semanas en la ciudad más romántica del mundo —le dijo Racy con una gran sonrisa.

—¿Dónde está Gage?

—Está trabajando para controlar el desfile, pero nos veremos después en la barbacoa. Vas a comer con nosotros, ¿no?

Tenía su equipaje en el coche. Iba a conducir hasta Hastings, en Nebraska. Pasaría allí la noche y continuaría al día siguiente hasta el campus de la Universidad de Notre Dame.

—No lo sé. Son seis horas de viaje hasta el hotel. Será mejor que me vaya en cuanto termine el desfile.

No quería ir a esa barbacoa para no tener que encontrarse con Justin y con Jacoby. Ya iba a ser muy duro verlo pasar en la carroza de la biblioteca, no podía despedirse de él.

Fueron pasando más carrozas. Había algunas con animales, grupos de bailarinas, veteranos de guerra y una unidad de la Guardia Nacional.

Unos minutos después, vio la carroza de la biblioteca.

Como a bordo iban niños muy pequeños, habían colocado la carroza sobre una plataforma baja para que no corrieran peligro. Había una docena de niños y personal de la biblioteca en ella. Estaban sentados en una zona que imitaba a un jardín lleno de flores de papel y libros.

Los pequeños saludaban a la multitud mientras sujetaban unos carteles. Cuando se acercaron un poco más, se emocionó al ver lo que habían escrito en ellos.

Le daban las gracias por haberles leído cuentos durante varias semanas. Eran todos preciosos.

—¡Qué detalle tan maravilloso! —exclamó su madre apretando con cariño su mano.

Llegaron en ese momento a su lado Gage y los gemelos.

—¡Menos mal! ¡Hemos llegado a tiempo! —dijo Giselle.

—Sí, no nos queríamos perder esto —agregó Garrett.

—¿El qué? —preguntó Gina mirando a su familia.

Gage le dio la vuelta para que siguiera mirando el desfile. El tractor que tiraba de la carroza de la biblioteca se detuvo frente a ellos.

Fue entonces cuando vio el sombrero del conductor y lo reconoció.

Llevaba una camisa blanca, unos pantalones vaqueros bastante ajustados y botas. Salió del tractor y se subió a la parte trasera de la carroza.

—Justin… —susurró Gina con el corazón en la garganta.

Lo miró mientras bajaba con cuidado a cada uno de los niños de la carroza. Los pequeños se le acercaron corriendo, cada uno con una rosa amarilla en sus manos.

Se le llenaron los ojos de lágrimas mientras aceptaba cada rosa y sus abrazos. Después, volvieron a subirse a la carroza.

Todos menos un niño y un hombre.

Jacoby estaba al lado de su padre y vio que llevaba la misma ropa. Desde el sombrero negro hasta las botas vaqueras. Cada uno tenía un cartel en una mano y una rosa amarilla en la otra. Caminaron lentamente hacia ella mientras el desfile continuaba su marcha.

Te queremos, Gina, decía el cartel que llevaba Jacoby.

Con todo el corazón, leyó en el que sujetaba Justin.

Se limpió las lágrimas con el dorso de la mano. Le habría encantado creer que esas palabras significaban algo real, pero sabía que no debía hacerse ilusiones.

Quería creer lo que le decían la sonrisa y los ojos de Justin en ese momento. Nunca había deseado nada como deseaba eso.

—Esto es para ti —le dijo Jacoby entregándole su rosa.

Gina se agachó para aceptar la flor y le dio un fuerte abrazo a Jacoby.

—¡Pareces tan mayor! Me encanta tu sombrero.

—¡Gracias, Gina! ¿Te gustan nuestros carteles?

—Sí, mucho.

—Ha sido idea de mi padre —le dijo Jacoby.

Levantó la vista y se encontró con la mirada de Justin.

—¿En serio?

—Sí, así es —le dijo Justin mientras le entrega la última rosa.

Cuando sus dedos se rozaron, él tomó su mano.

—Gina, quiero darte las gracias…

—¿Darme las gracias? —lo interrumpió ella.

Justin se acercó un poco más, levantó la mano y la besó con suavidad.

—Déjame terminar, ¿de acuerdo? —le pidió él—. Quiero darte las gracias por amar a Jacoby y por amarme a mí.

Estaba aturdida, no sabía qué hacer o si aquello era real.

Justin dejó de sonreír y se puso serio.

—Siempre he pensado que no tenía nada que ofrecer. No podía olvidar ni borrar mis errores del pasado. Y esos errores hacían que me sintiera inútil. Si no hubiera sido por ti, no habría llegado a pensar que podría hacer algo más con mi vida. Nunca renunciaste a mí ni me permitiste que renunciara a Jacoby. Has hecho que me dé cuenta de que una persona se define por lo que es en el presente, no por lo que hizo en el pasado. Quiero formar una familia con Jacoby, pero no quiero hacerlo solo.

Vio que metía la mano en el bolsillo y sacaba un anillo.

—Sé que esto es algo impulsivo. Ni siquiera hemos tenido una primera cita ni una relación normal. Pero me gustaría que lo llevaras en tu mano como una promesa de mi amor y de lo mucho que te quiero... De lo mucho que te queremos en nuestras vidas. Te amo, Gina. Con todo mi corazón. A Gina le temblaron las manos cuando vio que Justin le colocaba el precioso anillo de diamantes.

—Justin, es hermosísimo —susurró emocionada.

—Y si quieres irte a estudiar para conseguir tu sueño, queremos que sepas que estaremos aquí esperando cuando vuelvas —le dijo Justin.

—No tengo que irme a ninguna parte —respondió Gina con todo el amor que tenía en su corazón por esos dos hombres—. Puedo conseguir mi certificación en Cheyenne. Me quedo aquí porque yo también te quiero. Os quiero a los dos con todo mi corazón.

Jacoby gritó de alegría y su familia comenzó a aplaudir, pero ella solo tenía ojos para Justin y fue a sus brazos muy segura del paso que estaba dando.

Justin le dio entonces un beso que contenía la promesa de un futuro juntos y para siempre.

JULIA™

KAREN TEMPLETON

RECUERDOS
HACIA EL OLVIDO

Capítulo 1

CASH Cochran no tenía expectativas, pero desde luego no había esperado ver cabras con suéter.

Contempló con el ceño fruncido la media docena de globos de colores sobre patas largas y delgadas que había en un corral con cerca de alambre. Las cabras movieron las orejas, curiosas. Una emitió un balido interrogante.

«Yo tampoco estoy seguro», pensó Cash, echando un vistazo a lo que había sido un terreno enorme que se había ido vendiendo a trozos hasta que solo quedaron la casa y las cuatro hectáreas que su padre había dejado en herencia a Lee Manning hacia unos años… Una noticia que podría haber llevado a Cash de vuelta a la bebida; por suerte, había evitado revisitar ese infierno.

No se trataba que necesitara o quisiera la propiedad, situada entre dos cadenas montañosas, en la zona norte de Nuevo México. En absoluto. Era el porqué de la donación a Lee lo que había envuelto esa antigua amistad con un tufo amargo que el tiempo apenas había comenzado a disipar.

El sol salió de detrás de una espesa nube, iluminando los cambios: un invernadero de tamaño mediano, los campos sin arar, un huerto de árboles frutales no florecidos aún. Había una sábana de plástico grueso clavada a un lateral de la casa, seguramente una reforma empezada y abandonada. Las cabras. Sin embargo, el cielo infinito, el aire puro y ligero, el sonido del viento en los pinos era tal y como lo recordaba.

Era lo que había echado de menos.

En cambio, no había echado de menos la casa, una edificación estilo rancho, con altura suficiente para un porche pero insuficiente para un sótano, revestida de estuco y falso ladrillo. Recuerdos horribles horadaban la puerta y las ventanas, aplastaban los narcisos color yema de huevo que crecían junto a las paredes y el bonito cartel de Bienvenida que había en el porche repintado.

Una tormenta de ladridos sobre cuatro enormes patas, corrió hacia Cash.

—¡Bumble! ¡Sentado!

Cash alzó la cabeza y su mirada se encontró con unos ojos azul verdoso, firmes y curiosos. El perro, grande como un oso polar, giró en redondo y fue a sentarse junto a la cabra vestida con jersey rojo que sujetaba su ama. Un revoltijo de pelo rojo y una brillante bufanda a cuadros contrastaban con el enorme guardapolvo de color indefinido, los vaqueros desteñidos y las botas llenas de barro.

—¿Puedo ayudarlo?

—Disculpe, señora, no quería molestar. Soy…

—Sé quién es —contestó la mujer con voz dura y cortante como el hielo.

—Supongo que hablo con… —rebuscó en su cerebro—. ¿Emma?

—Esa soy yo.

Cash no recordaba la última vez que una mujer no perdía el habla en su presencia. Hacía mucho tiempo que esas cosas, que habían hecho que un joven vaquero solitario con talento para tocar la guitarra y componer canciones se sintiera importante, habían dejado de alimentar su ego. Ser el centro de atención había perdido pronto el interés, sobre todo cuando comprendió que las chicas estaban más interesadas en su fama que en su persona. Aun así, la indiferencia de Emma Manning a sus encantos lo inquietó. Así que señaló las cabras, que lo miraban con curiosidad.

—¿Por qué están vestidas?

—Tuve que esquilarlas antes de que parieran. Y luego bajó la temperatura. Señor Cochran, ¿por qué está aquí? Dudo que haya venido a charlar sobre mis cabras.

—Eso podría considerarse una pregunta tendenciosa —la miró y captó las finas arrugas que rodeaban sus ojos—. ¿Está Lee por aquí?

Algo destelló en el rostro de ella, irritación tal vez, antes de que llevara a la cabra al corral, sin decir palabra. La vergüenza hizo que el cuello de Cash enrojeciera. Si no hubiera encontrado esa carta hacía unos meses, tal vez no estaría allí. Pero estaba, y eso era lo importante. O eso creía.

Emma empujó a la cabra para que entrara al corral. Su silencio era todo menos suave; incluso el pelo, que le caía por la espalda hasta casi la cintura, parecía chisporrotear de ira. Una ira que él no estaba seguro de entender.

—Tendría que haber llamado antes —admitió—, pero esta mañana me encontré de camino hacia aquí. Y pensé que sería mejor llegar hasta el final antes de perder el coraje. Si Lee no está, puedo volver. Hace unos meses compré una casa, al otro lado del pueblo. Llevo allí dos o tres días…

—¿Ha vuelto a instalarse en Tierra Rosa?

—De momento, sí. Supongo… —bajó los ojos, forcejeando con su nueva honestidad. Alzó la mirada—. Supongo que a veces hay que volver al principio antes de poder seguir avanzando. Y parte de eso es arreglar las cosas con Lee…

—Eso no es posible, señor Cochran —dijo Emma con voz queda. Cerró el corral antes de mirarlo—. Porque Lee murió el otoño pasado.

Si hubiera tenido más de treinta segundos de preaviso, Emma podría haber suavizado la noticia un poco, en vez de soltarla así. Pero estaba desconcertada; la presencia de Cash Cochran allí era completamente inesperada.

—Lo siento —dijo él finalmente—. Hace años que no estoy en contacto con nadie de la zona. Yo… —Cash sacudió la cabeza, apoyó la mano en el techo de su vehículo y maldijo para sí—. ¿Qué ocurrió?

—Su corazón —dijo Emma, luchando para no dejarse llevar por el dolor—. Por lo visto era un modelo de mala calidad. Como poner un motor oxidado de cuatro cilindros en un camión —metió las manos en los bolsillos del viejo guardapolvo de Lee, esforzándose por controlar el temblor de su cuerpo—. Se habló de un trasplante, pero resultó no ser una opción viable.

—Lo siento muchísimo —repitió Cash con voz

ronca. El viento alborotaba las puntas de la melena color paja que rozaba su hombros—. Más de lo que puedo decir.

—Ya. Yo también.

—No pretendía molestar. Yo… —con la mandíbula tensa, abrió la puerta del coche. Dio un puñetazo en el techo—. Maldita sea.

Un par de cabras balaron con preocupación. Bumble emitió un gruñido sordo.

—Hay café —se oyó decir ella, a su pesar—. Y pastel. De melocotón. Del árbol.

Cash miró el melocotonero solitario que había junto a la verja de entrada. Considerando la altura, el invierno de Nuevo México y el maltrato de Dwight Cochran, era asombroso que hubiera sobrevivido. Emma pensó que también lo era que hubiera sobrevivido el hombre que tenía delante; hasta el árbol parecía estar en mejor forma que él.

—¿Señor Cochran? —le dijo. Él la miró con los famosos ojos color plata desenfocados—. Venga a la casa. Hasta que su mente procese la noticia.

—No me quiere aquí —Cash casi sonrió al oír el gruñido de Bumble, más fuerte que antes.

—No especialmente, no. Pero si está sintiendo una décima parte de lo que sentí yo cuando me quedé viuda hace unos meses, no está en condiciones de conducir montaña abajo.

—Puedo apañarme…

—Gracias, pero prefiero no correr ese riesgo. Y como mis tareas no se harán solas mientras estamos aquí, sugiero que hablemos dentro.

Cash miró la casa y los recuerdos lo asaltaron. Había esperado que Lee estuviera allí para paliar el dolor del regreso, para que lo ayudara a superar lo peor. Como había hecho siempre. Una expectativa estúpida, considerando que su relación había quedado hecha trizas, por culpa de Cash.

Por desgracia, era demasiado tarde para disculpas, explicaciones y todo eso.

—¿De qué hay que hablar?

—De por qué está aquí después de tanto tiempo, supongo —al ver que Cash titubeaba, Emma insistió—. Dentro no queda nada que pueda herirlo —afirmó—. Lee me explicó la razón de su huida. Lo que le hizo su padre. Un marido comparte información con su esposa, señor Cochran —añadió, al ver su gesto de ira—. Sobre todo un marido que intenta entender por qué su mejor amigo le ha hecho el vacío.

—Nos distanciamos. No le hice el vacío…

—¿Ah, no? Cuando Lee le escribió para decirle que habíamos heredado la casa, no contestó, nunca le devolvió sus llamadas, nada. Si eso no es hacer el vacío, no sé qué es.

—Si sabe lo de mi padre, entenderá que no me alegrara descubrir que Lee era amigo del hombre que había convertido mi vida en un infierno…

—¿Qué le dijo mi marido exactamente? ¿Sobre la razón de que Dwight nos dejara la casa?

—Solo que al poco tiempo de irme yo empezó a trabajar para ese bastardo —casi escupió Cash—. Ayudándolo en la granja y en la casa, y cosas así.

—¿Y?

—Y, ¿qué? Eso es todo.

—Oh, Dios —farfulló ella—. Tenemos que hablar.

Su tono de voz dejó claro que había mucho más

que contar. En parte, Cash no quería escuchar, pero había ido allí para obtener respuestas.

—¿Cómo de fuerte es su café? —preguntó.

—No le decepcionará —dijo Emma.

Bumble se dejó caer en el porche como un saco, ignorando a Cash, que deseó que el fantasma de su padre tuviera la misma cortesía.

—¿Quién es ese? —ladró la abuela Annie desde su «estudio», organizado en un rincón de la atiborrada sala de estar. Gatos, tazas de café, material de pintura, revistas de arte y vinilos apilados llenaban mesas y estanterías; en un equipo de música de hacía cincuenta años, sonaba Sinatra a un volumen atronador.

—Un viejo amigo de Lee —gritó Emma, intentando controlar el ritmo de su pulso mientras colgaba el guardapolvo y se quitaba las botas de Lee. Un gato, El Rojo, Emma no se molestaba en aprenderse sus nombres, sobre todo porque Annie tampoco parecía recordarlos la mitad del tiempo, intentó cazar el extremo de su larga bufanda.

—¿Quién? —aulló Annie, era obvio que no llevaba puesto el audífono. Emma fue hacia el tocadiscos y bajó el volumen. La sorprendió actuar con normalidad, considerando el enorme golpe que había recibido su estructura molecular.

Ese hombre llevaba la palabra «intenso» a otro nivel, próximo a radiactivo.

—Me resultas familiar —todo huesos y descaro, la anciana se acercó al visitante como un buitre que contemplara carroña nueva. Un buitre manchado de pintura, con pelo blanco que necesitaba una permanente—. ¿Te conozco?

—Solías conocerme, abuela Annie —Cash tomó la huesuda mano entre las suyas—. Hace mucho tiempo. Cuando Lee y yo éramos niños. Soy Cash.

—¿Cash Cochran? —Annie jugueteó con sus gafas—. ¿El chico pequeño de Dwight?

—Eso es —un chispa de dolor destelló en sus ojos—. He sentido mucho la muerte de…

Annie apartó la mano como si quisiera golpear a Cash. Estaba sorda, pero Emma habría apostado por la anciana en cualquier pelea de callejón.

—¿Cuánto tiempo hace que nos falta? ¿Apareces ahora? —apretó los labios y volvió a su lienzo a pintar hojas en los árboles—. Todo el mundo quería a ese chico. Todo el mundo. Me parece que un «amigo» tendría que haber venido a su funeral…

—Él no lo sabía, Annie. De verdad —al ver que Annie encogía los hombros, Emma se volvió hacia Cash—. ¿Por qué no te sirves café mientras voy a ver cómo está mi hija? Tiene catarro, nada grave.

Se alejó por el pasillo, concediéndose unos segundos para procesar que su marido le hubiera mentido. Y para huir de los ojos de Cash. Ojos grandes y heridos que hacían que una mujer deseara entrar dentro y arreglarlo todo.

Como si no tuviera ya bastante entre manos.

Era una pena que no pudiera poner coto a sus instintos protectores con la facilidad con se los ponía a su libido. La viudez, el embarazo, la granja y todo lo demás habían hecho que todo lo sexual quedara bajo llave en el archivo «Clausurado». Pero su atracción crónica por la gente herida la acompañaría hasta la tumba: no tenía remedio.

Hacía mucho que había aceptado su tendencia a ayudar a los cansados, los pobres, los de mirada triste.

Lee siempre se había metido con ella por eso, aunque también decía que la amaba porque tenía el corazón aún más grande que el trasero.

Lee, que siempre quería hacer a la gente feliz, incluso si implicaba ocultar datos. Y eso llevaba a situaciones que Emma tendría que aclarar.

Con un suspiro, entró en la habitación de Zoey: una explosión de verde ácido y rosa chicle. Su hija, un compendio de extremidades delgaduchas, pecas y pelo revuelto, estaba dibujando tumbada sobre una alfombra de parches de colores hecha por Annie. A su lado, había una montaña de pañuelos de papel usados, de color rosa.

—¿Qué tal, nena? Tira esos pañuelos a la basura.

—Están asquerosos.

—Por eso los vas a tirar tú. No yo.

Con un suspiro enorme, la niña recogió los pañuelos y los echó en la papelera, decorada con una princesa estilo Disney, de ojos grandes.

—¿Se ha ido ya el hombre?

—¿Cómo sabes que ha venido un hombre?

—Lo he visto por la ventana —clavó en Emma sus ojos azules—. ¿Quién es? —exigió.

—Un antiguo amigo de tu papá. Y baja la voz, está en la cocina.

—¿Por qué?

—Porque él y yo tenemos que hablar. Cosas de mayores.

Zoey simuló un suspiro indignado, un truco que dominaba desde los dos años y se sonó la nariz.

—Se parece a ese tipo al que papi escuchaba todo el rato en la emisora de música country.

—Eso es porque es él.

—¿En serio? —abrió los ojos de par en par.

—Sí. Y no, no puedes decírselo a nadie.

—¿Va a quedarse?

—¿Aquí? No, claro que no. Tiene su casa —Emma hizo un pausa, considerando lo raro que era que Cash Cochran hubiera vuelto a Tierra Rosa—. Solía vivir aquí. En esta casa, quiero decir.

—¡No!

—Sí.

—No quiere volver a la casa, ¿verdad?

—Lo dudo mucho. Y aunque quisiera, ahora es nuestra. Nadie nos la puede quitar —al menos ese era el plan—. ¿Quieres más zumo?

—No, estoy bien —dijo Zoey. Le dio un vaso vacío y volvió a tumbarse sobre la alfombra, como si no tuviera ninguna preocupación en el mundo. Considerando lo unida que había estado a su padre, debía de haber heredado el gen de la simulación de Emma. Pero el que no dejara de acatarrarse llevaba a Emma a sospechar que aún no había superado la muerte de su padre.

—Eh —dijo Emma—. Te quiero.

—Yo también te quiero, mamá —respondió la niña con una sonrisa desdentada.

Emma volvió por el pasillo para descubrir a Cash de pie en el diminuto comedor, mirando la foto de cuarenta por cincuenta que ocupaba un buen trozo de la pared, junto a la ventana.

—Está muy bien —dijo él, con voz de acabar de comprender que se había perdido muchas cosas.

Emma se obligó a mirar el retrato, aunque le causaba dolor de corazón. Lee había empezado a asistir a reuniones de Weight Watchers el año anterior; estaba tan orgulloso de cuánto había adelgazado que había insistido en que se hicieran la foto. Aunque ese «adelgazamiento» fuera relativo, en el caso de ambos. Sin embargo, Emma se alegraba de haber accedido. Aparte del álbum de boda, era la mejor foto que tenía de él. Si ella tenía algo que ver con su expresión de felicidad, no lo había hecho nada mal.

Desde luego, la irritaba que Lee no le hubiera contado a Cash toda la verdad, pero suponía que había tenido sus razones. Suspiró al sentir un leve pinchazo de dolor. Ninguno de ellos había sido perfecto, pero habían encajado de maravilla. Tanto que una mujer lista sabía que no podía esperar encontrar algo así más de una vez en la vida…

—El chico… ¿está bien?

Hunter, a quien su padre rodeaba con los brazos, ofrecía a la cámara su contagiosa sonrisa. Por un momento, Emma había olvidado que el resto del mundo veía lo «normal» con una lente distinta a la suya. Para la mayoría de la gente, los ojos achinados, el cuello grueso y el pelo fino de su hijo lo definían en un sentido que provocaba compasión o incomodidad, o ambas cosas. No habría sabido decir si ese era el caso de Cash.

—Va muy bien —Emma sonrió—. Nadie disfruta tanto de la vida como Hunter. Una vida que es perfectamente normal. Para él. Y para nosotros.

Cash miró su vientre con fijeza.

—Sí, hay otro bebé ahí dentro —dijo ella, yendo hacia la cocina. Se quitó la bufanda y la dejó en el respaldo de una silla. Fue hacia la encimera sintiéndose como un hipopótamo en el barro—. No supe que estaba embarazada hasta dos semanas después de la muerte de Lee —al ver el ceño de Cash, que sin duda pensaba en la avalancha de responsabilidades que había caído sobre ella, se apresuró a tranquilizarlo—. Está bien. Todo está controlado. De veras.

Agarró la tarta y se volvió hacia Cash, a tiempo de captar su expresión de horror y disgusto mientras miraba la cocina. Seguramente, unas cuantas capas de pintura no servían para erradicar las malas vibraciones que habían hecho que Cash huyera de allí y no regresara en veinte años.

Dudaba que oír la verdad fuera a conseguirlo.

«No recuerdo que esto fuera uno de los votos matrimoniales», pensó, dejando la tarta en la mesa.

Capítulo 2

AL menos, la casa olía bien. Más que bien. A café y galletas y aromas florales. Pero estar allí estaba afectando a Cash. Mientras observaba a Emma servirle un trozo enorme de tarta se sentía como si alguien hiperactivo se hubiera hecho cargo del control remoto de su mente.

Había gatos tumbados y lavándose al sol de media mañana que iluminaba la encimera y el suelo de baldosas de color mar. Paredes naranja, armarios turquesa, cortinas amarillas. Diablos, hasta la mesa era rojo coche de bombero…

—Los colores intensos estimulan el cerebro —comentó Emma, poniendo un plato ante él—. Pintamos así por Hunter.

—¿Sirvió de ayuda?

—No creo que hiciera ningún mal —dijo ella con una leve sonrisa. Cash captó un destello de la preocupación que sin duda era su constante compañera, y

sintió un escalofrío—. Te serviré más —dijo ella, agarrando su taza de café —tuteándolo.

Cash sintió una oleada de emociones conflictivas
que prefirió no analizar. Lo invadía un inexplicable e
intenso instinto protector, más raro aún porque Emma
Manning no daba la impresión de ser una mujer que
necesitara que la protegieran. Y él no era protector.

Más de un psiquiatra le había dicho que su egocentrismo era consecuencia directa del infierno que había
vivido, del instinto de supervivencia que le había permitido sobrevivir a la ciénaga tóxica que había sido su
infancia. Lo que no podían explicar era por qué ese
instinto iba acompañado de un deseo de autodestruc-
ción equivalente en intensidad. También hablaban mucho de problemas de confianza y barreras emocionales.

Una forma rimbombante de afirmar que era un auténtico desastre en las relaciones.

Al menos, así lo había resumido su última ex. Cash
recordó la nota que le había dejado sobre la mesa de
hierro y cristal en su lujoso piso de Nashville, hacía
ocho años. La prensa amarilla había sacado mucho
partido de aquello.

Cash por fin había controlado las tendencias auto-
destructivas. Lo de ponerse por encima de todo el
mundo… no tanto.

Por eso estaba costándole tanto no salir corriendo
de allí. Huir de la casa, de la mujer y de lo que tuviera
que contarle. Ella se sentó frente a él con un vaso de
leche en la mano. La miró.

—¿Qué tenías que contarme, Emma?

—Antes, acaba la tarta —dijo ella.

La cruel luz matinal acentuaba las finas arrugas y
las ojeras bajo los extraños ojos. No eran grises, azules ni verdes, sino una mezcla de los tres.

—Hacer limpieza de los errores de mi marido no entraba en mi lista de tareas para hoy, así que necesito prepararme un poco. Además, no te conozco, Cash Cochran. No sé cómo vas a reaccionar a lo que tengo que decirte.

—Eso suena alarmante.

—No es eso… —suspiró—. Come. Por favor.

—Caramba, está riquísimo —dijo él tras tomar un bocado y notar cómo la suave mezcla de masa y fruta se deshacía en su boca.

—Gracias —lo observó un instante—. ¿No te sientes distinto? ¿Al estar aquí, quiero decir?

—Todo se ve distinto, claro. Pero el sentimiento es igual —movió la cabeza—. Mi cerebro sabe que mi padre no está aquí. Hace veinte años de aquello, y es como si no hubiera pasado el tiempo.

—¿Aún tienes problemas, entonces? —se apartó un mechón de pelo del rostro—. No te juzgo, solo intento hacerme una idea de cuál es la situación.

—¿Qué te contó Lee? —preguntó él.

—Que tu padre se volvió religioso de repente. Esa religión que exacerba el infierno y el pecado y olvida lo de amarse los unos a los otros. Que se tomó lo de «quien quiere a su hijo no escatima en disciplina» de forma demasiado literal.

—¿Mencionó también que mi padre se aseguró de que me sintiera como basura todo el tiempo? —preguntó Cash con la boca seca.

—Eso también —contestó ella tras un silencio.

—Dios sabe que he intentado dejar atrás los malos sentimientos —Cash suspiró—. Pero por lo visto son demasiado profundos para desarraigarlos del todo. Como el viejo rosal amarillo que hay junto a la verja de entrada.

—Odio ese rosal —Emma curvó las manos alrededor del vaso de leche. Manos de granjera, fuertes, ásperas y de uñas melladas—. Tiene mil espinas por cada flor. Cada año arranco los estolones maldiciendo, pero creo que solo una bomba de napalm acabaría con él.

Emma movió la cabeza y suspiró.

—De niño, uno supone que todo el mundo vive igual. Que como tus padres te quieren, todos los padres son...

—Créeme, al revés no ocurre eso. Yo conocía a otros niños cuyos padres no les sacaban el «pecado» del cuerpo a golpes. Además, no siempre había sido así —Cash hizo una pausa, luchando contra la náusea que lo asoló. Tragó saliva—. Lo peor fue que no podía entender por qué mi madre nunca hacía nada para impedirlo. Cuando me hice mayor, comprendí que le daba pavor lo que él pudiera hacer.

—¿También la maltrataba? —ella frunció el ceño.

—Lo suficiente —aunque había vomitado la historia ante múltiples terapeutas, seguía doliendo hablar de ello—. Nunca le conté eso a Lee, y él no podía saberlo porque nunca venía aquí. Tenía razones para odiar a mi padre, Emma. Él estaba... obsesionado. Creía que todos éramos pecadores y él era el instrumento de la ira del Señor.

—Así que huiste.

—Me quedé cuanto pude, por mi madre. Pero cuando ella murió, era cuestión de irme o perder el poco respeto hacia mí mismo que me quedaba. Y la cordura. Esta casa estaba infectada por su locura. Su maldad. Yo no podía... No podía ser lo bastante bueno para él.

Cash, pensando que no era bueno para nadie, ni siquiera para él mismo, se levantó y lavó el plato y la taza en el fregadero.

—Yo lo había querido, antes de que empezara la locura. Y durante mucho tiempo solo deseé que él volviera a quererme. Hasta que comprendí que eso no ocurriría nunca. Lee…

Sintió otra puñalada de dolor, por otra razón. Por lo visto, el remordimiento dolía tanto como la injusticia. Se volvió hacia Emma.

—Lee fue la única persona que me ayudó en aquella época. Diablos, dejarlo a él y nuestra amistad, casi me mató. Dudo que… —casi sonrió—. Dudo que imaginara siquiera cuánto me preocupé por él los primeros meses. Y después, descubrir que… —ensanchó las aletas de la nariz—. Me sentí como si me hubieran abierto en canal. No entendía la razón de que Lee me hubiera hecho eso.

—¿Por qué no se lo preguntaste?

Bajo la calma exterior, Cash notó la rabia de la esposa leal defendiendo a su marido. Sintió envidia, que fue reemplazada por su propia ira.

—Aunque me fuera, la basura que mi padre me metió en la cabeza vino conmigo: que era un inútil, que nunca llegaría a nada. Ya había estado en el infierno y de vuelta más veces de las que quería admitir —resopló—. La verdad, fue un maldito milagro que iniciara una carrera y no acabara muerto en una cuneta. A nadie le habría importado, excepto a mi manager, tal vez.

—No lo dices en serio…

—Empezaba a centrarme cuando supe que el viejo había muerto y Lee había heredado esto. Y de lo que había hecho para que eso sucediera. Me lo tomé muy a pecho.

Emma se recostó y se frotó el vientre. Él recordó que antes le había preguntado si la carta decía algo más. Y sí decía más, pero si ella no lo sabía, no iba a comentárselo de momento. Antes tenía que decidir qué hacer al respecto.

Además, tenía la sensación de que ella se refería a algo que Lee le había ocultado. Sin embargo, fuera lo que fuera, dudaba que fuera a cambiar lo que sentía. Buscaba explicaciones para dar sentido a su vida, pero algunas hachas de guerra eran demasiado grandes para enterrarlas.

—Cash —dijo Emma, que se había levantado para tapar la tarta—, tu padre estaba loco.

—Como si no lo supiera.

—No, quiero decir que estaba enfermo. Una enfermedad mental. Un desequilibrio químico le hacía actuar de esa manera. Pero nadie lo supo hasta un par de años después de que tú te fueras.

Por segunda vez ese día, Cash sintió que el mundo se tambaleaba bajo sus pies.

—¿Qué significa eso exactamente?

—Yo aún no estaba aquí, ocurrió antes de que conociera a Lee. Por lo visto, un domingo Dwight fue al pueblo e irrumpió en la misa baptista gritando y maldiciendo. La cosa se puso muy fea.

—¿Hizo daño a alguien?

—No. Pero asustó a mucha gente, a juzgar por lo que aun se comenta. El caso es que lo recluyeron. Lee me dijo que os buscaron, a ti y a tus dos hermanos, pero habíais desaparecido del mapa.

—Esa era la idea —masculló él.

Sus hermanos habían fallecido, pero nunca habían estado muy unidos. Se habían ido cuando empezó la locura, sin preocuparse de su hermanito. No había hablado con ellos ni un puñado de veces desde su marcha.

—Cuando encontraron la medicación adecuada para Dwight, empezó a comportarse con tanta normalidad como cualquiera —Emma hizo una pausa—. Quien decía y hacía esas cosas, quien te hacía sufrir, no era tu padre, era la enfermedad.

—¿Y qué? —le lanzó él—. ¿Debería decir «entiendo» y olvidar que ocurrió?

—Yo solo cuento lo que sé. Lo que hagas con la información es asunto tuyo.

La recriminación dio en el clavo. Cash se dio la vuelta, respirando con agitación.

—En cualquier caso —siguió Emma sin inmutarse—, Lee y sus padres estaban en misa ese domingo. De hecho, Lee y su padre ayudaron al sheriff a sujetar a Dwight. Después, los padres de Lee decidieron asumir la responsabilidad.

Era cierto que los padres de Lee siempre habían seguido a rajatabla el lema de «amar al prójimo».

—Pasaron unos meses hasta que los médicos decidieron que Dwight estaba estable y podían confiar en que tomara su medicación. Entonces le dieron el alta y volvió aquí. Necesitaba que alguien se ocupara de él, y la familia de Lee lo hizo al principio. Cuando fallecieron, Lee y yo tomamos el relevo hasta que Dwight ingresó en una residencia en Alburquerque, un año después. No era un sitio de lujo, pero a Dwight parecía gustarle —estiró la camisa de franela sobre el vientre antes de seguir—. Supongo que tu padre nos dejó la casa porque éramos lo que más se acercaba a ser su familia. Pero no tenía ni idea de que Lee no te había explicado cuál era la situación.

—Como dije antes, no estábamos en contacto…

—Podría haberte enviado un mensaje si hubiera querido, de alguna manera. Lee no admitió que no sabías nada hasta que supo que Dwight nos había dejado la casa. Tuvimos una discusión enorme por eso. Como sabía que el abogado te pondría al tanto, Lee le pidió que te enviara una nota de explicación. Una vez más, supuse que Lee lo había explicado todo. Obviamente, me equivoqué.

—¿Por qué? —clamó, Cash, sin entender el caos que amenazaba con estallar en su interior—. ¿Por qué no me dijo la verdad?

—No lo sé. Al menos, no con certeza —en ese momento sonó el zumbido de la secadora en el porche cerrado—. Eh… ¿te importa? Tengo cuatro lavadoras que poner; si pierdo el ritmo seguiré con la colada a medianoche.

Cash la vio desaparecer en el anexo que su padre había construido antes de que empezara el infierno. No le habría extrañado que en el suelo se vieran marcas de sus rodillas; había pasado cientos de horas allí arrodillado, reflexionando sobre sus pecados. Con bilis en la garganta, tomó aire y la siguió hasta el umbral.

La habitación, cálida y atiborrada, olía a limpio y dulce. Había docenas de tarros de conservas en las estanterías, ordenados por colores, como una caja de pinturas infantil, que contrastaban con las paredes y el suelo blanco.

—¿Qué significa que no lo sabes con certeza?

—Como he dicho, creía que Lee te lo había contado —Emma abrió la secadora, sacó una toalla color melocotón y la dobló—. Pero sé que tu padre no quería que supieras lo de su enfermedad.

—¿Por qué no? Al fin y al cabo, era la excusa perfecta —suspiró al ver la mirada crítica de ella—. Más vale que lo sepas, no soy una persona agradable. No es que vaya por ahí dando patadas a los perros o arrancándole la cabeza a la gente cuando tengo un mal día. Pero mi amabilidad humana es escasa. Enterarme de lo de mi padre no cambia nada. Desde luego, no hace que sienta…, lo que sea que creas que debería sentir.

Emma reflexionó sobre lo poco que encajaba el hombre que tenía delante con la imagen que había tenido de él durante años. Sin duda, veinte años cambiaban a una persona. Si ella no era igual que a los dieciséis, Cash tampoco tenía por qué serlo.

El matrimonio y la maternidad la habían ablandado y hecho maleable, pero era obvio que las experiencias de Cash habían tenido el efecto opuesto. Casi podía ver las capas de precaución que rodeaban su alma, como poliuretano emocional. Sin embargo, aunque él las creyera impenetrables, aún permitían vislumbrar un corazón dolido latiendo bajo ellas.

—Yo no creo nada, señor Cochran —afirmó ella, apartando a El Negro, antes de que se acomodara a echar una siesta sobre la ropa limpia—. ¿Quién soy yo para juzgar? No pasé por lo que pasaste tú.

Sacó el resto de las toallas de la secadora.

—Como iba diciendo, tu padre no quería que lo supieras. Según Lee, cuando recuperó la cordura lo horrorizó saber lo que os había hecho a ti, a tus hermanos y a tu madre. Le dio igual no haber sido responsable de sus acciones en aquella época. Decidió que lo hecho, hecho estaba, y que no podría arreglarlo nunca.

Dobló las toallas y las puso en una cesta de plástico. Después, transfirió la ropa de la lavadora a la secadora, cerró la puerta y llenó la lavadora con otra carga. Iba a agarrar la pesada cesta cuando Cash se le adelantó.

—¡Oh! No hace falta que…

—¿Adónde hay que llevarla?

—A nuestro… a mi dormitorio.

Él llevó la cesta a la habitación que, con sus tonos pastel y un edredón sobre la cama, no tenía nada que ver con la de paredes blancas, colcha marrón y estera raída de los tiempos de Dwight.

—No se parece en nada a lo que recuerdo.

—Esa era la idea.

—Lee debería habérmelo dicho —dijo él tras un breve silencio—. Quisiera lo que quisiera mi padre.

—Estoy de acuerdo. Pero… —mientras separaba las toallas en tres montones, miró a Cash de reojo—. Lee y yo tuvimos infancias similares. Padres cariñosos, hogar estable y todo eso. Pero también se burlaron mucho de nosotros. Por ser gordos…

—No eres…

—Oh, venga ya —soltó una risita—. Soy grande como una casa. Sobre todo ahora. No tiene sentido decir lo contrario. De niña era una bola. Igual que Lee —alzó la cabeza para mirarlo—. Me dijo que eras el único niño que no se burlaba de él. Que lo defendías ante los demás —llevó las toallas al minúsculo cuarto de baño—. Que le diste la confianza para declararse a su primera novia. Es decir, Lee se sentía en deuda contigo.

—¿Crees que Lee pensó que cuidar del viejo era una forma de corresponder a mi amistad? —Cash frunció el ceño—. Eso es una locura. También funcionaba al revés. Lee me apoyaba, aunque los demás niños me rehuían por orden de sus padres. Como si lo de mi padre pudiera ser contagioso.

—Vale, entonces quizá Lee decidió que no tenía sentido decírtelo. Porque también creía que el mal hecho no tenía remedio. Pedirte que regresaras cuando tus heridas eran tan recientes... —hizo una pausa—. ¿Habrías vuelto si lo hubieras sabido?

Él no contestó. Alzó en brazos a La Gris Gorda, que llevaba un rato enroscándose alrededor de sus tobillos y le rascó bajo la barbilla hasta que su ronroneo resonó por la habitación.

—No hace falta que contestes a eso —dijo Emma, apiadándose de él.

—No lo sé. Es decir, no me gusta que alguien tuviera que ocuparse de él. Pero en esa época... —resopló—. Para cuando me fui de aquí, dudo que hubiera podido ayudar a nadie. Y menos al hombre que me había destrozado. Eso no explica que Lee no me dijera la verdad tras la muerte de mi padre.

—Lo sé —Emma suspiró—. Y más sabiendo cuánta rabia me habría dado descubrirlo.

—Deduzco que no te gusta guardar secretos.

—No, no me gusta. Aunque supongo que entiendo el conflicto de lealtad de Lee. El deber cristiano que lo obligaba a ocuparse de tu padre enfrentado a su alta estima por ti. Por haber salido adelante, por hacerte un nombre... Si hubieras sido su hermano, no se habría sentido más orgulloso —intentó dejarlo ahí, pero no pudo—. La verdad, se hacía muy pesado que no dejara de hablar de ti como si fueras una especie de dios.

Solo un parpadeo indicó que sus palabras habían hecho mella en Cash. La adulación constante de su marido había irritado a Emma más de lo que había dejado ver. Pensaba que, por mucho que Cash hubiera sufrido de niño, no era ningún dios, era un hombre que, por ende, había cometido muchos errores de juicio en su vida.

En algún momento una persona debe dejar de utilizar el pasado como excusa para su mal comportamiento. No sabía si Cash ya lo había hecho, pero desde luego no había sido el caso en la época que Lee lo alababa a todas horas.

El bebé le dio una patada tan fuerte que tuvo que agarrarse al poste de la cama y tomar aire.

—¿Estás bien? —preguntó él.

—Sí —se enderezó lentamente—. Empieza estar apretado ahí dentro, eso es todo.

Recogió el resto de las toallas para llevarlas al armario del vestíbulo; Cash se hizo a un lado, pero estaba tan cerca, y ambos eran tan grandes, que sus cuerpos se rozaron.

Emma volvió a la sala de estar. Cash la siguió y, en silencio, fue a la cocina a por su chaqueta.

—No le pedí a Lee que me pusiera en un pedestal, Emma —dijo al volver—. Dios sabe que no merecía estar en uno. Pero si oírlo hablar de mí te irritaba tanto, tal vez deberías habérselo dicho, en vez de callar. ¿O es que tu sinceridad solo funciona en un sentido?

Mientras Emma lo miraba boquiabierta, se puso la chaqueta y se despidió de Annie.

—¿Eso era todo? —le preguntó a Emma, hosco.

—Creo que sí. No, espera —rectificó cuando él ya estaba en la puerta—. Hay una cosa más.

—¿Cuál?

—Cuando Dwight ingresó en la residencia, Lee le llevó una copia de tu primer CD.

—¿Por qué diablos hizo eso? —hizo una mueca de dolor—. Dwight destrozó mi primera guitarra.

—Lo sé, Lee me lo dijo —repuso ella.

—Millie Scott me la regaló —dijo él, apoyando una mano en un poste del porche. Sus ojos se habían oscurecido de dolor—. Yo tenía once o doce años. Había sido de su hijo y también me dio sus libros para aprender a tocar. Tardé todo un verano —soltó una risa seca—. A principio era tan malo que tocaba en el granero para que nadie me oyera. Pero mi padre me oyó un día —tensó el rostro—. Dios sabe que lo había visto airado, pero nunca tanto —enrojeció—. Me quitó la guitarra y me dijo que me fuese. Luego encontré los pedazos en la basura. Tardé dos años en poder comprar otra; mi madre me daba un par de dólares a la semana. La compré una de las veces que ella y yo fuimos solos a Santa Fe. Mi primera Fender.

—¿Esa es la que escondías en casa de Lee?

—Sí. Creo que el viejo lo sabía. O al menos lo sospechaba. Porque siempre que quería herirme me decía que tocaba fatal y nadie querría escucharme jamás —estrechó los ojos—. ¿Por qué le dio Lee uno de mis discos?

—¡Porque no era el hombre que había destrozado tu primera guitarra! Ni el que había disfrutado insultándote. No has escuchado nada; el tratamiento médico acabó con el monstruo que había vivido dentro de tu padre durante años. O al menos le quitó fuerza. El hombre que quedó, el hombre que era en realidad, escuchó el disco de principio a fin, con lágrimas surcando su rostro.

Cruzando los brazos para resguardarse del frío, Emma dio un paso hacia él. Se sentía medio tentada a pasar la mano por esos hombros tan tensos y medio tentada a darle un capón.

—Lo creas o no, tu padre murió tan orgulloso de ti como se podía estar. Le oí decirlo yo misma multitud de veces. No esperaba que tú volvieras a quererlo, pero al final de su vida te adoraba.

—Pero no lo bastante para hacérmelo saber —dijo Cash tras un tenso silencio.

—Oye, ¿no querías respuestas? Esas son las únicas que tengo para darte.

Tras mirarla fijamente un par de segundos, Cash fue hacia su coche. Arrancó el motor como si le fuera la vida en ello y salió de allí levantando barro y piedrecitas del camino.

—¿Qué ha pasado? —preguntó Zoey, saliendo al porche y apoyándose en la cadera de Emma.

—Cuando lo descubra, te lo diré —suspiró Emma, acariciando el suave cabello de su hija.

Mientras entraban en casa, Emma se dijo que no había nada que descubrir. Seguramente no volvería a ver a Cash Cochran en su vida.

Eso era algo por lo que dar gracias al Cielo.

No necesitaba más complicaciones. Para nada.

Capítulo 3

QUINCE minutos después, con la respiración aún acelerada, Cash llegó al otro extremo de Tierra Rosa y cruzó la puerta de la aislada casa de adobe que había comprado hacía unos meses, cuando volver a casa le había parecido una buena idea. Cuando, por terrible que fuera su pasado, al menos había sido sencillo. O eso había creído.

Pasó ante montones de cajas sin desembalar y fue a la cocina a por una Coca-Cola fría. Segundos después estaba en la terraza del comedor, observando el pueblo enclavado en el valle.

Tomó un trago e inspiró profundamente varias veces. Necesitaba ordenar las imágenes, algunas reales y otras imaginadas, que jugaban al ping-pong en su cabeza: Lee la última vez que lo había visto, dándole una palmada en el hombro y deseándole lo mejor; su padre, llorando mientras escuchaba el CD; la contradicción entre compasión e intolerancia, entre paciente discreción y brutal sinceridad, que era Emma Manning, en el extraño color de sus ojos, que le taladraban el cerebro…

Cash sacudió la cabeza para despejarla. Se preguntó si había estado buscando respuestas o solo justificación para el resentimiento que había arrastrado como una maleta vieja durante veinte años. ¿Qué iba a hacer con esas respuestas? ¿Y respecto a la petición de Lee?

Apretó los dientes y apoyó el trasero en la barandilla de la terraza. La brisa acarició su rostro pero, en vez de calmarlo, eso avivó su ira. Al obligarlo a marcharse, su padre le había robado los cielos, bosques y montañas que tanto había amado.

Su hogar. Su identidad, al fin y al cabo.

En realidad, eso había dejado de importarle cuando triunfó. Cash había pensado que estaría atado a Nashville el resto de su vida. Exceptuando los años pasados en la carretera, cuando su «hogar» era cada escenario, su «familia» los músicos, el equipo técnico y sus fans.

Eso le había parecido bien durante mucho tiempo. Sobre todo porque centrarse en Cash Cochran, La Estrella, le permitía ignorar al hombre desquiciado que había detrás. Pero un día comprendió que él y su música empezaban a estar obsoletos, excepto para los fans acérrimos de la música country.

No tenía ni idea de cómo seguir adelante con su vida y su carrera. Pero hacía unos meses había encontrado la carta de Lee y había pensado que volver a sus raíces tal vez lo ayudara a descubrir hacia dónde tirar. Reconciliarse con las razones de su marcha, y con Lee, habría sido un beneficio adicional. Ni en un millón de años habría imaginado que en vez de llegar,

partir y retomar su vida, se enfrentaría a un dilema des-
comunal.

Lo que su padre le había hecho era inexcusable…
pero tal vez sí tenía excusa. El rencor de Cash hacia el
que había sido su mejor amigo estaba justificado… excepto que parecía que no era ese el caso.

Terminó el refresco, estrujó la lata y golpeó con
ella la barandilla de madera. Acababa de comprender
que, en su caso, obtener respuestas no era el final del
viaje, sino solo el principio.

—¡Emma! ¡Emma!

Moviéndose tan rápido como permitía el ser humano que llevaba dentro, Emma salió de la cocina secán-
dose las manos en el faldón de una vieja camisa vaquera de Lee. Annie, un torbellino de excitación, estaba
junto a la ventana de la sala, con la bata mal abotona-
da. Afuera, Bumble hacía su papel de perro guardián.
Dentro, gatos sentados en alféizares y respaldos de sillas y sofás, aguzaban las orejas y ensanchaban los
ojos.

—Por Dios santo, Annie, ¿qué…?

—Tienes compañía.

Emma se unió a su abuela política en la ventana. Y
gimió para sí.

Fue hacia la puerta pensando que solo un idiota vi-
sitaría a una mujer antes de las ocho de la mañana sin
avisar. No la sorprendía que Cash hubiera vuelto; el
día anterior se había ido de forma demasiado precipi-
tada, dejando demasiados cabos sueltos. Pero podría
haber esperado a que hubiera tenido tiempo de cepi-
llarse el pelo.

En cualquier caso, a él no tenía por qué importarle

su aspecto. Ni a ella que la viera peinada o despeinada, desde luego.

Arrebujándose en la camisa suave y gastada, Emma salió fuera, a tiempo de ver a Cash echar un vistazo a los arriates de flores del año anterior.

—Está bien, Bumble —le gritó al perro, que daba vueltas y gemía con preocupación. El perro la miró, buscando confirmación, y fue a tumbarse, sin dejar de mirar al hombre.

Emma sintió vergüenza y frustración cuando lo vio mirar el montón de leña para los arriates elevados que no tenía forma de construir, el invernadero necesitado de reparaciones, los tres campos sin arar que ya deberían estar preparados, y el punto del tejado en el que faltaban unas tejas que se había llevado el viento hacía unas semanas.

Finalmente, la miró a ella, con ojos fruncidos en un rostro sin afeitar, bajo el sombrero tejano. El sol destelló en una hebilla de cinturón que habría resultado ridícula en cualquier otro hombre.

—¿Quién va a ayudarte a arreglar todo esto? ¿A plantar los campos? —señaló las cabras con la cabeza—. ¿A pasar la noche en vela cuando empiecen a parir?

«Me apañaré», estuvo a punto de decir ella, porque las mujeres parecían creer que una doble dosis de cromosomas X les proporcionaba poderes mágicos para arreglarlo todo. Para hacer que las piezas encajaran, fuera como fuera.

Sin embargo, todo lo que había por hacer parecía burlarse de ella; tuvo que aceptar que a veces las piezas no encajaban. «Como cuando tu marido se muere de repente y te deja todo su trabajo, junto con el tuyo que ya era mucho, y estás embarazada y la economía va mal y tienes que conseguir que las cosas funcionen o rendirte. Pero este es tu hogar y no quieres rendirte, quieres ser fuerte e invencible…»

—¿Cómo de mal van las cosas? —preguntó Cash.

«…y tienes delante a un hombre que en menos de diez minutos ha visto lo que tú has tardado meses en aceptar: Que, básicamente, estás acabada».

Emma tragó aire y rechazó el pánico que siempre la rondaba, buscando su punto débil.

—Muy mal —admitió, sintiendo el brazo de Zoey en su ancha cintura—. Es una pescadilla que se muerde la cola. Los plantones están listos en el invernadero, pero esa es la punta del iceberg. Si no los enderezco y planto pronto, no cosecharé bastante para satisfacer a mis accionistas, que esperan beneficios en verano. Tampoco podré vender suficiente para pagar a trabajadores que me ayuden a compensar… la falta de Lee.

Mordisqueando un trozo de tostada, Hunter salió de la casa y se puso a su lado, con la mochila colgada de un hombro.

—¿Quién es ese? —preguntó, con la curiosidad ingenua de un niño de menor edad. Con el radar de madre en alerta, Emma puso un brazo sobre los hombros de su hijo y escrutó a Cash en busca de rastros de incomodidad o vergüenza. No los vio.

—Me llamo Cash, hijo. Tu papá y yo éramos amigos de niños…

—¿Cash Coch-ran? —Hunter tragó aire—. ¿El cantan-te?

—Sí. Pero me estoy tomando un descanso, y por eso pensé que sería agradable volver a casa. Pensar las cosas. Y mientras hago eso —clavó en Emma sus ojos plateados—, podría echar una mano aquí.

—¿Disculpa? —le tocó a Emma tragar aire, mientras ambos niños la miraban fijamente.

—No para siempre, solo hasta solucionar lo peor. Al menos hasta que nazca el bebé. Creo que aún sé reparar una verja y construir un arriate elevado. Y arreglar ese tejado —añadió, señalando con la cabeza—. Si me dices qué plantar y dónde, también puedo hacerlo. No sé mucho de cabras, pero he ayudado a parir a más de una vaca. Dudo que sea muy distinto.

—¿Por qué? —farfulló Emma, tan atónita que se sentía incapaz de hilar una frase coherente.

—Tengo mis razones —dijo Cash, acercándose. Emma vio que tras sus ojos ocurrían muchas más cosas de las que ella podía dilucidar—. Y adivino que es más probable que aceptes mi trabajo que un cheque —al ver que daba un respingo, sonrió—. Aunque si prefieres dinero, para poder contratar a quien quieras… bueno, eso también funcionaría.

—¿Ma-má?

—¿Qué, cielo? —Emma miró los ojos marrones y la sonrisa deslumbrante de su hijo.

—Tenías razón, dijiste que Dios nos ayudaría, que… siempre da lo necesario si no le decimos cómo hacerlo —el niño señaló a Cash—. ¡Y mira!

Emma se mordió el labio, pensando que haría falta mucha humildad para ver a Cash Cochran como la respuesta a sus plegarias. Porque aunque él le daba pena, también la inquietaba. Por sus hijos, no por ella.

Aunque no se fiaba de la prensa amarilla, a Lee le había roto el corazón ver la foto de Cash junto a titulares sobre sus ingresos en clínicas de desintoxicación y sus fracasos matrimoniales. Era cierto que hacía tiempo que Emma no leía ni oía nada malo, pero podía ser porque Cash tuviera más éxito evitando a los paparazzi.

A pesar de todo, si realmente creía que todo ocurría por una razón, tal vez no fuera momento de ponerse quisquillosa. Suspiró con fuerza.

—No tiene sentido simular que todo va bien —dijo—. Normalmente tendría más ayuda, pero parece que todos han elegido esta primavera para jubilarse, cambiar de trabajo o alistarse en el ejército. Iríamos con retraso incluso si Lee estuviera aquí. Los niños ayudan, pero son niños. Y la comadrona me ha ordenado que me lo tome con calma las dos próximas semanas. Pero no nos debes nada, ni tu trabajo ni, menos aún, tu dinero.

—Tal vez yo piense que sí —Cash la miró a los ojos. Después soltó una risotada—. No contaba con esto, pero hace mucho que no tengo la oportunidad de serle útil a alguien. Y tal vez por los viejos tiempos… —hizo una pausa—. Me destrozó ver cómo esto se moría en manos de mi padre. Y veo lo que empezasteis Lee y tú y cómo salvasteis lo poco que quedaba. No soporto la idea de verlo morir por segunda vez. Y seguro que tú tampoco.

Ella parpadeó para evitar las lágrimas que le quemaban los ojos. Comenzó a entender lo que le pasaba a él por la cabeza y dejó de lado el orgullo.

—Tenéis que iros —les dijo a los niños—, o perderéis el autobús. Zoey, ve a por tu abrigo, aún hace frío. Sé que luego hará más calor, pero no quiero que la enfermera me llame para ir a recogerte porque estás con catarro otra vez. Ve.

Mientras Zoey iba a por su chaqueta, Hunter bajó los escalones del porche y se acercó a Cash con solemnidad. Le ofreció la mano y Cash se la estrechó. Después, sonriendo, volvió al porche a recoger su mochila; un segundo después salió Zoey, le dio la mano a Hunter y se fueron.

—¿Por qué tengo la sensación de que haces esto como una especie de penitencia o algo así? —preguntó Emma cuando los niños se alejaron.

—Creo que quiero borrar los malos recuerdos —contestó él en voz baja, yendo hacia la cerca medio caída que rodeaba el jardín de flores—. O al menos cambiar algunos de ellos por otros. No quiero recuperar la tierra, eso ni lo pienses. Quiero…

Se volvió hacia ella y dejó escapar un suspiro.

—Llevo veinte años huyendo, de aquí y de todas las cosas malas que había en mi cabeza. No me hizo ningún bien. Durante veinte años he pensado solo en mí mismo, y tampoco me ha hecho bien. He olvidado cómo actúa un ser humano real —soltó una risa seca—. Si es que lo supe alguna vez. Ayudándote mataría dos pájaros de un tiro: tú necesitas ayuda y yo necesito volver al principio. A antes de que todo se estropeara. Reencontrarme con el niño que fui, porque creo que ese niño no era tan malo, ¿sabes?

A ella le llegó al corazón su sinceridad. Pero supo que no le gustaría nada que le mostrara compasión. Así que se limitó a asentir.

—¿Qué propones exactamente?

—Mis servicios durante… —se frotó la barbilla—, digamos seis semanas. O hasta que estés en pie tras el nacimiento del bebé. Del amanecer al ocaso.

Emma pensó que, si seguía la pauta habitual, estaría en pie veinticuatro horas después de dar a luz. Se veía como una de esas mujeres pioneras que tenían un bebé al año sin inmutarse.

—¿Y tu carrera? —preguntó.

—Imagino que el mundo de la música sobrevivirá sin mí durante unas semanas.

—Si estás seguro…

—Lo estoy.

—De acuerdo entonces. Al menos podré ofrecerte tres comidas al día…

—¡No! Es decir, gracias, pero… —desvió la mirada—. Prefiero no intimar. No es nada personal, pero es parte del trato. Dime lo que hay que hacer y lo haré. Pero eso será todo.

Emma sintió la tentación de decirle que si su objetivo era volver a formar parte de la raza humana, mantenerse alejado de la familia no era buena idea. Pero tal vez fuera mejor así. Los niños no se encariñarían tanto. Sobre todo Hunter, que quería a todo el mundo y había llorado una semana entera tras la muerte de su padre.

—Con una condición —dijo Emma—. Si algún día llegas borracho o drogado, se acabó. No toleraré nada de eso cerca de mis hijos. ¿Entendido?

Cash, boquiabierto, soltó una carcajada.

—Emma, te juro que llevo limpio más de siete años. Desde que estrellé el coche contra un árbol en Carolina del Norte y comprendí lo mal que estaba. No tienes por qué preocuparte en ese sentido. Creo que podría empezar por reparar las cercas, para que los animales no se coman la cosecha. ¿O prefieres que pode los frutales?

—¿Sabes podar frutales?

—Sí, señora. El primer invierno que pasé fuera de aquí, trabajé en un rancho en Texas. Éramos pocos y hacíamos de todo. Aparte del ganado, había frutales: melocotoneros y pacanas, así que sé manejar una podadora —sonrió y a Emma se le encogió el pecho. Esa sonrisa era mucho mejor en persona que en vídeo—. Puedes vigilarme mientras podo el primer árbol, ¿qué te parece eso?

Ella no pudo evitar echarse a reír. Había muchas

razones por las que su presencia allí era mala idea, pero todas palidecían ante el alivio que representaba la aparente llegada de la caballería.

—¿Cuándo puedes empezar? —le preguntó. La sonrisa se volvió radiante. «Oh, cielos», pensó ella.

—¿Las herramientas están por aquí?

—En el cobertizo, detrás del invernadero —sin saber por qué, Emma se ruborizó—. Gracias, Cash.

—De nada —dijo él, poniéndose en marcha.

Emma se quedó parada un momento preguntándose en qué lío se había metido. Luego entró en casa y encontró a Annie en la cocina, dando de comer a los gatos. Al oírla, la anciana levantó la cabeza del plato que estaba llenando.

—¿Entiendo que tenemos ayuda?

—¿Cómo lo sabes? —Emma se sentó a la mesa.

—Puse el audífono al máximo —Annie se dio un golpecito en la oreja—. Lo he oído todo perfectamente —dejó un plato lleno en el suelo, evitando a la masa de gatos que se lanzaron sobre él. Annie ignoró los bufidos pero no la expresión inquieta de Emma—. ¿Tienes dudas?

—Hum. Dios sabe que necesitamos la ayuda, pero no quiero complicaciones. Y, créeme, Cash Cochran es la definición de complicado.

Annie se sirvió una taza de café, echó crema y tres cucharaditas de azúcar y se sentó frente a Emma. El Rojo saltó sobre su regazo.

—Cielo —dijo Annie, rascando la cabeza del gato—. Dios hizo a los humanos complicados para mantenerse entretenido —al oír el gruñido de Emma, se inclinó y puso una mano sobre la suya—. Ese joven nos necesita, Emmaline. Probablemente más que nosotros a él.

Emma pensó, con un suspiro interno, que eso mismo era lo que le daba miedo.

Cash pensó que si hubieran pasado unos días más habría sido demasiado tarde para podar los frutales. Abril ya era tarde; un poco más al sur ya habrían florecido. Por suerte, el largo invierno había jugado a favor de Emma, manteniendo a los árboles aletargados.

Casi como si hubieran estado esperándolo a él.

Destino, intervención divina... eso eran tonterías de la gente que buscaba sentido a las coincidencias. Se puso los guantes y cruzó el embarrado terreno con la sierra en la mano.

—Moriría feliz —le dijo al enorme perro que lo seguía—, si no volviera a oír «estaba escrito».

El perro pareció encogerse de hombros antes de dejarse caer en la tierra, en un lugar desde donde podía ver a las cabras. O tal vez oírlas, porque cerró los ojos casi de inmediato.

El sol no tardó en poner fin al frescor matutino. A las diez Cash ya se había quitado la chaqueta y la camisa de manga larga. A mediodía la camiseta se le pegaba a la espalda y al pecho, aunque no debían de estar a más de dieciséis grados. Pero a dos mil metros de altura el sol quemaba más.

Hacía años que no trabajaba tan duro y sin duda lo pagaría al día siguiente. Echaba un trago de agua cuando vio a Emma acercarse con un plato cubierto con un paño y un termo.

—¿Qué es eso?

—Comida —levantó el paño, dejando a la vista un par de sándwiches, una manzana y un trozo de tarta—.

Uno es de jamón asado del domingo, el otro de mantequilla de cacahuete y mermelada.

—Ya te dije que…

—Dijiste que no querías comer con la familia. No
que no pudiera alimentarte. En el termo hay té dulce.
Annie insistió en que te trajera un poco.

A Cash le gruñó el estómago. Había pensado ir al
pueblo a por algo, pero rechazar la oferta sería una
grosería. Además de una estupidez.

—Gracias —se quitó los guantes y tomó el plato.

—He puesto mostaza en el jamón. Espero que te
parezca bien…

—Muy bien. No soy picajoso.

—¿Quieres que me vaya? —curvó los labios.

Él lo pensó un rato. No estaba en posición de crear
vínculos, y menos con la viuda de su mejor amigo.
Pero hacía muchísimo que no disfrutaba de la compañía de otro ser humano. Al menos, sin que hubiera un
millón de compromisos añadidos.

—No, está bien, puedes quedarte. Supongo.

Cash comprendió su error al ver la chispa de humor en los ojos de Emma, que se arrebujó en el jersey
largo que no llegaba a cubrirle el vientre.

—¿Debería sentirme honrada?

—Lo dudo —replicó él. Ella dejó escapar una risa
profunda que lo sorprendió. Examinó los árboles y
asintió con aprobación.

Se había cepillado el pelo, que había tenido hecho
un desastre cuando él había llegado, sin duda a una
hora inaceptable. Si no hubiera sido por las pecas y
porque tenía las cejas del mismo color, Cash no habría
creído que ese rojo existiera en la Naturaleza. Le resultaba difícil dejar de mirarlo.

Dejar de mirarla a ella.

Se sentó a la sombra de uno de los manzanos y dio un mordisco al sándwich de jamón. A pesar de la mostaza, captó el dulzor ahumado del jamón. Eso lo llevó de vuelta al pasado, antes de los malos tiempos. Un pasado que había echado de menos.

—Vas muy bien —dijo Emma, sonriente.

—Gracias. Creo que habré terminado a última hora. He pensado empezar con las cercas mañana y con los arriates pasado, si te parece bien.

—Muy bien. Ya he empezado a endurecer los plantones del invernadero, estarán listos para arraigar en el suelo en unos días.

—¿Qué vas a plantar?

—Un poco de todo. Brécol, judías, varios tipos de calabaza. Melones. Lechugas. Se venden muy bien, sobre todo a un par de restaurantes locales. Nuestros clientes de la CAA también compran.

—¿CAA?

—Comunidad de Apoyo Agrícola. También conocidos como ángeles de los granjeros —Emma, con un gemido, se sentó en un banco de piedra cercano. El perro se levantó, trotó hacia ella y metió la cabeza bajo su mano.

—¿Estás bien?

—Sí. Pero por mucho que me guste ser mamá, el último mes de embarazo es un asco. Y este bebé se cree en una piscina olímpica —titubeó un segundo—. Es irónico. Lee y yo queríamos muchos hijos. Pero como solo tuvimos dos en trece años de matrimonio, creímos que no habría más —encogió los hombros—. Sorpresa, sorpresa.

—¿Lamentas que ocurriera ahora?

—¿Que Lee no vaya a verlo? ¿Que mi bebé no vaya a conocer a su papi? Por supuesto —cambió de postura—. Cada día. La muerte de Lee no era parte del plan. Pero la llegada de este chiquitín… —sus ojos se iluminaron—. Ha consolado mucho a Hunter y a Zoey. Y a mí también.

—¿Sabes que es un niño?

—Sí. Los niños, Annie y yo llevamos meses buscando un nombre —sonrió—. Se llamará Skye.

—Skye Manning. Buen nombre —Cash miró el sándwich—. Apuesto a que Lee era buen padre.

—Era padre a trompicones, como cualquier otro ser humano —Emma rio de nuevo—. Querer a tus hijos no significa que sepas lo que haces. Pero sí. Lo era. Los niños lo adoraban. Hunter sobre todo. No pudo entender la muerte de Lee. Y eso que es muy filosófico para casi todo. Se enfadó tanto… —se mordió el labio y desvió la mirada.

—Como su mamá —aventuró Cash. Ella esbozó una sonrisa tensa y se puso en pie.

—¿Conocías los problemas de corazón de Lee? —preguntó, mirando los árboles.

—No —contestó él—. Recuerdo que faltaba bastante a clase e iba mucho al médico, pero solo en primaria. Después no tuvo problemas. Aparte de los habituales catarros, gripes y demás. ¿Insinúas que no fue algo repentino?

—Para mí, sí —suspiró—. Te ahorraré la terminología médica, que ni sé pronunciar, pero un fallo de su corazón hacía que las proteínas se acumularan en sus órganos. Por eso, cuando tuvo el «episodio», sus riñones casi habían desaparecido y no pudo optar a un trasplante de corazón. Creo que él sabía que tenía los días contados. Y por alguna razón, no creía que yo necesitara saberlo.

—No estuvo bien que no te lo dijera —afirmó Cash

con vehemencia. Le parecía estúpido, erróneo e injusto que Lee hubiera creído que ocultar la verdad era mejor que ser sincero, que hubiera muerto tan joven y todo lo ocurrido.

—En su día habría estado de acuerdo contigo. Y admito que a veces aún me molesta —dijo Emma—. Pero luego pienso, ¿y si lo hubiera sabido? ¿Me habría casado con él? Y la respuesta es que sí. ¿Habría querido tener hijos y que nos hiciéramos cargo de la granja? —movió la cabeza lentamente—. No lo sé. Acepto las cosas como vienen, pero soy práctica. No me gusta empezar cosas que no puedo acabar. Pero tampoco me imagino sin mis hijos. Sin este lugar —señaló a su alrededor—. Ni cómo habría sido mi vida sin Lee en ella.

Cash terminó de comerse la tarta y se limpió las manos en los vaqueros.

—¿A pesar de que…?

—Sí, a pesar de que me ocultara cosas. Aunque nunca se limpiara las botas cuando entraba en casa ni cerrase el tarro de mantequilla de cacahuete y pusiera los CDs de cierto cantante de música country tantas veces que temía volverme loca —sus ojos chispearon con malicia—. Los humanos nos irritamos unos a otros a veces. ¿Y qué? Lee me quería, y también a los niños y a la vida que habíamos creado juntos. Era un hombre bueno, de esos que una mujer se enorgullece de tener a su lado. Así que no reniego de nada. Excepto esa parte egoísta de mí que protesta porque no se haya quedado aquí más tiempo.

Cash sintió un pinchazo de algo muy parecido a la envidia. Envidia y desesperanza. No respecto a Emma, sino a lo que Lee y ella habían tenido. A pesar de que, en su experiencia personal, mantener una relación viva exigía demasiado trabajo.

Además, a su juicio, las mujeres como Emma, que veían las imperfecciones de su hombre pero seguían amándolo, escaseaban. Entonces recordó cómo su madre, a pesar de todo, había seguido con su padre, y el resultado de ello.

Mordió el sándwich de mantequilla de cacahuete y mermelada y fuegos artificiales estallaron en su paladar. Masticando, levantó el pan y vio los trozos de fruta en la gelatina roja.

—¿Es mermelada casera?

—Sí. Confitura de fresa. La especialidad de Annie. Vendemos mucha. Sobre todo a dos hoteles de la zona. De melocotón, frambuesa, arándano y cereza. Y gelatina de pimiento picante.

—Dios, hace años que no la tomo.

—No va bien con la mantequilla de cacahuete —apuntó ella.

Cash sonrió y luego frunció el ceño.

—¿Cómo diablos puedes estar tan tranquila? Sé lo difícil que es llevar una granja —dijo—. Incluso con ayuda. Y tienes dos hijos, y Annie…

—Soy muy consciente de mis obligaciones, gracias —dijo ella con esa irritante serenidad—. No creas que me engaño. Pero como ya dije, se me da bien aceptar las cosas como vienen.

—¿Qué habría pasado si yo no hubiera venido?

—Viniste.

Cash se levantó, se guardó la manzana en el bolsillo para después y le dio el plato vacío,

—¿Y cuando me vaya? ¿Qué pasará entonces?

—Si te fueras ahora mismo, ya estaría mejor que ayer. Has podado mis frutales. Una preocupación menos para mí. Sean cuales sean tus motivos, no soy tan orgullosa como para rechazar tu ayuda…

—No has contestado a mi pregunta. ¿Cómo vas a apañarte después?

—No tengo ni idea. Pero me apañaré. Como sea —encogió los hombros—. Confío en que las cosas saldrán adelante. Como ha ocurrido siempre.

Cash sintió una punzada de irritación. Le daba igual lo que creyera la gente pero, a su juicio, una persona solo podía contar consigo misma.

—¿No tienes dudas?

—Tengo tantas que les pongo nombre —soltó una risita—. No he dicho que tener fe fuera fácil. Tampoco me encogí de hombros y me conformé cuando Lee murió. Pero luchar contra las dudas me mantiene en forma —puso rumbo a la casa, con el cabello destellando al sol e irradiando dignidad.

Cash no la creyó. En la vida, lo importante era ser más rápido y listo que los demás. Pero no podía negar que Emma hablaba de maravilla. Había conseguido que la escuchara, sin convencerlo, claro, pero era el primer paso.

El primer paso por un camino que llevaba a la decepción y al dolor. Un camino que no pensaba volver a seguir. Ni en esa vida ni en otra.

Amén.

Capítulo 4

MAMÁ! —gritó Zoey, encantada de que ese horrible día hubiera acabado. Había olvidado los deberes de ortografía, el almuerzo había sido un bocadillo repugnante y el imbécil de Jaxon Trujillo no había parado de molestarla. Y al bajar del autobús escolar había tropezado y caído de rodillas, y los niños que quedaban en el autobús se habían reído de ella. Ni siquiera los lametones de Bumble la habían consolado—. ¡Estoy en casa!

—Shh, tu mamá está durmiendo la siesta —dijo la abuela Annie, mientras Zoey se quitaba la mochila y la dejaba caer al suelo. Annie la miró con fijeza y Zoey la recogió y la colgó junto a la puerta, como se suponía que debía hacer—. O intentándolo, al menos. ¿Dónde está tu hermano?

—Es jueves. Es el día que se queda después de clase trabajando con la señorita Winnie.

—Ah, sí, lo había olvidado. La merienda está en la

mesa de la cocina. Después, ven a ver este cuadro y dime qué opinas.

Un montón de gatos siguió a Zoey a la cocina. Al llegar allí, la niña suspiró. Eran galletas compradas. Las de su madre eran mucho más ricas, pero últimamente no hacía porque se cansaba de estar de pie por culpa del bebé.

Zoey controló un pinchazo de rabia. La señorita Rollins le había dicho que no era caritativo pensar en sí misma cuando su mamá tenía tantas cosas en la cabeza. Pero iba a alegrarse mucho cuando saliera el bebé y pudiera recuperar a su mami; le daba igual quién lo supiera.

Siempre que no fuera la señorita Rollins.

Se sirvió un vaso de leche y mordisqueó una galleta mientras observaba a Cash hablar con las cabras mientras les arreglaba el cercado.

A Zoey le costaba entender que su papi y Cash hubieran sido amigos. Eran muy distintos. Su papá sonreía todo el rato, mientras que Cash parecía tener siempre dolor de estómago. Pero su papi siempre tenía algo bueno que decir de todos, hasta de los que hacían cosas malas. Según él, las hacían porque nadie les había enseñado a ser buenos.

Cash dejó caer las herramientas en la caja de metal y fue hacia el invernadero. Parecía bastante normal, al menos cuando hablaba con las cabras. Pero Zoey tenía la sensación de que le gustaban más que las personas. Y eso estaba mal.

Con el vaso de leche y dos galletas en la mano, Zoey pasó de puntillas junto a la abuela y fue al dormitorio de su madre a echar un vistazo. Estaba tumbada de lado en la cama, con la mano sobre el enorme bulto en el que estaba el bebé.

—Sé que estás ahí, bichito, así que entra —dijo Emma.

Zoey entró y besó su frente. Después tuvo que quitarle las migas de galletas con la mano y su mamá se rio y la colocó junto a su tripa.

—Hace cosquillas cuando se mueve —dijo Zoey.

—Tendrías que sentirlo dentro. Es como si estuviera amasando pizza —sonriendo, le apartó el pelo de la cara, rizado como el de su padre—. ¿Qué tal el colegio? —preguntó como hacía siempre.

—Bien —Zoey se encogió de hombros. No iba a contarle sus problemas. Porque eso tampoco sería caritativo, seguramente. Pero si Jaxon Trujillo la insultaba otra vez le daría un puñetazo, quizás— ¡Eh! —gritó Zoey cuando Emma se incorporó y mordió una de sus galletas. Recordando que tenía una buena noticia que darle, se metió los dedos en la boca y alzó el labio superior—. ¡Yuju!

—Aleluya, ya era hora —Emma se limpió las manos en los vaqueros y las puso en las comisuras de los labios de Zoey para que abriera más la boca—. Parece que están saliendo rectos, benditos sean. Muévete, nena, necesito ir a hacer pipí —se levantó despacio, fue al baño y entornó la puerta.

—Cuando me bajé del autobús Cash estaba arreglando el corral de las cabras —gritó la niña.

—¿En serio? No creía que le diera tiempo a empezar con eso hoy…

—Además estaba hablando con ellas.

—Todos hablamos con las cabras —su madre se rio al tiempo que tiraba de la cadena. Luego abrió la puerta y miró a Zoey por el espejo, mientras se cepillaba el pelo—. ¿Por qué te parece tan raro?

—No hablamos solo con las cabras.

—Cash habla cuando quiere —Emma se retorció el cabello como una serpiente y lo sujetó en la nuca con un pasador—. Pero prefiere estar callado.

—¿Por qué?

—Eso tendrías que preguntárselo a él.

Zoey rezongó. No sabía cómo iba a preguntarle algo, si él no hablaba. Desde luego…

—¿Crees que es feliz?

—¿A qué viene eso? —Emma salió del cuarto de baño poniéndose crema en las manos.

—No lo sé. Yo no le pido a mi cabeza que se le ocurran esas cosas. Aparecen ahí.

Riéndose con suavidad, Emma se sentó en la cama y puso las manos en los hombros de Zoey.

—No. No creo que Cash sea feliz.

—Yo tampoco —dijo la niña—. Creía que, como es rico y famoso, estaría sonriendo todo el rato.

—Ay, nena —musitó Emma en su pelo—. Ser rico y famoso te hace sentir bien un rato, pero si no estás bien por dentro, lo de fuera no te hace feliz.

—¿Y Cash no está bien por dentro?

—No —musitó Emma—. Le pasaron muchas cosas malas cuando era un niño, y ahora tiene muchos pensamientos confusos que no entiende. Es como si… hubiera estado tanto tiempo mirando lo que creía ver, que no ve lo que hay de verdad.

Zoey ni se molestó en intentar entender eso.

—Papi decía que eras muy buena ayudando a la gente a ver la luz. Igual podías probar con Cash.

—Por desgracia, eso solo funciona si la persona quiere ayuda —Emma carraspeó—. Cash quiere… —pasó los dedos por el pelo de Zoey—. La verdad es que no sé qué quiere. Pero no es mi ayuda. Y solo se quedará hasta después de que nazca el bebé…

—Pero si papi era amigo de Cash, ¿no habría querido que intentáramos que se sintiera mejor?

—No conocemos a Cash como lo conocía papá.

—¿No se supone que debemos querer a todos, aunque no nos quieran? —Zoey pensó que Jaxon Trujillo podía ser la excepción a la regla, aunque dudaba que Jesús fuera a estar de acuerdo con eso—. Igual Cash solo necesita que alguien lo quiera. Como el árbol de Navidad de Carlitos y Snoopy.

Eso hizo reír a Emma.

—Muy cierto, listilla. Pero se puede querer a alguien sin darle la lata. Y, la verdad, ahora mismo tengo demasiado que pensar como para ocuparme de los problemas de otros. Pero una cosa es cierta: no podía haber aparecido en mejor momento. Como dijo Hunter, es la respuesta a una oración. Huy, te llama la abuela, será mejor que corras.

Emma le dio un beso y la echó de la habitación antes de que Zoey dijera algo estúpido. Como que Cash era la respuesta más rara a una plegaria que podía imaginar, y no se equivocaría.

Zoey corrió a la sala de estar, donde los «atrapasoles» de la abuela proyectaban arcos iris en las paredes y sus cuadros eran alegres y coloridos, aunque Zoey no tuviera ni idea de qué representaban. Dos de los gatitos se acercaron para que los acariciara y olvidó por qué el día le había parecido tan horrible un rato antes.

Echaba de menos a su padre y no tenían mucho dinero, pero no era como si el mundo se hubiera acabado. Además, sabía que si su papi estuviera vivo, haría algo para que Cash se sintiera mejor.

En ese momento llegó Hunter, sonriendo de esa manera que hacía que Zoey se sintiera bien. Fue a abrazar a la abuela y después a ella, como si hiciera años que no las veía. Zoey tuvo una idea.

—¿Estás ocupado, Hun? —le preguntó.

—No —Hunter movió la cabeza—. ¿Qué pa-sa?

—Ven conmigo —dijo ella, agarrando su mano y llevándolo afuera. Estaba segura de que eso era lo que su padre habría querido.

Cash oyó a los niños antes de verlos. Corrían hacia él como misiles risueños, seguidos por el perro. Se tensó. No se le daban bien los niños. Se movían muy rápido, hablaban demasiado y hacían muchas preguntas. Alguna vez había pensado en tener hijos, pero el momento había pasado y no había vuelto. Había comprendido que sería tan mal padre como había sido mal esposo.

Por eso había sido un alivio que Emma, poco más o menos, hubiera sugerido que evitara a sus hijos. Supuso que no sabía que habían ido a verlo.

—¡Eh, señor Cochran! —saludó la niña. Su cabello y su sonrisa eran tan brillantes como los de su madre. No era una belleza, pero Cash no dudaba que esos ojos harían que los chicos cayeran a sus pies pasados unos años—. Hunter y yo hemos pensado que era hora de hacer las presentaciones.

El tono adulto del discurso hizo sonreír a Cash.

—Ya nos conocemos. Al menos Hunter y yo —se volvió hacia el chico—. ¿No es verdad, Hunter?

—Zoey me ha hecho ve-nir. Pero ma-má dijo que debíamos de-jarte solo.

—No, Hunter, dijo que no debíamos molestarlo —Zoey dedicó a Cash una sonrisa desdentada diseñada para derretir corazones—. Pero no te estamos molestando, ¿verdad?

Él casi deseó decir que sí, que se fueran, como habría hecho su propio padre, pero no lo hizo.

—En absoluto —se acuclilló para acariciar al perro que, por su parte, le dio un lametón. Después, señaló la pared de la casa que estaba en obras—. ¿Qué ocurrió allí?

—Pa-pi iba a hacerle a Abu una habitación para pintar —Hunter se frotó la nariz—. Pero se murió.

Cash vio, de reojo, que Zoey le daba la mano a su hermano antes de mirarlo a él, ya sin sonrisa.

—Compró la madera y todo —dijo la niña.

—¿Es la que está en el granero?

—Sí —la sonrisa volvió como el sol—. ¿Puedes arreglarlo tú?

—¿Qué? Oh, no, chicos, eso no sé hacerlo. Pero apuesto a que podría encontrar a alguien que…

—Ma-má dice que no tenemos dinero para acabarlo —dijo Hunter, moviendo la cabeza.

—Ni para dejarlo como estaba antes—suspiró la niña.

Tras ellos, una cabra baló, como si la molestara no participar en la conversación. Agradeciendo la interrupción, Cash fue hacia el corral seguido por los niños y por un Bumble poco entusiasmado.

—Mamá dice que todas van a tener bebés muy pronto —dijo Zoey, metiendo la mano en el bolsillo y sacando algo que compartió con su hermano—. Galletas de mantequilla de cacahuete —le explicó a Cash, mientras Hunter y ella ofrecían trocitos a las cabras por la alambrada—. Comen de todo, pero lo que más les gusta son las galletas. A mí también.

—Me gusta cuando cantas y tocas la guita-rra —dijo Hunter, tirándole de la manga.

—Ah. Gracias.

—De na-da —cambió el peso de un pie a otro—. Ma-má dice que papi y tú eráis muy amigos

—Sí. Hace mucho. Cuando éramos niños.

—¿Le echas de menos? —unos cálidos ojos marrones escrutaron los de Cash.

—Sí. Desde luego —Cash sonrió.

—Yo también. Pa-pi era el mejor…

—¿Qué hacéis vosotros dos afuera? —llamó Emma desde el porche. Todas las cabezas se volvieron hacia ella—. Disculpa. Les dije que no te molestaran… —comentó, yendo hacia el corral.

—No me molestaban —se oyó decir él, sorprendiéndose al descubrir que era verdad.

—Gracias —Emma llegó a su lado—, pero esto es una cuestión de obediencia —dirigió a Zoey una mirada supuestamente severa, pero a Cash le pareció más bien estilo «¿qué estás tramando, señorita?»—. El señor Cochran no está aquí para ser vuestro amigo ni vuestro compañero de juegos, así que os quiero ver en casa. Ahora.

Los niños obedecieron la orden, pero no sin que Zoey se despidiera con la mano y una sonrisa.

—Son niños, no hacían nada malo —dijo él. A decir verdad, Cash no solo había estado evitando a los niños. Le quedó muy claro cuando la mueca y la risita de Emma prendieron una llama en el centro de su corazón. Cash señaló a las cabras con la cabeza—. Supongo que tienen nombres, ¿no?

—Ay, disculpa mis malos modales —Emma se llevó la mano al pecho, irónica—. Peonia es la que aprieta el morro a la verja, y a su lado está Mimosa. La más pequeña es Guisante —señaló—. Glicina es la de morado y Jazmín la de amarillo. La sinvergüenza de rojo es Begonia, también conocida como Escapa Si Puedes.

—Nombres muy femeninos —Cash sonrió—. Yo diría que un par están a punto de parir.

—¿Cuáles? —preguntó ella, tensándose.

—¿Begonia y… Jazmín?

Emma abrió la verja con cuidado, bloqueando el intento de huida de Begonia.

—No, señorita. No imaginas cuántas veces ha aparecido en la puerta trasera de casa, con cara de esperar que la invitara a tomar el té.

—¿No es labor del perro evitar eso?

—Es un perro guardián, no pastor —se agachó, apartó el suéter y palpó el vientre y las ubres de la cabra—. Al menos ningún coyote con sentido común se atrevería a entrar en la propiedad.

—Eso no sirve de mucho si deja que las cabras se escapen.

—Sí, supongo que necesitamos refuerzos —dijo, mirando con cariño a la bola de pelo tamaño tresillo—. Aún no —dijo, dando una palmadita en el trasero de Begonia y acercándose a examinar a Jazmín—. Esta tampoco. Tienen que hundírseles los costados, por delante de las caderas. Eso significa que el parto está en marcha.

—Entonces, ¿ya has hecho esto antes?

—Oh, sí. Solamente que antes no eran mis cabras. ¿Qué?

—Nada. Excepto… ¿por qué las cruzaste si sabías que ibas a tener al bebé en la misma época?

—Nadie me ha acusado nunca de cordura —casi rio ella, saliendo del corral—. El objetivo del rebaño era vender la lana. Y la lana de los cabritillos es mucho más valiosa que la de las cabras adultas. Sin crías, ¿para qué mantener las cabras? Y Hunter y Zoey están emocionados por lo bonitos que serán los cabritillos…

—el rubor tiñó sus mejillas—. Disculpa. Explotar una granja no debería basarse en lo sentimental.

—¿Quién lo dice?

—¿La gente que consigue obtener beneficios?

Cash lo pensó un momento, luego señaló el lateral inacabado de la casa.

—Los niños dicen que iba a ser una habitación para Annie, ¿es así?

—Estudio y dormitorio, sí. Y habría tenido más sentido construir la ampliación antes de tirar la pared, lo sé. Pero Lee estaba seguro de que acabaría antes de que llegara el invierno… —apretó los labios—. Después del funeral un par de hombres de la parroquia metieron aislamiento entre las vigas y clavaron el plástico. Si no hubiera sido por eso, nos habríamos congelado.

—Es una pena que no pudieras acabarlo.

—La vida a veces es así —encogió los hombros y sus miradas se encontraron.

—Bueno. Creo que trabajaré en el invernadero hasta que oscurezca…

—He preparado un estofado enorme, durará una semana, eres bienvenido a cenar con nosotros.

—Creo que había dejado clara mi postura al respecto —comentó él, arrugando la frente.

—Sí, pero no me parece bien dejar que hagas todo este trabajo sin compensarte de alguna manera —sonrió—. Todo el mundo dice que mi estofado es una maravilla.

—No lo dudo ni un segundo. Gracias. Pero no —se alejó rápidamente, para no cambiar de opinión. Cuando llegó al invernadero, volvió la cabeza y vio a Emma observándolo con una expresión que no pudo interpretar.

De hecho, no quería interpretarla.

—¿Qué es lo que va mal? —resopló Emma, tumbada patas arriba, mientras la comadrona tocaba la pelota de playa que era su vientre.

—Nada va mal.

Patrice se enderezó y le pidió a su ayudante, Jewel, que se acercara. Emma supuso que buscaba una segunda opinión.

Patrice, todo huesos y seriedad, esperó mientras la joven de cola de caballo palpaba el vientre desnudo de Emma. Después, empujó las gafas de montura negra hacia arriba y arrugó la frente.

—Hum, desde luego parece que viene de nalgas.

—¡Oh, no! —Emma dejó caer la cabeza en la almohada.

—No es para ponerse así —dijo Patrice, guardando el estetoscopio en su bolsa—. Como no está encajado, aún puede girarse. Llevo una tabla de inversión en la furgoneta. Tendrás que tumbarte en ella con las caderas en alto durante media hora, varias veces al día, a ver si eso funciona.

—Por todos los cielos, Patty —empezó Emma, se quedó sin aire al intentar incorporarse.

—¡Oh! —Jewel se acercó rápidamente—. Deja que te ayude —dijo, intentando deslizar un frágil brazo tras sus hombros. Emma la rechazó con un gesto y consiguió sentarse con su propio fuelle.

—Como si tuviera tiempo de descansar con las caderas en alto. Por si no te has dado cuenta, tengo seis cabras a punto de parir. Verdura por plantar…

—Sabes que me niego a atender un parto de nalgas en casa. Así que eso reduce tus opciones —le dijo Patrice—. Convendría hablar con Naomi. Como apoyo —añadió, al ver el mohín de Emma.

Emma no tenía nada en contra de la doctora, pero le había encantando tener a Zoey en casa, y había estado deseando repetir la experiencia.

—Aparte de eso —decía Patrice—, estáis muy bien. Aunque convendría que vigilaras esos tobillos, para asegurarte de que no se hinchan más.

—Ya. Si tuviera periscopio, tal vez.

—Pues que alguien los vigile por ti. Zoey, por ejemplo —la comadrona cerró su maletín y fue hacia la puerta—. ¿Hay alguien que pueda sacar la tabla de inversión de la furgoneta?

—Iré a pedírselo al tipo que vimos arando al llegar —ofreció Jewel como un vendaval —y se marchó agitando la cola de caballo antes de que Emma pudiera decir que no.

Tampoco había otra opción, pensó Emma ya en el porche con Patrice, rodeada por gatos y un perro en estado comatoso, mientras observaban a Cash mirar con hosquedad a la animosa Jewel desde el tractor. Parecía un perro bulldog acosado por un amistoso caniche miniatura.

—Santa madreperla —bromeó Patrice—. ¿Ese es quien creo que es?

—Depende de lo que creas.

—¿Qué diablos hace Cash Cochran aquí?

—Enfrentarse a sus demonios, por lo visto —en ese momento, Cash bajó del tractor asintiendo.

—¿En tu campo de cebollas?

—Dudo que se pueda elegir el sitio en el que salen a la luz los demonios de cada uno.

Pero era obvio que él no estaba dispuesto a enfrentarse a los demonios de la casa. O tal vez la estuviera evitando a ella. Había empezado a llevarse el almuerzo para evitar toda conversación que fuera más allá de la lista de tareas del día. Ni siquiera entraba al cuarto de baño, Emma suponía que prefería el retrete y lavabo del invernadero.

Pero, a juzgar por el trabajo que llevaba hecho, el hombre estaba exorcizando algo. Frutales podados, campos arados, arriates elevados listos, invernadero reparado... el hombre era un milagro.

Un enigma, pero un milagro.

—¿Lo conoces? —le preguntó a la comadrona.

—¿Personalmente? No. Aún era un niño cuando yo me marché. Creo que creció por aquí.

—No por aquí. Aquí. En esta casa.

—¿Bromeas?

—No.

—Vaya. He oído que lo pasó mal —dijo Patrice.

Lo curioso del cotilleo de pueblo pequeño era que todo el mundo conocía parte de la historia, pero casi nadie la conocía entera. Sobre todo la gente como Patrice, que había pasado la mayor parte de su vida adulta fuera de Tierra Rosa y había vuelto hacía solo unos años.

—Lee y Cash eran muy amigos de niños —dijo Emma—. Pero perdieron el contacto cuando Cash se fue. Por lo visto, decidió que ya era hora de verlo y recordar viejos tiempos.

—Vaya fatalidad —rezongó Patrice.

—Eso pensé yo.

—¿Es tan guapo como me parece, o es un truco de la luz? —preguntó la comadrona.

Emma deseó que fuera un truco. No había tenido mal aspecto al llegar, pero una semana de trabajo físico bajo el sol de Nuevo México había tostado su piel y redefinido los músculos que ocultaban sus ajustadas camisetas. Aunque Emma nunca había babeado por los hombres de físico espectacular, tenía que admitir que era un regalo para la vista; la ayudaba a olvidar las incomodidades del último mes de embarazo.

—No. No es un truco de la luz.

—Casi podría hacerme olvidar que los hombres no son plato de mi gusto —resopló Patrice.

—Supongo que preferirás que no le repita ese comentario a Lucy.

—Te lo agradecería, sí.

Cash llegó a la furgoneta de Patrice, sacó la tabla y subió los escalones del porche.

—¿Dónde quieres que la ponga? —preguntó.

—Eh… a los pies de la cama, supongo.

Sin esfuerzo aparente, Cash giró la tabla y entró en la casa. Las comadronas se marcharon y Emma dejó escapar un profundo suspiro. Tenía la sensación de que las cosas no iban bien. Con Cash, respecto a Cash, entre Cash y ella.

Cuando él regresó, Emma musitó las gracias, esperando que él asintiera y volviera al trabajo, como solía hacer. Pero él, tras bajar los escalones, se dio la vuelta y la miró con el ceño fruncido.

—¿Para qué es ese aparato?

—El bebé está mal colocado. Si no se gira, seguramente no podré tenerlo en casa —respondió ella—. La tabla es para que me tumbe con las caderas en alto y lo anime a cambiar de postura.

—Entonces, no es una rampa para monopatín.

—No. Subí a un monopatín una vez, en la facultad —Emma se rio—. Me rompí una muñeca y me disloqué la otra. Eso puso fin a mi interés por los deportes de riesgo.

—¿Funciona? —Cash no sonreía—. ¿Tumbarse con la cabeza hacia abajo?

—A veces.

—¿Por qué diablos quieres tener el bebé aquí, en mitad de la nada, en vez de en un hospital? —Cash la miró con clara desaprobación.

—Disculpa, pero no creo que eso sea asunto tuyo —repuso ella, atónita por el exabrupto.

—Es asunto mío porque Lee… —apretó la mandíbula y desvió la mirada.

—Lee, ¿qué? —preguntó ella, frunciendo el ceño.

—No he sido del todo sincero contigo —dijo Cash tras un breve silencio—. Sobre por qué estoy aquí. Y he procurado evitarte mientras decidía si decir algo o no.

—¿Sobre qué? —inquirió Emma, aprensiva.

—Cuando Lee me escribió, cuando heredasteis la casa, me pidió… me pidió que cuidara de ti y de los niños si a él le ocurría algo.

—No lo dices en serio —jadeó ella.

—Puedo enseñarte la carta, si quieres.

Con las rodillas temblorosas, Emma se sentó cuidadosamente en un escalón del porche. Bumble se acercó para consolarla, pero ella lo apartó.

—Lee no te dijo lo de tu padre, pero te… —se presionó el entrecejo con las puntas de los dedos y cerró los ojos un instante—. ¿Y aceptaste?

—No exactamente —admitió Cash—. Pero tampoco dije que no. Nunca pensé que… ya sabes.

—No. Claro que no —algo mareada, Emma se apoyó en la barandilla de la escalera—. ¿Por eso estás aquí trabajando? ¿Porque Lee te pidió ese favor hace un millón de años?

—Más o menos. Sí.

Mientras lo decía, ella captó su expresión de «esa es mi historia y no la cambiaré». Así que, por lo visto, estaba allí por un sentido del deber. Por obligación. Sin embargo…

Sin embargo, Cash nunca había prometido hacer lo que Lee le pedía. Luego en realidad no había obligación, excepto en la mente de Cash.

El hombre no era un enigma. Era raro, punto.

—Vaya. Gracias. Otra vez. Pero dudo que Lee incluyera en ese «cuidar de mí» que opinaras sobre cómo y dónde doy a luz.

—Tal vez sí. Es decir… ¿qué querría Lee?

Se miraron fijamente unos segundos, hasta que lo absurdo de la situación llevó a Emma a estallar en carcajadas.

—Hablo en serio —protestó Cash, ofendido.

—Ay, ja ja, lo sé —tragó saliva e intentó controlarse—. Agradezco tu preocupación, de veras. Pero como a Lee le pareció bien que Zoey naciera en casa, dudo que le molestara esta vez. Además, como Lee no está, no hay nada que hablar.

Al ver que iba a levantarse, Cash se lanzó hacia delante para agarrarle la mano y ayudarla. A Emma volvió a sorprenderla que pareciera ocupar mucho más espacio del que sugería su cuerpo. Su magnetismo animal no encajaba con la sensación que daba de sentirse indigno, carente de valor.

«Solo necesita que alguien lo quiera. Como el árbol de Navidad de Carlitos y Snoopy».

Cash soltó su mano y dio un paso atrás, como si le hubiera leído la mente. Entonces ella supo que él no estaba allí solo por su sentido de la obligación. Y que eso lo estaba confundiendo.

También sabía que si mencionaba lo que le parecía

tan obvio, él se avergonzaría. Dudaba que Cash estuviera dispuesta a creer en su bondad más de lo que creía en el Ratoncito Pérez. Además, el asunto no era problema de ella.

—Hay algo que tienes que entender, Cash —le dijo—. Lee y yo tomábamos juntos las decisiones importantes sobre los niños y nuestra vida. Pero también confiábamos el uno en lo otro lo bastante para saber que haríamos lo mejor si el otro faltaba. Y justo antes de morir… —Emma inspiró lenta y profundamente—, me dijo que volvería a perseguirme si dejaba que mis decisiones se guiaran por un malentendido respeto a su memoria. O por miedo a lo que pudiera pensar la gente. Así que adivino que Lee querría que tú también confiaras en mí. Además, tú fuiste quien dijo que sería mejor no intimar demasiado.

Emma era incapaz de mantener la distancia con la gente, la verdad, igual que le había pasado a Lee. Pero Cash no tenía por qué saberlo.

Él asintió por fin, pero no parecía convencido.

—Patrice lleva veinte años dedicándose a esto —dijo Emma—. La mujer sabe lo que hace y no corre riesgos innecesarios, te lo aseguro. Ni yo tampoco. Tuve a Hunter en el hospital porque sabíamos que tenía síndrome de Dawn y podría necesitar tratamiento tras nacer. Pero el embarazo de Zoey era de bajo riesgo y la tuve aquí. Y menos mal, porque fue tan rápido que no habría llegado al hospital —encogió los hombros—. Me encantaría repetir, pero si no puede ser, lo aceptaré.

—Igual que todo lo demás —la miró a los ojos.

—Exacto —aceptó ella.

Bumble se estiró, bostezó, miró las cabras y fue hacia Cash para que le rascara la cabeza un rato.

—Parece que hará buen tiempo un par de días. Podré plantar esos dos campos, si te parece bien —dijo Cash, pero se fue sin darle tiempo a contestar. Emma suspiró y entró en la casa.

—¿Qué diablos es esta cosa? —preguntó Annie desde el dormitorio de Emma.

—El bebé viene de nalgas —contestó Emma—. Se supone que tengo que tumbarme con las piernas en alto para animarlo a darse la vuelta.

—Pues más vale que te pongas a ello.

—No puedo. La cena…

—El día que no pueda meter un pollo en el horno, puedes pegarme un tiro. Y, por cierto —le dio un golpecito en el brazo—, no me queda acrílico blanco. Ni lienzos. Y apenas hay comida de perro y de gato. ¿Has mirado la despensa últimamente? Está casi vacía. Avísame cuando vayas a ir a Santa Fe, te daré una lista de cosas.

Después, señaló la tabla con gesto autoritario.

—Ahora —dijo.

Emma soltó un largo suspiro y se acomodó cuidadosamente en la tabla. Una vez allí se le ocurrió que «cabeza abajo» describía su vida bastante bien, al menos últimamente.

Capítulo 5

EL ocaso teñía los campos de color naranja. Cash abría la puerta del coche cuando Emma lo llamó y fue hacia él con una bolsa de compra.

Él se tensó. No por lo que ella fuera a decirle, sino porque estaba afectándole al cerebro. Su estallido de risa antes, por ejemplo, estaba seguro de que no sabía lo contagiosa que era. Ni cuánto deseaba acurrucarse en esa risa, dejar que lo envolviera como un edredón de plumas.

Eso no era bueno.

—Tengo que pedirte un favor —dijo ella al llegar. La luz del sol daba a su cabello un tono rojo resplandeciente. El gigantesco perro la seguía.

—¿Sí?

—Sé que pensabas plantar los pimientos y las judías mañana, pero me preguntaba si podrías llevarnos a los niños y a mí a Santa Fe —se puso la mano sobre los ojos, a modo de visera—. Tengo una lista de compra kilométrica y creo que no debería cargar con bolsas de comida para perro que pesan toneladas. Normalmente iría con una amiga, pero todas están ocupadas. Podemos ir en la ranchera —señaló la reliquia que había junto a una furgoneta embarrada. Cash se quedó mudo—. También podríamos ir en tu coche, si lo prefieres.

—No, no es eso, pero…

«Ya. Estoy deseando oír cómo acabas esa frase», pensó ella.

—Te prometo que estaré callada, si quieres —dijo ella con una sonrisa—. Pero no puedo dar garantías sobre los niños. Por desgracia, no vienen con control de volumen.

—Iremos en el coche que quieras —dijo él, pensando que todo sería más fácil si Lee se hubiera casado con una mujer desagradable, estúpida o fea—. ¿A qué hora quieres ir?

—Temprano, antes de que se llene. No suelo ir con los niños, pero mañana no hay colegio y no me gusta dejarlos solos tanto tiempo. Annie tiene clase de arte a las nueve, así que podemos dejarla de camino. Toma —le entregó la bolsa—. Es lo que queda de estofado. La familia ha amenazado con amotinarse si lo ponía en la mesa un día más.

—¿Chile verde? —la bolsa estaba caliente y despedía un aroma delicioso, a pesar del envase.

—No lo dudes. Disfrútalo —se dio la vuelta y se alejó bamboleando las caderas para equilibrar el peso del vientre, con el perro trotando a su lado.

«No mires. No pienses. No…».

Para cuando Cash llegó a casa, estaba desesperado por probar el estofado. Recordaba a su madre diciendo que el último plato del estofado era siempre el mejor. En ese caso era cierto, la espesa salsa apenas dejaba ver los grandes trozos de carne y las patatas saturadas de cebolla y chile. Se sentó en el sofá de cuero que había estado en la casa cuando la compró y comió con gusto. Frunció el ceño al ver las cajas apiladas contra la pared.

Con un suspiro, dejó el envase medio vacío en la mesita y entrelazó las manos tras la cabeza. Más allá de las cajas estaba el comedor, con una mesa de madera hecha a medida que no había estrenado. Que probablemente no usaría nunca.

¿Qué diablos estaba haciendo allí?

Se levantó y fue a la habitación que había destinado a estudio de música. Solo Dios sabía por qué, pues no había tenido ni ganas de mirar una guitarra desde su llegada. Durante años su música y él habían sido inseparables. Pero…

Golpeó la jamba de la puerta con la palma de la mano y volvió a la sala. Estaba en una especie de limbo, atrapado entre una vida que ya no funcionaba y una que ni siquiera existía

¿Quién diablos era él?

Lo había desconcertado su reacción al saber que Emma quería un parto en casa. Le importaba demasiado algo que, como ella decía, no era asunto suyo. Sin embargo, al ver su vientre y a sus hijos reír y jugar, era difícil no pensar que se había perdido lo único que merecía la pena en la vida…

Soltó una risa amarga, agarró el contenedor y acabó las últimas cucharadas de estofado, ya frío. Cuanto antes tuviera Emma el bebé y antes pudiera irse, mejor. Excepto que…

¿Qué diablos iba a hacer cuando se fuera?

Aún no eran las ocho y media cuando llegó Cash, deseoso de quitarse las compras de encima.

—Veamos. Tu coche —miró con desdén la abollada ranchera—, ¿o el mío?

—Buenos días a ti también —dijo Emma sonriente, a pesar del dolor que sentía en los riñones—. ¡Annie! ¡Niños! ¡Vamos! —gritó. Se volvió hacia Cash—. El tuyo irá bien. Sobre todo porque no me siento con fuerzas para conducir.

—¿Estás segura de que debes venir?

—Sí. A no ser que quieras ir de compras solo con los niños.

—¿Cómo de difícil podría ser eso? —en ese momento los niños salieron corriendo y gritando.

—No quieras saberlo. ¡Annie! ¡Por todos los santos…!

—Ya voy, ¡no te ofusques! —Annie, vestida con un chándal color lavanda y un ancho sombrero de paja atado bajo la barbilla, intentó evitar que los gatos salieran sin soltar su caja de pinturas y su caballete—. Estos huesos no se mueven a la velocidad de la luz. Hola, Cash. Tienes buen aspecto, te veo… distinto. Santo cielo, ¿qué le ha pasado a tu pelo?

Emma giró la cabeza para mirarlo. El embarazo tenía que estar afectándole la vista.

—¿Te gusta? —Cash se tocó el pelo corto, que hacía que sus ojos brillaran como monedas de plata y realzaba la estructura ósea de su cara.

—Diablos, claro que sí —Annie consiguió cerrar la puerta, pero casi dejó caer su caja de pinturas.

—Espera, dame eso —Cash le quitó la caja y el caballete y los llevó al coche.

—Di lo que quieras —susurró Annie—. Es un joven muy amable. Y está como un tren.

Emma, pensando que tenía toda la razón, dejó que Annie se sentara delante. La anciana no dejó de hablarle a Cash en todo el trayecto. Emma, atrás con los niños, no captó palabra.

Cuando dejaron a Annie en clase, Emma se trasladó al asiento delantero. Se arrepintió de inmediato. Seguía teniendo el sentido del olfato exacerbado por el embarazo, y el aroma a fresco y limpio de Cash le hizo desear morderle el cuello.

—¿De qué te ríes? —preguntó él al oír su risa.

—De nada —soltó otra risita e hizo una mueca al sentir una patada del bebé.

—Tú también estás distinta —dijo Cash echándole un vistazo—. Pero no sé por qué.

—Es el maquillaje —agitó las pestañas—. Ir a comprar a Sam's Club despierta mi lado femenino.

Él casi sonrió. Después se inclinó hacia delante para poner la radio. La apagó de inmediato al oír su propia voz.

Emma nunca había visto a un hombre ponerse tan rojo.

—¡Eras tú! ¡En la ra-dio! —gritó Hunter desde atrás—. Ponla, por favor. Esa me gus-ta mucho.

Cash, con aspecto de querer que se lo tragara la tierra, puso la radio. Soltó una carcajada cuando Hunter y Zoey empezaron a cantar a voz en grito.

—Al menos así no tengo que oírme —gritó, por encima de la cacofonía que llegaba de atrás.

La canción acabó y dio paso a una de Martina McBride que los niños optaron por no cantar.

—¿Señor Coch-ran?

—¿Sí, Hunter?

—¿Puede enseñarme a tocar la gui-tarra?

—¡Hunter, por…!

—Claro. ¿Por qué no?

Emma miró a Cash boquiabierta, luego miró por la

ventana hasta que el volumen del parloteo de los niños apagó el sonido de su voz.

—Por favor, no seas condescendiente con él.

—Dios sabe que tengo mis fallos —dijo Cash con voz gélida—. Pero ser condescendiente con un niño no es uno de ellos. Si he dicho que le enseñaría, le enseñaré.

—Él… él no es rápido aprendiendo —musitó ella.

—Pues tiene suerte de que yo tampoco lo fuera.

—Perdona —Emma se sonrojó—. Solo estaba…

—Preocupándote por tu hijo. Lo entiendo. Puede que no haya tenido experiencia de primera mano en ese asunto, pero lo reconozco cuando lo veo —la miró de reojo—. Te sorprendería cuántas canciones se pueden acompañar con solo tres acordes —miró por el retrovisor—. A juzgar por lo cuidadoso que es Hunter con sus tareas, creo que se apañará bien.

—¿Lo has visto hacer sus tareas?

—Algunas veces, sí.

—¿Dónde piensas darle esas clases? —Emma tamborileó con los dedos en la rodilla.

—En la casa. Si te parece bien —dijo él.

—¿A mí? Sí —lo miró—. Pero tú…

—Es solo una casa. Vuestra casa. Como dijiste, allí ya no hay nada que pueda hacerme daño.

Emma contempló la mano de Cash sobre el volante, la grácil curva de sus dedos fuertes, antes de mirar al hombre que estaba tan convencido de no ser una buena persona.

—¿Recuerdas lo que dije de estar harta de oír a Lee hablar de ti todo el tiempo? No quiere decir que alguna de tus canciones no me hicieran llorar como una niña a veces.

—No hace falta que me adules —dijo él tras un silencio—. Plantaré los campos de todas formas.

—No soy tan maquinadora —Emma se rio—. Es verdad. No tengo ni gota de talento musical, pero a ti… te sale del corazón. Entiendo que triunfaras.

—Gracias. Pero lo que creas oír o ver… —la miró a los ojos—. Se llama interpretar, Emma. Hacer que la ilusión parezca real —volvió a mirar la carretera—. No tengo ni idea de dónde sale, la verdad, pero no es del corazón. Para eso tendría que tener uno,

—¿Y no lo echas de menos? —preguntó ella, pensando que si no estuviera conduciendo, le habría dado una colleja sin dudarlo. Era tonto.

—¿Ahora? En realidad no —contestó él.

Ella no supo si creerlo o no.

Cuando llegaron a Sam's, después de comprar el material de pintura de Annie en Hobby Lobby, los niños se subieron en uno de los carros planos y le pidieron a Cash que empujara. Emma fue hacia la sección de comida para animales. A su espalda oía el estruendo de los niños hablando con Cash.

—Dos de esas, dos de esas y tres de aquellas —dijo, cuando llegaron. Cash cargó las bolsas de treinta kilos como si no pesaran nada, mientras Emma lo miraba con admiración. Nadie lo reconoció, al menos que ella viera. A pesar del corte de pelo, habría esperado que al menos un fan apareciera de repente para pedirle un autógrafo.

Cierto que había estado callado desde que habían entrado. En cuanto abriera la boca, se descubriría el pastel. Cuando los niños se bajaron del carro para correr por los pasillos, ella señaló un enorme paquete de cuarenta y ocho rollos de papel higiénico y le pidió perdón.

—¿Perdón por qué? —Cash, poniendo el paquete en el carro, la miró como si estuviera loca.

—Incluso para ser tú, has estado muy callado. Acabo de darme cuenta de que a lo mejor te incomoda estar en lugares públicos.

Él dejó una mano en la barra del carro y se metió la otra en un bolsillo. Una pose muy sexy.

—Por si no te has fijado, no suelo hablar cuando no tengo nada que decir. No estoy incómodo. De hecho —miró a los niños que corrían y gritaban—, es agradable hacer algo normal —sonrió de medio lado—. Es casi una experiencia nueva, ¿sabes?

Justo entonces, ella comprendió por qué nadie lo reconocía: no se parecía nada a la estrella que la gente admiraba. Ese hombre estaba en paz. Al menos para ser Cash. El hombre de los vídeos y las revistas era como el mármol falso de su cuarto de baño, daba el pego si uno no se fijaba mucho.

Él tenía razón al decir que representaba una ilusión. Aunque Emma nunca lo había visto llevar más que vaqueros y camisetas cuando cantaba, de repente supo que en el escenario utilizaba un disfraz, igual que había hecho Elvis. Aunque sus fans creían que conectaba con ellos, solo veían al Cash que simulaba ser, no al real.

Además, nadie esperaría encontrárselo en el pasillo del papel de Sam's Club.

—¿Sabes? —dijo él, mirando a los niños—. Habría dado cualquier cosa por poder correr así. Por no sentirme juzgado todo el tiempo.

—Lee y yo intentamos encontrar un equilibrio entre libertad y buenos modales —la añoranza que había captado en su voz la había conmovido—. Pero admito que no solíamos darles tanta libertad en un sitio público. En cualquier momento, alguien va a decirles que dejen de hacer ruido.

Pero no hizo falta, porque los chicos se acercaron riendo y jadeando. Zoey se dejó caer sobre el carro con un suspiro dramático.

—¿Hemos acabado ya? Me muero de hambre.

—Yo también —dijo Hunter—. ¿Puedo comer un perrito caliente y pizza?

—No. Una cosa o la otra.

—Pero la última vez, tú comiste las dos cosas —protestó el niño.

—Eso es porque una era para el bebé —captó de reojo la sonrisa de Cash. Adorable.

—No es justo —Hunter se cruzó de brazos con una mueca. Solía ser muy llevadero, pero de vez en cuando salía a relucir su testarudez.

Emma se inclinó para alisarle el pelo y darle un beso en la frente. Cualquier otro niño de doce años, habría protestado indignado.

—Bueno, pues compraré churros para los dos.

—¡Bien! —Hunter dio un puñetazo al aire y Zoey asintió con fervor.

Emma indicó al conductor del carro que pusiera rumbo a las cajas. Buscaba la tarjeta de crédito, cuando Cash se adelantó para pasar la suya por el lector. Emma lo empujó a un lado y se hizo cargo.

—¡Santo cielo! No te he invitado a venir para que pagaras la compra.

—No, que yo sepa me invitaste para que cargara con todo lo pesado. Pagar ha sido idea mía.

—Pues olvídalo —sonrió a la cajera, que le devolvió el carnet de socia y le dio el recibo. Después, fueron hacia el mostrador de comida. Mientras los niños iban a ponerse a la cola, añadió—. Puede que tenga más facturas de las que me gustaría, pero no estamos en la miseria.

«Aún», pensó para sí.

—No pensaba que fuera el caso —aparcó el carro junto a la fila de mesas y la taladró con la mirada.

—Entonces, ¿por qué…?

—Porque me ha parecido bien. Nada más. Ah, y por cierto, le he dado a Zoey un billete de veinte para que pagara la comida.

—¿Por qué diablos has…?

—Porque uno de mis talentos es hacer cosas a espaldas de la gente.

—¿Eso es una advertencia?

—Supongo que sería mejor que lo vieras así —respondió Cash tras pensarlo un poco—. También sería mejor que fueras allí antes de que se lo gasten todo en ellos —señaló el mostrador de comida—. Y consígueme un trozo de pizza y una Coca-Cola, ya que vas —le gritó a su espalda, mientras se alejaba.

Cuando llegaron de vuelta a casa, había empezado a llover. Como Emma parecía agotada, Cash se ofreció a ir a recoger a Annie. Los ojos de ella se iluminaron de gratitud y él pensó que tenía que tener más cuidado, o se perdería.

En la tienda, Emma lo había mirado como si pudiera atravesar las telarañas que envolvían el lugar oscuro y árido que era su cerebro. En primer lugar, Cash tenía sus dudas sobre lo que podía creer estar viendo; solo había sombras, nada más. En segundo, no necesitaba que una mujer se apiadara de él e intentara «arreglarlo». No necesitaba ni quería compasión. Además, él no tenía arreglo.

Teniendo eso en cuenta, le costó entender por qué había ido a la tienda de empeños del pueblo para ver si tenían una guitarra acústica tamaño tres cuartos. Podía comprar una nueva, sin duda, pero suponía que Emma se indignaría menos si le regalaba a Hunter una de segunda mano.

Por suerte, el tipo que había tras el mostrador tenía exactamente lo que Cash buscaba. Con funda y un paquete de cuerdas de regalo. Sentado en el coche, observando la lluvia torrencial, Cash sintió un agradable cosquilleo en el pecho, que decidió era consecuencia directa de haber hecho algo bien.

Entonces se le ocurrió otra idea. Una que lo llevó a Ortega, una fantástica cafetería mexicana que había estado abierta veinte años antes de que Cash naciera y, según Emma, era el equivalente a Google: buscara uno lo que buscara, la respuesta se encontraba allí.

Cash entró y saludó con la cabeza a la mujer morena y rechoncha que había tras la caja.

—¡Eh, Evangelista! —gritó alguien—. ¿Qué pasa con mis huevos, muñeca? ¡Me muero de hambre!

—Tranquilo, Teo. José está preparando unos especiales para ti. ¿Y a quién has llamado muñeca? —se oyó una risa desdentada. Moviendo la cabeza, fue a la mesa que había ocupado Cash—. ¿Qué puedo ofrecerte, guapo? Acabo de sacar enchiladas de queso del horno, ¿qué te parece eso?

—Solo café por ahora. Aunque… tal vez puedas ayudarme. Acabo de instalarme en una casa en Coyote Trail, pero no recuerdo el nombre del tipo que hizo la reforma…

—Madre de Dios —Evangelista, con una mano en la cadera, se enderezó—. ¿Eres Cash Cochran?

—Sí.

—¡Chrissy! —ladró—. ¡Trae una taza de café! ¡Ahora! —volvió a mirar a Cash, con estrellitas chispeando en los ojos oscuros—. ¿Seguro que no quieres una enchilada? Invita la casa.

—No, no, solo café —Cash sonrió—. Gracias.

La camarera llegó con el café, lo reconoció y dio un gritito. Luego se fue mirando hacia atrás, como si no pudiera creer lo que había visto.

—El tipo al que buscas es Eli Garrett —dijo Evangelista, mientras Cash tomaba un sorbo del espeso café solo—. Él, sus hermanos y su padre tienen un taller a un par de kilómetros, al norte.

—Eli, eso es. Hizo parte de los muebles de la casa. Tiene mucho talento.

—Toda la familia lo tiene. Pero quien te interesa ahora es Noah; se ha hecho cargo de la construcción para que Eli siga con los muebles. Hay un cartel en la puerta «Maderas Garrett». ¿Quieres un café para llevar? —se levantó.

—Sí, por favor. ¿Hacéis entregas a domicilio? —preguntó, cuando la mujer volvió con el café.

—¿A tu casa? Claro que sí.

—No, no es para mí. Para mi antigua... para la granja Manning, al este del pueblo.

—Sí, sé dónde es.

—¿Puedes enviar una bandeja de enchiladas? Y un par de platos de guarnición —le dio dos billetes de cuarenta dólares—. ¿Valdrá con esto?

—Claro —aceptó los billetes—. Te traeré la vuelta.

—No hace falta —fue hacia la puerta. Llovía a mares. Lo que iba a hacer le haría quedar como un héroe por primera vez, o como un estúpido.

Y eso último no sería ninguna novedad.

Capítulo 6

EMMA, frotándose el vientre, contemplaba por la ventana la mañana gris y húmeda. En general, le encantaba la lluvia. Como cualquiera que viviese en el sudoeste, y se dedicara a la agricultura, le daba la bienvenida, la adoraba, cantaba sus loas y recogía cada gota en la docena de barriles que rodeaban la casa. La lluvia era una bendición.

Pero al segundo día de bendición sin fin, estaba harta del barro, de los niños inquietos, de la humedad que se filtraba por el costado en obras de la casa, del perro y de su incapacidad de hacer lo que tocaba. Si no paraba pronto, corría el peligro de ponerse de muy mal humor.

Y eso sería inaceptable.

Con los pies hinchados embutidos en las feísimas botas de Lee, y un poncho de plástico flotando alrededor de su cuerpo de ballena, ella y su repugnante perro sortearon el agua y el lodo para ir a ver a las cabras, que no parecían muy felices. Hunter había cambiado la paja el día anterior, pero ya estaba sucia, así que volvió a cambiarla. Las cabras parecieron agradecerlo.

Tras darles de comer y acariciarlas, fue al invernadero a comprobar cómo iban las lechugas, pepinos y tomates. Casi tuvo un infarto cuando se dio la vuelta y se encontró con Cash en el umbral, serio y con agua chorreando del sombrero.

—No es buena idea asustar a una mujer embarazada —le gritó, para hacerse oír por encima del repiqueteo de la lluvia en el plástico.

—No era mi intención. Te llamé cuando salías del granero, pero no me oíste.

Emma se apartó un mechón de pelo de la mejilla, pensando que era patético que hasta empapado estuviera guapo. Más patético aún era dejarse conquistar por unas enchiladas, judías fritas y arroz.

Aunque le había telefoneado para darle las gracias cuando llegaron, volvió a mencionarlo.

—Hubo enchiladas para dos comidas, por cierto.

—Me alegro. ¿Estaban buenas?

—¿Bromeas? Evangelista es genial. Tendrías que probar sus tamales. Lo curan todo —agarró una bandeja para recoger los tomates cherry—. No esperaba que vinieras hoy.

—¿Por qué no?

—O empiezan los partos, o poco se puede hacer.

—No veo que tú estés tumbada con los pies en alto. Que es lo que deberías estar haciendo.

—Era cuestión de salir de casa o volverme loca. No soporto estar encerrada. Además, estos tomatitos no pueden esperar. Cuando están, están.

—¿Necesitas ayuda?

—Tú mismo —lo miró y vio esa media sonrisa que hacía que sintiera un cálido cosquilleo en su interior. Deseó decirle que, otra vez, estaba siendo amable, pero calló. Cash agarró una bandeja y se centró en los tomates. De repente alzó la cabeza.

—¿Por qué hay música típica de un restaurante de lujo? —preguntó con el ceño fruncido.

—Has entrado en la parte clásica de la selección. Pero también les gustan el jazz y el ragtime.

—¿Les?

—A las plantas. A las cabras también, pero el altavoz del granero se ha roto.

—Me estás tomando el pelo.

—No, el altavoz se rompió…

—Con lo de poner música a las lechugas.

—¿Qué quieres que te diga? Conseguimos el doble de cosecha con música que sin ella —se enfrentó a su expresión incrédula y alzó la mano—. Hay que probarlo todo, aunque de momento me resisto a poner cristales con buenas vibraciones.

Cash soltó una risotada y miró las tres filas de arriates elevados, repletos de verduras en diferentes estadios de crecimiento.

—¿Vendes todo esto?

—La mayoría. A los restaurantes locales y al mercado. A veces pongo un puesto de carretera, si hace bueno. La parroquia recoge lo que no se vende y lo reparte a quien lo necesita. Vendemos más en verano, claro, pero esto nos mantiene el resto del año. Esto y nuestras conservas. Suelo hacer reparto dos o tres veces a la semana.

—Eres una mujer muy ocupada.

—Como todos los granjeros.

—¿A quién se le ocurrió elevar los arriates?

—A Lee —Emma se frotó los riñones—. Pasó casi todo el primer invierno construyéndolos. Así es más fácil controlar la tierra y la irrigación, se aprovecha mejor el espacio y es más cómodo. Lee se especializó en agricultura para granjas pequeñas. Nos conocimos en la universidad.

—¿En qué te especializaste tú?

—Cría de animales. Siempre quise tener un rancho. Como lo tenían mis padres. En Texas.

—¿Tenían?

—Vendieron la tierra cuando papá empezó a tener síntomas de Alzheimer, hace unos años. Solo les queda la casa y el jardín.

—Lo siento. ¿Tu padre, cómo…?

—Ahí sigue. Intento que mi madre se tome un respiro, pero dice que sería terrible que él tuviera un momento de lucidez y no estar allí —parpadeó para controlar las lágrimas—. Hablamos varias veces a la semana, pero no nos vemos. Yo no puedo dejar esto y ella se niega a dejarlo a él. Ni siquiera podrá venir cuando nazca el bebé.

—Diablos. No has tenido las cosas fáciles.

—Hay que aceptar lo bueno con lo malo —Emma sabía que si lo miraba y veía en su rostro la compasión que expresaba su voz, perdería los papeles, así que siguió arrancando tomates—. Así es la vida. Pero los retos… —al fin lo miró—, te hacen profundizar, buscar lo bueno entre lo malo. Porque eso es lo que te hace salir adelante.

No por primera vez, Cash admiró la entereza de Emma. Su coraje. Su gracia. Su bondad innata.

Porque había diferencia entre hacer alguna buena

acción y ser bueno. Estaba seguro de que él entraba en la primera categoría, mientras que Emma se asentaba con firmeza en la segunda.

—Tu familia, ¿tenía cabras? —preguntó.

—Unas cuantas —la humedad le había rizado los mechones sueltos de pelo, dándole un aspecto muy juvenil—. Compañía para las ovejas. También tenían llamas, avestruces y una cebra o dos.

—Eso no es un rancho. Es un zoo.

Ella soltó una carcajada y él pensó que iba a echar mucho de menos esa risa.

—El sueño de papá era convertir el rancho en una reserva natural, pero se quedó en eso.

—¿Y tú? ¿Tienes el mismo sueño?

—Ni en broma. Me conformo con las cabras, gracias. Al menos de momento.

Siguieron cosechando en silencio, mientras los violines se fundían con el repiqueteo de la lluvia. La música era relajante y Cash pensó en añadir acompañamiento de cuerda a su próxima canción. Esa mañana, al meter su guitarra y la de Hunter en el coche, había sentido un cosquilleo en los dedos.

—Si sigues aumentando el rebaño —dijo él de repente—, vas a necesitar más terreno.

—Dime algo que no sepa —siguió avanzando por la fila—. Lee decía que el rancho originalmente tenía más de cien hectáreas.

—Sí, eso tenía mi padre —Cash dejó la bandeja llena en una estantería y empezó con otra.

Era muy relajante recoger verduras en compañía de una mujer que, para variar, parecía contenta consigo misma y con lo que tenía.

—Era muy pequeño, tendría cinco años, la primera vez que fui con mi padre y mis hermanos a acercar las vacas a la casa antes de que parieran. Pasé un frío horrible —sonrió con melancolía—. Nunca me había divertido tanto en mi vida.

—¿Eso fue antes de que se le fuera la cabeza?

—Sí —que ella fuera tan directa parecía quitarle importancia al tema—. Pero incluso cuando empezó lo malo, él solía estar bien cuando estábamos con el ganado. Como si el espacio y la amplitud absorbieran la locura. O la diluyeran. Quizás por eso me gusta tanto este cielo abierto —titubeó—. Nunca encontré un sitio comparable a este.

—Entonces, ¿por qué no te quedas?

La pregunta lo desconcertó, sin saber por qué. No era una pregunta personal ni inquisitiva. Ella seguía arrancando tomatitos, sin mirarlo. Y comprendió que lo molestaba la respuesta.

—Porque ha habido demasiados cambios —musitó—. No reconozco nada. No me reconozco a mí mismo. Supongo que pensé que si volvía podría… no sé. Empezar de nuevo, retomar el hilo. Pero ese hilo no me ha esperado. No está.

Emma se masajeó los riñones, pensativa.

—¿Empezar de nuevo significa seguir desde donde lo dejaste? ¿O estar abierto a nuevos principios? A mí me parece que la vida consiste en avanzar, ¿no crees?

Cash, para sí, la maldijo por ser tan lógica y, peor aún, tener razón.

—He traído una guitarra para Hunter —dijo, sintiendo calor en el cuello—. Es una acústica de estudiante, nada especial, pero servirá para aprender. Tuve suerte de encontrar una tamaño tres cuartos, Hunter tiene los brazos demasiado cortos para una de tamaño normal…

—¿Le has comprado una guitarra?

—Usada. Barata —clavó los ojos en los suyos, re- tándola a protestar. Ella calló—. He pensado que como está lloviendo y no tienen colegio, es buen día para empezar con las clases.

—Seguro que eso le parece muy bien —le dedicó una de sus largas miradas—. Con una condición.

—¿Y cuál es?

—Que antes aceptes comer algo.

—Estás asumiendo que no he comido.

—¿Me equivoco? —ella enarcó una ceja.

—Café y tostadas. Hace dos horas —su estómago rugió y Emma soltó una carcajada. Cash sonrió—. No te rindes fácilmente, ¿verdad?

—Sería una pésima granjera si lo hiciera —dijo ella, dejando la bandeja—. Y peor madre. ¿Prefieres tortitas o torrijas para acompañar al beicon?

Cash siempre había tenido claro lo que quería. Por primera vez en su vida, el instinto de supervivencia, que le sugería huir, y el anhelo por cosas que hacía años que no disfrutaba, que le sugería quedarse, bata- llaban en su mente a la par.

—Torrijas, si no es problema —dijo por fin.

La respuesta mereció una sonrisa que hizo que él se sintiera encumbrado en lo más alto y rastrero al mismo tiempo. A ese ritmo, le explotaría la cabeza an- tes de que acabara la semana.

Zoey seguía medio dormida; estaba abotargada, como si se hubiera acatarrado otra vez, cuando oyó ja- leo abajo. Se apoyó en un codo, estornudó, se sonó la nariz y ladeó la cabeza. Oyó la voz de Cash, la de mamá, y después la de Hunter.

El estornudo la había despejado lo bastante como

para querer ir a investigar. Además, tenía hambre y olía a beicon. Así que seguramente habría torrijas, tortitas o gofres. Fantástico.

Al principio nadie notó su presencia, pero no le importó. Zoey odiaba que le prestaran demasiada atención, sobre todo si era por pena o algo así.

Cash había llevado una guitarra a Hunter, para que aprendiera a tocar. Zoey sonrió encantada. Hacía siglos que Hunter quería una guitarra, le encantaba la música y siempre estaba cantando.

Los olores deliciosos, la sonrisa de Hunter mientras acariciaba la guitarra, su madre en la puerta de la cocina, con aspecto feliz... todo le hizo pensar que las cosas volvían a ir bien. Casi como antes de que su papi se muriera.

Jubilosa, Zoey cruzó la sala corriendo y le dio a Cash un fuerte abrazo. Durante un instante no supo si él se había enfadado o solo sorprendido. Pero cuando él sonrió, supo que todo iba a ir bien.

Después del desayuno, Annie insistió en recoger y echó a Emma de la cocina.

—Esconderse es de cobardes —dijo, azuzándola con un paño de cocina—. Fuera.

—Aparta, gato —dijo Emma, echando a El Otro Gris del único sillón. Se acomodó lentamente. De inmediato, Zoey le llevó un reposapiés y la obligó a poner los pies en alto.

El fuego crepitaba en la estufa de hierro, compitiendo con el tamborileo de la lluvia en el tejado, ya reparado. Hunter, sentado al borde del gastado sofá de cuadros, temblaba de excitación mientras observaba a Cash afinar su nueva guitarra. Zoey se había tumbado a sus pies, boca abajo y con la cara apoyada en las manos, aparentemente hechizada.

Ni Cash ni ella parecían afectados por la espontánea muestra de afecto de hacía unos minutos. Emma, en cambio, había estado a punto de tener al bebé allí mismo.

—Bueno —empezó Cash—. Esta canción es muy fácil. Solo necesita tres acordes. El primero es Sol —colocó tres dedos en el mástil—. ¿Lo ves? —Hunter asintió e intentó imitarlo—. Espera, amigo, te lo enseñaré enseguida. Ahora escucha, ¿vale?

Hunter asintió con entusiasmo y Cash, haciendo una mueca divertida, empezó a cantar.

—De un plato de es-pa-gueee-tis, cubiertos por queeeso…

Empezaron a oírse risitas.

—«Perdí la albondiguilla, cuando uno estornudó. Rodó por la meeeesa, y al suelo cayó… mi pobre albondiguilla, por la puerta se salió…».

Los niños estallaron en carcajadas y Emma notó que sus hormonas se volvían locas. Nunca habría imaginado que Cash tenía el mismo sentido disparatado del humor que había tenido Lee.

Sus hijos habían heredado de su padre el gusto por los chistes malos. Hunter se enorgullecía de saberse todos los chistes «toc, toc, ¿Quién es?» del mundo, y la mayoría se los había contado Lee.

Recordando las veces que Lee le había hecho reírse hasta que se le saltaban las lágrimas, comprendió de repente que ese hombre y su marido hubieran sido tan buenos amigos.

Los dos estaban más locos que una regadera.

Se preguntó si Cash estaría sacando a la luz su recuerdo del humor absurdo de Lee para entretener a los niños, o si era algo que había estado enterrado en su interior y estar con los niños había hecho que aflorara. Fuera lo que fuera, siguió cantando y haciendo que los niños se rieran a carcajadas, y Emma sintió una intensa gratitud.

—¡Enséñame, Cash! —gritó Hunter, a punto de explotar de excitación—. ¡Enséñame!

—Cielo, no te desanimes si no aprendes en seguida —intervino Emma—. Tocar un instrumento requiere mucha práctica

—Tu mamá tiene razón —dijo Cash—. Yo era terrible cuando empecé. Y mucho tiempo después. Claro, que no me tenía a mí como profesor —sonrió al oír el gruñido de Emma—. Pero bueno, así es como se hace el acorde de Sol —ayudó a Hunter a curvar los dedos sobre el traste—. Ahora rasga las cuerdas con la otra mano, así. Vaya, el dedo de arriba se ha movido. Ahora, prueba otra vez.

—¿Por qué no puedo hacer… que suene como contigo? —preguntó Hunter con el ceño fruncido, tras otro par de infructuosos intentos.

—Porque yo llevo haciéndolo más de veinte años y tú solo cinco minutos —Cash soltó una risita—. Tienes que tener paciencia, amigo. Lo conseguirás, te lo prometo.

—Me ponéis ner-vioso —Hunter miró a Emma y a Zoey—. Quiero que os vayáis. Por favor.

—Sí, mamá —dijo Cash, divertido—. Estropeas el estilo del chaval.

—¡Yo no quería escuchar tu estúpida lección! —Zoey, obviamente disgustada, se puso en pie y salió de allí a toda prisa.

—¡Zoey! —llamó Emma, intentando levantarse. Annie salió de la cocina y fue tras la niña.

—Yo me ocupo, tú sigue con tus asuntos.

—Las alegrías de la vida familiar —farfulló Emma, sin pensar. Se sonrojó—. Estaré fuera, en el establo, si alguien me necesita.

Había dejado de llover, como si alguien hubiera cerrado un grifo, y un par de cabras se aventuraron a salir de su caliente escondrijo a pedir galletas.

—Lo siento, chicas, no tengo —dijo Emma, ganándose un par de miradas hurañas. Aunque tal vez se debieran al tamaño de sus vientres. Tras un rápido examen, comprobó que su sufrimiento estaba a punto de acabar.

Deseó estar en su caso. En muchos sentidos.

Emma entró al establo a echar un vistazo a las demás. Agotada de repente, se tumbó al sol que entraba por la única ventana, sobre una bala de heno. Ni siquiera la molestó que el perro más oloroso del universo se dejara caer a su lado.

«Ahora es cuando lo de dejarse llevar por la corriente y lo práctico dejan de encajar», pensó, enredando los dedos en el pelo del perro.

Ya no podía seguir pretendiendo que no tenía sentimientos por Cash. Crecían como malas hierbas. Había malas hierbas atractivas, pero todo jardinero sabía que había que controlarlas con firmeza, por bonitas que fueran.

Emma sabía que sería una barbaridad dejar que se descontrolaran esos sentimientos, que no había buscado y que le asombraba tener tan poco tiempo después de la muerte de Lee. Incluso si Cash encontraba lo que había ido a buscar, ¿cuánto tiempo tardaría en asimilarlo? Además, tanto si retomaba su carrera como si no, era obvio que no pretendía instalarse allí permanentemente.

Tal vez estuviera lo bastante loca para sentirse

atraída por un hombre con quien no compartía libro, y mucho menos página. Pero no lo estaba tanto como para no ver que Cash Cochran tenía la solidez de la arena. Apenas sabía quién era, y menos aún lo que quería. Si dejaba que otro hombre entrara en su corazón, tenía que ser uno dispuesto a entregarse al cien por cien a ella, a sus hijos y a su tipo de vida.

Una vez aclarado eso, Emma se acurrucó más en el heno y echó un brazo sobre el perro. Solo quería descansar unos minutos, acunada por los suaves balidos de las cabras.

—Shh, chico —le susurró Cash al perro, que se había puesto en pie de un salto, agitando el rabo al verlo entrar—. No la despiertes.

El asunto iba mal. Más que mal.

Sabía bien lo que era sentir atracción por una mujer. Y Emma le había provocado más de un pinchazo de deseo. Incluso vestida de granjera y embarazada de cien meses, era imposible no captar que se enorgullecía de ser mujer a cada paso. No había nada más sexy que una mujer a la que le gustaba su cuerpo y que, sin duda, sabía manejarlo. Pero la ternura que sintió al verla dormida al sol con paja en el pelo…

Santo cielo. Era una sensación increíble.

Evitando la lengua de Bumble, se acuclilló a su lado y le apartó un rizo de la mejilla.

—¿Emma…?

—¿Qué ocurre? —soltó un gritito y se incorporó de un salto—. ¿Va todo bien?

—Todo va bien. Pero Zoey vino aquí, te vio dormida y fue a buscarme. También dijo que una de las cabras estaba rara, así que eché un vistazo.

—¿Está de parto? —Emma parpadeó.

—Sí.

Aún adormilada, intentó levantarse, sin éxito. Cash la agarró y la puso en pie. Ella cruzó el establo, mirando en cada cubículo.

—¿Cuál es? Da igual. ¿Te importa traer esa bala de paja para que pueda sentarme? Oh, Dios mío, ¡ve a buscar a los niños!

—¿Estás segura?

—Dudo que a la cabra le importe que miren…

—¡Mamá! —gritó Zoey desde la puerta—. ¿Es ya la hora?

—Sí, nena —dijo ella, haciendo un gesto para que se acercaran. Zoey se acuclilló junto a su madre, con los ojos muy abiertos, pero Hunter se quedó junto a Cash, y le dio la mano. Cash la apretó. Hunter le sonrió y centró la atención en la cabra.

—¿Le hace… da-ño? —preguntó.

—Seguro que preferiría estar comiendo galletas —dijo Emma—, pero acabará pronto —sonriente, le apretó la otra mano—. Así que no te preocupes.

—¿Tenemos que ayudar? —preguntó Zoey.

Emma atrajo a la niña y apoyó la mejilla en su cabeza. Cash sintió una oleada de emoción que casi lo dejó sin aire.

—De momento, parece que todo va bien. De hecho… ¡mirad, niños!

El primer cabritillo cayó a la paja, envuelto en la placenta. Pero la cabra no tuvo tiempo de lamer a su bebé, empezó a empujar otra vez.

—¿Qué está pas-ando? ¿Está bien, Cash?

—Son dos —dijo Cash con una risita. Agarró una toalla para secar al recién nacido. Hunter se la quitó y frotó al cabritillo con vigor.

—Ma-má dice que los be-bés no deben pasar frío, o se pueden morir.

—¡Mira, mira! —Zoey rio cuando el cabritillo se puso en pie con cara de susto—. ¡Es tan precioso!

—Y aquí está su hermano —dijo Emma, de rodillas, cuando salió el segundo cabritillo. Esa vez su mamá se hizo cargo, lamiéndolo y empujándolo hasta que se levantó y reclamó comida. Poco después, su gemela se acercó a por su parte. Emma rio con alivio.

—Necesitan un nombre —dijo Hunter—. ¿Pueden ser… Hansel y Gret-el?

—Hecho —Emma alzó la vista y Cash tuvo que armarse contra sus ojos chispeantes y su gran corazón—. Una cosa menos que hacer —dijo, rodeando a su hijo con los brazos.

—¿Vas a dar de comer a tu be-bé así? —preguntó Hunter, contemplando a los animalitos mamar.

—No será de pie en el establo y comiendo heno, pero sí parecido. Bueno, ahora podéis volver a casa y acabar las tareas. Yo me quedaré con la mamá y sus bebés para comprobar que están bien. Podéis volver a visitarlos después.

En cuanto Hunter y Zoey se marcharon, Emma se dejó caer en la bala de paja.

—Una menos, cinco pendientes. ¿Qué posibilidades hay de que las demás paran de día?

—¿Entre pocas y ninguna?

—No es que importe mucho, ya que paso la mitad de la noche en vela —Emma emitió un ruido que podría haber sido una risa—. Aquí el amigo hace aerobic de madrugada.

—Pareces agotada.

—Es inevitable —dijo ella, bostezando.

—¿Por qué no me traigo un saco de dormir y acampo en el establo hasta que esto haya acabado? —sugirió Cash—. Así no tendrás que pasar la mitad de la noche yendo y viniendo.

—Esto no es problema tuyo, Cash…

—No es problema de nadie —dijo él con voz cortante—. Dime que Lee no haría lo mismo.

—¡Tú no eres Lee! —dejó escapar un suspiro cuando él la miró—. No pretendía que sonara así.

—Entiendo muy bien lo que quieres decir.

—¡No lo entiendes! No te comparo con Lee, Cash. Nunca haría eso. Solo quería decir que no estás en la misma situación. Él era mi esposo y copropietario de la granja. Nada de esto es responsabilidad tuya. Y…

Al ver que no acababa la frase, Cash la miró y vio que movía la cabeza con los ojos cerrados.

—No es que no agradezca la oferta, pero no ser capaz de atender mis obligaciones hace que me sienta débil. Y eso me pone de muy mal humor.

—Diablos, Emma, ¿por qué te cuesta tanto dejar que alguien cuide de ti?

—¿Puede que por la misma razón que a ti?

Esa respuesta le dio directa en la frente, pero en vez de enfadarse, Cash estuvo a punto de reírse.

—Un punto para ti. Pero la verdad…, para ser alguien que dice tomarse las cosas como vienen, eres muy quisquillosa con cuáles de esas cosas encajan con tus criterios personales. No es que sea un experto, pero creo que no funciona así. ¿Por qué está bien que trabaje en la granja pero no que duerma en el establo y eche un ojo a las cabras?

—Estoy siendo una cabezota, es eso, ¿no? —Emma torció la boca de medio lado.

—Tú lo has dicho.

—Tardé cinco años en convencer a Lee de lo de las cabras. Era mi proyecto —suspiró—. Cuando murió... Supongo que fue cabezonería hacer que criaran sabiendo el mal momento que sería —se le escapó una lágrima, que limpió con la mano—. Y ahora estoy agotada, con exceso de hormonas y endiabladamente incómoda, pero ¡yo hice la maldita cama y soy quien debe acostarse en ella!

Sacó un pañuelo de papel del bolsillo y se sonó.

—Ay, soy un desastre —dijo. Se rio un poco cuando Bumble apoyó la cabeza en su regazo y estuvo a punto de hacerla caer al suelo.

Cash sintió que la emoción le atenazaba la garganta. Dado su egocentrismo y su talento para elegir a mujeres quejicas e indefensas, que sufrían una apoplejía si se les rompía una uña, la empatía nunca había sido uno de sus fuertes. Pero Emma no era quejica ni indefensa y verla tan frustrada lo derretía por dentro. Consciente de que se adentraba en territorio peligroso, se acuclilló ante ella.

—Eres humana, solo eso. Y esforzarte tanto por todos no es bueno para ti ni para el bebé. Ni para nadie. Se acabó la discusión. Al menos así podrás dormir algo. Y no tendré que chivarme a Patrice.

—No harías eso.

—Créeme, sí lo haría —señaló su vientre—. ¿Se ha dado ya la vuelta?

—No —suspiró ella, poniendo las palmas de las manos a los lados del bulto. Cash vio movimiento bajo la enorme sudadera. Le resultaba difícil imaginarse a un ser humano diminuto, allí dentro. Nunca había visto a un recién nacido.

—Si es así de revoltoso ahora —dijo Emma acariciándose el vientre, derritiendo aún más a Cash—, no me imagino cómo será cuando esté fuera —soltó una risita—. Estoy deseando verlo.

Cash sintió un intenso deseo de besarla. Para evitar la tentación, apoyó una mano en la paja para equilibrarse y desvió la mirada hacia su vientre.

—Bueno, pequeñín... tu mamá te ha mantenido calentito y seguro durante meses, así que puedes devolverle el favor. Se bueno con ella, porque... —alzó la vista y captó su expresión de sorpresa—. Porque ella será buena contigo.

—Se ha quedado quieto mientras hablabas, como si estuviera escuchando —dijo Emma, roja como la grana. Inhaló profundamente y cerró los ojos—. Una contracción —dijo, ensanchando las aletas de la nariz. Después soltó el aire lentamente.

—Parece doloroso.

—Es solo como una sensación de tensión, aquí arriba —tocó la parte superior del vientre—. No duele. ¡Eh, lo había olvidado! ¿Qué tal la lección?

—Hizo falta media hora, pero Hunter ya puede tocar un acorde de Sol decente. Estudiaremos el Do mañana. Ya se sabe la letra de la canción, aunque se parte de risa cada vez que la canta.

Emma agitó los brazos un poco, gruñó y luego soltó un suspiro de disgusto.

—¿Necesitas ayuda?

—La fuerza de la gravedad es un asco —dijo ella estirando la mano para que la ayudara. Una vez en pie, le apretó el brazo con suavidad—. No sabes cuánto te agradezco que hagas eso por él. Significa mucho para Hunter relacionarse con un hombre. Desde que Lee murió está rodeado de mujeres. No dice nada, pero sé que se siente algo perdido.

—¿No tiene amigos? —preguntó Cash.

—Un par, en el colegio. Pero todos estamos desperdigados y ocupados, es difícil que los chicos se reúnan. Hay un campamento de verano… —carraspeó—. Es para niños con necesidades especiales, no nos costaría nada. Estoy pensando enviarlo una semana. Tal vez dos —lo miró con ojos brillantes—. Él quiere ir.

—¿Pero no estás segura de que esté preparado?

—Más o menos,

—¿Por qué no vas a casa? —Cash cruzó los brazos para no acariciarle el pelo—. Descansa un rato. Te llamaré si ocurre algo. Lo prometo.

—De acuerdo —titubeó y, tras mirarlo a los ojos unos segundos, se alzó y lo besó en la mejilla—. Espero que te haya gustado al menos la mitad que a mí —le dijo con una sonrisita. Luego se marchó.

Cash se sentía como si le hubiera caído un rayo encima. Por un sencillo beso en la mejilla.

De repente, recordó que no le había comentado su conversación con los hermanos Garrett. Sin embargo, tal vez fuera mejor así. Así no tendría oportunidad de decir que no.

Capítulo 7

¿ESTÁS loco? ¡No! —dijo Emma cuando recuperó la voz.

Supuso que el que otras tres cabras hubieran parido en los últimos dos días podía justificar que Cash no le hubiera mencionado que había contratado a Noah y Eli Garrett para que acabaran el trabajo empezado por su marido. Nada como salir por la puerta y encontrarse a los hermanos apoyados en un camión negro bebiendo café y charlando con su, su... lo que quiera que fuese Cash. ¿Peón? ¿Salvador? ¿Dolor en el trasero?

—Lo menos que puedes hacer es escucharme —dijo él, siguiéndola por el invernadero. Casi tropezó cuando ella giró en redondo con una lechuga en cada mano.

—¿Por qué, si la respuesta seguirá siendo no?

—Pensé que habíamos superado el problema que tienes con aceptar ayuda hace un par de días.

—En cuanto a que duermas en el granero, sí. A que gastes una fortuna en remodelar mi casa, no. ¿Por qué has hecho esto si sabías cómo iba a reaccionar?

—Porque lo hice antes de saber cómo ibas a reaccionar. Oh, vamos Emma. Dame una buena razón por la que creas que esto es mala idea.

Emma dejó las lechugas en una cesta y volvió a su tarea de cortarlas con una navaja.

—Porque —deseó no tener que mirar los ojos plateados del loco y generoso cantante country—. Porque no me parece bien.

—He dicho una buena razón.

—Pues es la única que tengo. Por todos los cielos, Cash —clamó, al oírlo rezongar—. No puedo permitir que gastes tanto dinero en nosotros.

—¿Por qué diablos no? No tengo otra cosa en qué gastarlo.

A través de la puerta del invernadero, Emma vio a los hermanos, guapos y jóvenes, esperando pacientemente la orden de empezar.

No sabía cómo explicarle a Cash lo que ella misma no entendía. Lo miró y volvió a ver en sus ojos al niño que buscaba desesperadamente la aprobación. No sabía por qué la buscaba en ella.

—Porque… porque es como si estuvieras intentando comprar tu absolución. O algo.

—Ya te he dicho que el dinero no significa nada para mí…

—¡A eso me refiero!

—Diablos, Emma, ¡es un regalo!

—Pero no un regalo de tu corazón. De tu cartera.

—¡Oh, por Dios!

Emma, aunque sabía mejor que nadie lo grande

que era el corazón de Cash en realidad, percibía que algo fallaba en todo el asunto, sin saber qué.

—Si lo consideraras un préstamo o algo… —le sugirió, aunque iba a estar pagando las facturas médicas de Lee que no había cubierto el seguro hasta su vejez. No necesitaba más deudas.

—Eso no va a ocurrir —dijo Cash. Una lucecita se encendió en sus ojos—. ¿En serio quieres que cancele el contrato con los Garret? ¿Con lo mal que ha ido el negocio este año y ahora que Eli está esperando un hijo?

—Eso es rastrero —Emma estrechó los ojos.

—Ya. Querer ofrecerle a Annie un sitio propio para que recuperes tu sala, y de paso incentivar la economía local, me convierte en un bastardo —resopló—. Puede que tengas razón, y solo cuente con una cartera. ¿Qué más te da eso a ti?

—Me parece tan… desigual —Emma cerró los ojos y movió la cabeza—. No podría ni empezar a corresponderte.

—¿Esperas que la gente por la que haces cosas te corresponda?

—No, claro que no…

Él la taladró con un una mirada triunfal.

Los hermanos se enderezaron al verla llegar. Eli, el casado, era el mayor y más delgado. Noah, a quien Lee había pedido ayuda con la estimación de material para el proyecto, era más bajo, más sólido y tenía fama de rompecorazones.

—¿Aún tienes los planos que hizo Lee? —le preguntó Emma.

—Aquí mismo —dijo él, agitando un tubo de cartón—. Aunque… —miró a Cash. Emma vio que este le hacía un gesto de silencio y suspiró.

—¿Qué? —le preguntó a Cash.

—He pensado que podrías ampliar el dormitorio de matrimonio. Añadir una habitación para el niño. ¿Y agrandar el cuarto de baño?

—¿Has perdido la cabeza? —Emma lo miró atónita—. ¡No puedo meterme en eso con un recién nacido! Y es imposible hacerlo en dos semanas.

—¿Señora Manning? —unos ojos marrones se clavaron en los suyos. Noah esbozó esa sonrisa que decían que ponía a las madres nerviosas de allí a Colorado—. El señor Cochran sugirió que hiciéramos el trabajo en dos partes. Primero la reforma original, y la otra cuando usted esté lista. Para cuando acabemos, no reconocerá la casa. ¡Será como tener una nueva! —dijo, triunfal.

—¿Nos disculpáis un momento? —dijo Emma a los Garrett, conduciendo a Cash al porche—. No sé cómo ha tardado tanto en hacerse la luz —le dijo, sin saber si enfadarse o sentir pena por él.

—¿A qué luz te refieres?

—Entiendo que quieras borrar los malos recuerdos de la casa, Cash, de veras. Pero, ¿no crees que querer borrar la casa es muy drástico?

Cash se quedó tan estupefacto que apenas supo qué pensar, o decir. Era tentador suponer que el embarazo le estaba afectando el cerebro, pero ni siquiera él se habría atrevido a sugerirlo. Sobre todo porque quizás no estuviera tan equivocada.

Se dejó caer en el escalón superior y se frotó la mandíbula. Llevaba un par de días sin afeitarse y la media barba lo irritaba. Igual que la mujer pelirroja que lo miraba desde arriba.

—En mi defensa, diré que no ha sido una decisión consciente —la miró perturbado—. No es como si fuera a volver a vivir aquí. Y es cierto que necesitáis más espacio. En mi cabeza —se dio un golpecito en la frente—, era una forma de hacer algo bueno por Lee, por ti, antes de volver a mi vida hedonística. Nada más. Pero si te soy sincero, reconozco que la idea de cambiar la casa por completo… me parece genial.

—Cash… —se agachó para sentarse a su lado.

—Ya. Soy un tarugo. No hace falta que lo digas.

—Eso no es lo que iba a decir. Aunque lo haya pensado —curvó los labios y luego suspiró—. Creo que es obvio que lo de la reforma es problemático. Yo me siento como si me empujaran hacia algo a lo que no puedo enfrentarme por muchas razones. La primera es que dejaría de ser un proyecto de Lee. Además, el momento es pésimo.

—Tienes razón —Cash se rascó la cabeza y suspiró—. Tendría que haber pensado en todo eso.

—Lo cierto es que me encantaría tener más sitio —le tocó el brazo—. Algún día. Pero no aún. Y tú…

—No hago esto por mí, Emma —murmuró Cash—. Lo juro. De verdad que solo pensaba en vosotros.

—Te creo. Mi reacción ha sido exagerada —ladeó la cabeza—. Eres un hombre increíblemente generoso, Cash. Tu deseo de agradar, a veces resulta abrumador.

—Diré a los Garrett que lo dejen por ahora —Cash, rojo, se puso en pie—. Hasta que estés lista. Les diré que se queden con el adelanto. Como iban a encajar el trabajo como un favor, tal vez a ellos también les vaya mejor hacerlo más adelante.

—Gracias —dijo ella con calidez.

—No hay problema —dijo él. Se alejó pensando que si todas las buenas obras eran tan difíciles de hacer, no era extraño que la gente no se molestara.

Treinta y ocho semanas y el bebé seguía sin estar encajado. Y por lo que Emma sabía, seguía del revés. Pero mientras flotara, había esperanza.

—¿Annie? —llamó—. ¿Estás preparada?

—Enseguida. Ve saliendo, te veré en el coche. Mis cosas están al lado de la puerta.

Sintiéndose pesada como un tonel, Emma fue lentamente hacia la puerta, agarró su bolso y las llaves y llevó la caja de pinturas y el lienzo de Annie al coche. Después se tomó un momento para disfrutar del cielo azul brillante, los campos verdeando y los tulipanes meciéndose en la brisa. Habían nacido todos los cabritillos, entre ellos tres pares de gemelos, y estaban de maravilla, las ventas iban muy bien, sus clientes parecían contentos y, en general, las cosas mejoraban.

Excepto por el problemilla de enamorarse de la mano de obra. Miró el campo del norte, donde Cash, ayudado por un par de hombres, ponía mantillo alrededor de las varas de frambuesa, para evitar que el frío nocturno helara las raíces.

Al verla, él agitó la mano y Emma le devolvió el saludo. Había dicho en serio lo de que su generosidad la abrumaba, pero se había callado el efecto que tenía en su corazón. Por suerte, aún tenía suficiente claridad mental para no hacer el idiota, aunque se sintiera como una tonta.

Por ejemplo, para darse cuenta de que su nueva costumbre de cantar para ellos por la tarde, antes de volver a su casa, era señal de que «su» mundo real empezaba a reclamarlo. Cuanto más sanara, menos razón tenía para quedarse.

Por eso, una parte de ella anhelaba que se fuera ya y la dejara seguir con su vida, antes de que la fina barrera que separaba la idiotez de la tontería se disolviera por completo.

Annie y varios gatos salieron de la casa como una tromba. Veinte minutos después, dejaba a la anciana en casa de su profesora de arte.

—¡No olvides recogerme a las dos en punto! —le dijo Annie—. Tengo que ver el programa de Oprah.

—Sí, señora —Emma se llevó la mano a la frente, a modo de saludo y esperó a que entrara en la casa. Cuando arrancó el coche se dio cuenta de que tenía cuatro horas enteras para ella sola. Maravilloso.

Veinte minutos después, envuelta en el viejo albornoz de Lee, se inclinó sobre la bañera y echó un puñado de sales de baño de burbujas bajo el grifo del agua caliente. Cerró los ojos e inhaló el vapor con olor a gardenia. No recordaba la última vez que se había dado un baño, en vez de la habitual ducha apresurada.

Por si acaso, dejó el teléfono móvil a mano, sobre la tapa del inodoro. Después, apartó a El Rojo del borde de la bañera y se quitó el albornoz. Con un suspiro de placer se sumergió en las burbujas, riendo cuando agua y espuma se desbordaron, y al menos tres gatos corrieron espantados a esconderse. No podía remojarse del todo, estaba inmensa y la bañera era demasiado pequeña, pero era mejor que nada. Poco a poco, Emma notó que sus músculos se relajaban. Risueña, se acarició el vientre y se adormiló.

Se despertó unos minutos después. El agua estaba casi fría y apenas quedaban burbujas. Las cosas buenas de la vida nunca parecían durar lo suficiente.

Como los cucuruchos de helado. El sexo. Los baños calientes.

Los maridos.

—Deja de pensar en eso ahora mismo —farfulló, apoyando una mano en el borde de la bañera para levantarse.

Pero ese truco no funcionaba bien con un vientre del tamaño de una pelota de playa. Gruñendo, intentó apoyarse en la cadera, para descubrir que la bañera parecía más estrecha de lo que recordaba. Y más resbaladiza.

—Controla el pánico —se dijo, comprobando que daba igual hacia dónde intentara girar, las leyes de la física se habían confabulado contra ella.

Resumiendo, estaba desnuda, embarazadísima y atrapada en una bañera en la que no debería haberse metido para empezar.

«Un poco tarde para arrepentirse», pensó, contemplando a la media docena de gatos que habían entrado para contemplar la diversión. El Manchas Negras apoyó las patas en el borde de la bañera, examinó la situación y la miró con lo que parecía expresión de lástima. Emma lo salpicó e hizo otro infructuoso intento para desatascarse.

Si acaso, estaba hinchándose como una esponja por estar tanto tiempo en el agua. Comprendiendo que solo había una persona cerca para ayudarla, miró el teléfono móvil y suspiró.

«Algún día me reiré al recordar esto», pensó.

—¿Emma? —llamó Cash abriendo la puerta de golpe. Ella le había dicho que se había atascado y no podía levantarse —. ¿Dónde estás?

—En el cuarto de baño —se oyó al final del pasillo. Cash cruzó la casa corriendo, seguido por Bumble. Llegó a un cuarto de baño encharcado y vacío, excepto por algún que otro gato.

—¿Dónde…?

—Aquí dentro —dijo ella tras la cortina.

—¿Estás en la bañera?

—Eh, sí.

—Oh —Cash tuvo que controlar las ganas de echarse a reír—. Vaya. Esto es embarazoso.

—Dímelo a mí. Me he planteado quedarme aquí hasta que nazca el bebé. ¿Te estás riendo?

—No se me ocu… ocurriría.

—Creo que nunca te he oído reírte.

—Es posible —Cash soltó una carcajada.

—Vale, dame el albornoz —suspiró ella—. Me taparé lo mejor que pueda y luego puedes ayudarme a salir de aquí,

Cash recogió el albornoz y lo acercó al borde de la cortina. Una fuerza invisible se lo quitó.

—Y yo que pensaba que iba a verte desnuda.

—No acabas de decir eso.

—Por lo visto, sí —dijo él, pensando que tal vez tenía insolación o algo.

—Seguramente quedarías traumatizado para siempre. Créeme esto es mucha carne desnuda.

—¿Por qué iba a ser eso un problema?

Las anillas de la cortina chirriaron cuando Emma tiró de ella para abrirla. Con aspecto avergonzado, estaba en la bañera medio envuelta en el albornoz. El perro la miró como si quisiera meterse en la bañera a hacerle compañía.

—¿Tal vez porque no tenemos ese tipo de relación?

—Ahora sí —Cash arrugó la frente—. ¿Cómo lo hacemos?

—No estoy segura. Pero librarnos del perro, ¡Bumble, quieto!, podría ser un buen principio.

Tras un minuto de forcejeo con un perro de cincuenta kilos, empeñado en guardar a su ama, Cash consiguió echarlo y volvió a la bañera. Oía a Bumble aullar y golpear la puerta como si quisiera echarla abajo. Sin dar tiempo a Emma a protestar, se metió en la bañera, detrás de ella, la agarró por los sobacos y la levantó. Después salió de la bañera, le dio una toalla y se fue. Pero se quedó cerca, igual que Bumble, por si acaso.

—¿Sigues ahí? —preguntó ella desde el baño.

—Diablos, sí. ¿Cómo vas?

—Bien. Ahora —una pausa—. Gracias.

—De nada —Cash sonrió—. ¿Sigues avergonzada?

—¿Viste algo que no deberías haber visto?

—Por desgracia, no.

—Mientes fatal —Emma se rio con esa risa profunda y deliciosa que él empezaba a adorar.

—No tienes por qué avergonzarte…

—Oh, oh.

—¿Em? ¿Va todo bien?

—¿Aparte de que el suelo está más mojado que antes? Desde luego.

—No entiendo…

Tuvo que apartarse de un salto cuando la puerta se abrió de golpe y Emma salió.

—Viene el bebé —dijo. Cash se puso pálido.

Capítulo 8

AHORA? —preguntó, mientras Emma entraba en su dormitorio.

—Llama a Patrice. Su número está apuntado junto al teléfono de la cocina. Oh, vaya, necesito que alguien recoja a Annie de clase de pintura.

—¿Y los niños?

Emma salió más o menos vestida y fue hacia la cocina. Cash estaba como clavado al suelo.

—El autobús los traerá a casa, como siempre.

—¿Emma?

—¿Sí?

—El bebé… ¿llegó a darse la vuelta?

—No lo sé —dijo ella desde el umbral de la cocina, con el pelo alborotado y los ojos muy abiertos—. Habrá que esperar a que llegue Patrice para saberlo. V-vaya, ya est-t-tamos —dijo, riéndose—. En cuanto rompo aguas, empiezo a temblar como una hoja. Pasa todas las veces.

Después estalló en lágrimas. Él sabía que tendría que hacer algo, pero no sabía qué. ¿Hacer que se sentara? ¿Hervir agua? ¿Abrazarla? Cuando intentó eso último, ella lo rechazó con un gesto.

—No, estoy bien. Ve a llamar a Patrice. Después, ¿te importaría ir a recoger a Annie?

—No voy a dejarte sola, ni en broma.

—Vale, esperaremos a Patty, después puedes ir a por Annie —aceptó ella—. Oh, no, no —con la enorme camisa flotando a su alrededor, fue hacia el salón como una polilla aturdida, tropezando con Bumble y espantando gatos mientras recogía revistas y prendas de ropa de los muebles—. La casa está hecha un desastre. Pensaba limpiar mañana…

—Yo recogeré después de llamar a Patrice —Cash agarró sus hombros y la llevó hacia el sofá.

—No —ella se escabulló—. Tengo que hacer algo, tengo que… Auuuu, vaya —gimió. Se agarró al respaldo de una silla y se inclinó hacia delante, jadeando.

La angustia de Cash pasó, dejando tras de sí una sorprendente calma. Se dijo que superarían la situación. Que a Lee le habría alegrado saber que Emma no estaba sola.

Casi como si supiera lo que hacía, Cash se inclinó a su lado y le frotó la espalda, respirando al mismo ritmo que ella. Cuando pasó el momento, ella resopló y soltó una risa temblorosa.

—Ahora mismo, desearía ser una cabra.

—Ahora mismo, yo también desearía que lo fueras —dijo Cash.

Ella volvió a reírse. Después lo miró con ojos sinceros y confiados.

—Todo irá bien —dijo él, emocionado.

—No lo dudo. Pero ve. Llama —dijo ella—. A juzgar por esa contracción, esto será rápido.

Ese comentario no tranquilizó nada a Cash.

Antes de que Patrice la mirase tras examinarla, Emma lo supo.

—¿Sigue de nalgas?

—Está demasiado abajo para saberlo —la comadrona suspiró—. Odio tener que enviarte al hospital para que te hagan una ecografía, pero no quiero arriesgarme. ¿Cuándo fue la última contracción?

—Hace diez minutos. Pero fue tan fuerte que...

—A veces la primera después de romper aguas es así —dijo Patrice—, pero luego la cosa se tranquiliza un rato —le apretó la rodilla—. ¿Cash ha ido a recoger a Annie?

Emma asintió, echando tanto de menos a Lee que le dolía. Deseando tanto a Cash que le dolía aún más. Las lágrimas le quemaron los ojos. Patrice le dio un abrazo.

—Escúchame, hay muchísima gente que te quiere. Y ese Cash es el primero de la lista.

—No creo que...

—Tal vez deberías dejar de creer y abrir los ojos para ver lo que tienes delante de la cara. He visto cómo te miraba, justo antes de salir por la puerta.

—¿Te refieres a la mirada de muerto de miedo?

—Si no le importaras, no tendría miedo.

—Me parece que has estado viendo demasiadas películas románticas. Cash solo está aquí por un sentido de obligación hacia Lee, Patty.

—Sí, ya —la comadrona se puso en pie—. Puede que empezara así, pero apuesto a que ahora ve algo que quiere, y necesita, una barbaridad. Y si quieres saber mi opinión, el sentimiento es mutuo.

Una segunda contracción requirió toda la atención de Emma. Acababa de terminar cuando se oyó un portazo. Cinco segundos después, Annie estaba allí, con Cash a su espalda. Sus ojos brillaban como luces de Navidad que se apagaron un poco cuando Emma le dijo que seguramente el bebé no nacería allí.

—¡Iré al hospital contigo! —exclamó ella.

—¿Y quién se quedará con los niños?

—Ah, sí. Claro. Muy bien, así podré mimarlos sin que me regañes.

—Te quiero muchísimo, ¿lo sabes? —Emma, con los ojos llenos de lágrimas, la abrazó.

Annie le devolvió el abrazó y cuando la soltó tenía los ojos tan húmedos como Emma.

—Yo también te quiero, niña. Si no fuera por ti seguramente estaría en una residencia cenando chuletas resecas y judías verdes a diario.

—Patrice dice que es mejor que te lleve yo, ya que mi coche tiene amortiguación —dijo Cash desde el umbral. Estaba seguro de que entre Patrice y Emma no conseguirían ni diez dólares por sus tres vehículos.

—¿Qué pa-sa? —preguntó Hunter, entrando con Zoey—. ¿Por qué está aquí la camioneta de Patty?

—Viene el bebé —dijo Emma con voz suave—. Cash va a llevarme al hospital…

—¿Al hos-pital? ¡No! —Hunter se aferró a ella—. Dijiste que tendrías aquí al be-bé —la miró angustiado—. Lo prometiste. ¡Al hospital no!

—Cielo, no lo prometí… —jadeó al sentir otra contracción, más fuerte. Se concentró en la respiración, apoyándose en Hunter y ofreciéndole una sonrisa. Lo había preparado para ver el parto de su hermano, no para la posibilidad de no tenerlo en casa. Y hasta ese instante no había entendido lo que significaba para su hijo «ir al hospital».

La última vez que uno de sus padres había ido al hospital, no había regresado.

Zoey no supo si la sensación de miedo que le encogía el estómago provenía de su cerebro o de la mirada que veía en los ojos de su hermano. Pensó que tal vez debía decir algo para tranquilizarlo, sobre todo porque Patrice y la abuela estaban ocupadas frotando la espalda de mamá, pero no tenía ni idea de qué.

Por eso la alegró mucho que Cash se inclinara y les pusiera una mano en el hombro. También parecía un poco preocupado, como si no supiera qué decir, pero Zoey se sintió mejor.

—Lo que está haciendo tu mamá —dijo en voz baja—, es lo mismo que hicieron las cabras…

—Entonces, ¿por qué tiene que ir al hos-pital? —gimió Hunter, temblando de pies a cabeza.

—Para que se aseguren de que el bebé sale bien. Si está del revés no es bueno que lo tenga aquí…

—¿Y si va al hos-pital, pueden arreglarlo? —casi antes de que Cash dijera «sí», Hunter sacudió la cabeza—. Eso dijo ma-má cuando llevaron allí a papi. Que podían arreglarlo. Pero él se murió.

Zoey estaba intentando ser valiente, pero oír a Hunter estaba haciendo que se sintiera toda revuelta por dentro. Empezó a temblar y a llorar. Como si fuera una niña pequeña y boba.

—Eh, eh… —dijo Cash con voz suave, acuclillándose ante ellos—. Vuestro papá estaba enfermo. Más de lo que nadie sabía. No se murió por ir al hospital, sino porque tenía el corazón demasiado estropeado para que lo arreglaran. Eso no es lo que le pasa a vuestra mamá. ¿Recordáis que tuve que ayudar a Guisante y sacar al bebé? Vuestra madre va adonde hay gente que puede ayudarla y el bebé…

—¡Yo también quiero ir! —exclamó Zoey—. Quiero estar allí cuando nazca el bebé.

—Y yo…

—No podéis, cielitos —dijo su madre, sentándose en el sofá. Zoey había estado tan ocupada llorando que no se había dado cuenta de que su madre había terminado de vestirse y se había trenzado el pelo, como si fuera a la tienda y no al hospital. Y estaba sonriendo y le brillaban los ojos—. Aún no —dijo, agarrando las manos de los niños—. Además, si venís conmigo, ¿quién dará de comer a las cabras?

—¿Podemos darles una ga-lleta? —preguntó Hunter, animándose.

—Una por cabeza —contestó Emma—. No más.

Una lucecita se encendió en la mente de Zoey.

—Si no has vuelto mañana, ¿tenemos que ir al colegio? —preguntó Zoey, con ojos chispeantes.

Emma soltó una carcajada y Zoey recordó que cuando su papá había ido al hospital, mamá no se había reído nada.

—No. Mañana es día sin colegio. ¿Contentos?

Zoey asintió con tanta fuerza que pensó que se le iba a soltar la cabeza. Hunter no parecía muy convencido, pero seguramente no se acordaba de que mamá no se había reído la otra vez. Iba a decirlo cuando Cash abrazó a Hunter con fuerza.

—Todo va a ir bien, amigo. Te lo prometo —le dijo. Después miró a su mamá con expresión rara.

Y Zoey vio otra lucecita: Cash les quería. A mamá, a Hunter, a ella, a la abuela… a todos.

Aunque él no lo supiera todavía.

Cash supuso que el silencio de Emma de camino al hospital podía significar una de dos cosas: o que se estaba concentrando duramente en el bebé, o que estaba enfadada con él por lo que les había dicho a los niños. O incluso ambas.

—¿Te parece bien que hable? —preguntó por fin.

—¿Y distraerme de lo que está a punto de ocurrir? —Emma se rio—. Puedes apostar a que sí.

—Probablemente no debería haber prometido a los niños que todo iría bien. No porque no lo crea —añadió rápidamente—, sino porque las promesas tienen sus peligros.

—Lo sé —suspiró ella—. Pero no quiero que pasen la infancia pensando que el hombre del saco puede aparecer en cualquier rincón, que no pueden confiar en la felicidad. Quiero que crean que hay más bien que mal en la vida. Sin embargo…

Jugueteó con su larga trenza.

—Me duele no poder devolverles la inocencia. No poder prometerles que el bebé y yo estaremos bien.

—¿Tienes miedo? —se le quebró la voz.

—¿Por mí? No especialmente. Por ellos, por el bebé. No es que yo fuera una criaturita indefensa antes de la muerte de Lee. Nunca me han faltado retos. Pero que él muriera… hasta el final no lo creí. No dejaba de pensar que saldría adelante porque era Lee. Cuando no lo hizo… mi mundo se tambaleó más de lo que creía posible.

—Eso es toda una admisión, viniendo de ti.

—Eh, que no me desmorone ante un desastre no significa que no me afecte. No me malentiendas, lloré mucho al principio. Y expliqué a los niños que no era malo estar triste. Pero por más que lloraba, nunca era lo bastante para aliviar el dolor.

—¿Te sigue doliendo así?

—No. El dolor se fue solo. Casi todo. No es que no siga echando de menos a Lee. Sobre todo ahora —se acarició el vientre—. Pero lo que no me esperaba, cuando el dolor se fue, era que se llevara parte de mí con él. Como la inocencia de los niños, supongo, pero… no sé cómo explicarlo. No soy la persona que era. Y a veces eso me entristece, o me enfada. Aquí llega otra —dejó de hablar y se concentró en el ritmo de la respiración.

—Aún nos faltan diez minutos para llegar —dijo Cash cuando soltó la última bocanada de aire.

—Tranquilo. No es grave hasta que no te sientes como si te prendieran fuego en la entrepierna.

—Aún es pronto —dijo Cash.

—Lo sé. Eso estaba diciendo…

—No me refería al bebé, sino a Lee —la miró de reojo—. No hace ni un año que falta. Puede que esa parte de ti que crees haber perdido esté solo de vacaciones. Que vuelva en algún momento.

Emma tardó más de diez segundos en hablar.

—¿Eso significa que tú sigues esperando? ¿Aunque hayan pasado veinte años?

—¿Cómo haces para volver todo lo que digo en contra mía?

—Es un talento —dijo ella, antes de soltar un gemido y empezar a jadear como una loca.

—Casi hemos llegado —dijo él, para animarla.

—Me alegro —gimió ella, aunque no lo parecía.

* * *

—Los dos están bien —le dijo Cash a Annie por el móvil. Estaba apoyado en la pared, junto a la puerta de la habitación. Relajado por fuera, pero vibrando por dentro. Había recordado por qué evitaba las relaciones y era el candidato menos apropiado para ser «padre de familia»—. Pero a Em la fastidió no poder tenerlo de forma natural.

—¿El bebé no se había dado la vuelta?

—En realidad, sí. Pero era tan grande que se quedó atascado.

—¿Cuánto ha pesado?

—Cuatro kilos seiscientos. Pero los dos están bien —repitió—. Eso es lo importante.

—¿Y tú?

—Estoy de maravilla.

—¿Has visto al bebé?

—Claro, lo sacaron con ella, aunque los dos están dormidos. Diablos, Annie, es igualito que Lee —dijo Cash con un nudo en la garganta—. El pelo rubio y todo. Y con mofletes. He sacado un par de fotos con el móvil…

—Envíalas para que se las enseñe a los niños. Cash, Emma va a necesitar mucha más ayuda de lo que esperábamos. Después de una cesárea tardará en poder cargar con cestas de verduras. Por no hablar de la casa. Yo puedo cocinar, pero no sé si podré con un bebé de casi cinco kilos. ¡Y no tardará en ganar peso! Te agradeceríamos mucho que pudieras quedarte un tiempo.

—Annie, no sé nada de bebés…

—Te sorprenderá lo poco que le importará al bebé. Em quería que su madre viniera, pero ella no quiere dejar a su esposo, que tiene Alzheimer.

—Ya, me lo contó —apoyó la mano en la pared—. ¿De cuánto tiempo estamos hablando?

—Lee fue de cesárea y le dijeron a su madre que no hiciera esfuerzos durante seis semanas. Dudo que las cosas hayan cambiado mucho. Ay, señor, Hunter va a tener un ataque si no habla contigo…

—¿Está bien mi ma-má, Cash?

—Claro que sí, pero como tuvieron que operarla para sacar al bebé, tiene que estar en el hospital unos días. Y después… —cerró los ojos. Emma no esperaría que él se quedara allí tanto tiempo—. Tendrá que estar tranquila cuando vuelva a casa.

—¿Y quién va a cui-dar del be-bé?

—Supongo que tendremos que ayudarla —dijo Cash, recuperando la calma—. Espera, Hunter, te estoy enviando una foto del bebé. Ya. ¿La ves? —oyó las risitas de Zoey y Annie.

—¡Es igualito que Lee! —cacareó Annie.

—Es guapo, ¿eh? —Hunter recuperó la línea.

—Supongo —dijo Cash. El «¿Cuándo podemos ver a mamá?» de Zoey lo interrumpió—. Dile a tu hermana que mañana os traeré a ver a vuestra mamá y al bebé, cuando ambos hayan descansado. ¿De acuerdo?

Mientras guardaba el teléfono en el bolsillo, Cash se preguntó cómo había dejado que esa familia, que no era la suya, lo absorbiera tanto.

Y cómo distanciarse antes de hacerles daño.

Porque no era más que un extra. Alguien a quien habían colocado en el escenario mientras los de iluminación ajustaban los ángulos de los focos.

Entró en la habitación de Emma y ella sonrió, adormilada. Supo, sin lugar a duda, que no podía dejarla en la estacada.

—¿Te has quedado por aquí? —preguntó ella, arrastrando las palabras y con los ojos cerrados.

—¿Cómo has sabido que era yo?

—Las botas camperas. Las enfermeras no usan.

Cash, a los pies de la cama, metió las manos en los bolsillos. Se le hacía raro, e inquietante, ver a Emma con gotero, tan vulnerable.

—¿Cómo te encuentras?

—En ese tubo hay zumo de la felicidad —dijo ella abriendo los ojos, que parecían desenfocados—. Cuando quiero un chupito, pulso el botón. Ahora mismo, me encuentro genial.

—Has pulsado el botón a destajo, ¿eh?

—Mmmm —cerró los ojos y volvió a sonreír. Después, señaló vagamente el nido en el que estaba el bebé, envuelto como una salchicha—. Acerca a Skye para que lo vea.

—¿Seguro? —a Cash casi se le paró el corazón.

—Mmm —algo más despierta, se colocó de lado—. No lo romperás. Te lo prometo. Ponle una mano debajo de la cabeza y la otra bajo el culito. Seguramente ni se despertará.

Cash lo alzó en brazos e, instintivamente, lo apretó contra su pecho, sintiendo un bombardeo de pensamientos y emociones. No había contado con nada de eso cuando había ido a buscar a Lee…

—Te ves muy bien así —dijo Emma.

—¿Excepto por lo de no poderme mover?

—Un pie delante del otro —sonrió—. Así, eso es. Hola —ronroneó cuando Cash le puso a Skye en los brazos. Con labios temblorosos, besó sus deditos y luego abrió la manta y miró sus piececitos—. Es una maravilla, ¿verdad?

Después, rompió a llorar.

Cash se acercó y se detuvo, sin saber qué decir o qué hacer. Pero verla tan infeliz lo destrozaba.

—Perdona —sollozó Emma. Cash le acercó la caja de pañuelos de papel que había en la mesilla—. Ocho meses tendrían que haber bastado para prepararme… —con el rostro empapado en lágrimas, tocó la carita del bebé.

—No es justo —consiguió decir Cash—. Lee es quien tendría que estar aquí. No yo.

—Había olvidado que cuando son recién nacidos no puedo dejar de mirarlos —dijo Emma, con la vista clavada en el bebé—. Se secó los ojos y se sonó la nariz—. Cash, no sería normal si no estuviera echando de menos al padre de mi bebé, en este momento. Pero…

Alzó la vista hacia él y sonrió con tristeza.

—Pero no tiene sentido pensar en cómo tendrían que ser las cosas. Quería a Lee con todo mi corazón pero se ha ido. Has sido tú quien nos ha ayudado y cuidado estas últimas semanas. Y te estoy más agradecida de lo que puedo expresar. Lee también lo estaría. Has sido un amigo de verdad. Igual que lo fuiste para Lee —volvió a mirar al bebé—. No me extraña que hablara de ti todo el tiempo. Eres un hombre especial, Cash.

—Es el zumo de la felicidad quien habla.

Ella rio y se echó el pelo detrás del hombro, pero volvió a caer hacia delante, sobre el bebé.

—Puede que el zumo de la felicidad me esté dando el coraje de decirlo, pero es verdad. Cada palabra, ¿a que sí, Skye? No sabemos cómo nos habríamos apañado sin tu ayuda.

—Caramba. Hoy estás llenas de alabanzas.

—Aprovéchalas mientras duren.

—Entonces… Supongo que no te molestará que me quede más tiempo por aquí. Annie dice que tardarás al menos seis semanas en recuperarte.

—¿Annie te ha pedido que te quedes?

—Más o menos.

—¿Y le dijiste que sí?

—No dije que no.

—No tendría que haberlo hecho —Emma arrugó la frente—. ¿No tienes una vida que retomar?

—¿Estás intentando echarme?

—En absoluto. Pero no quiero que te sientas obligado solo porque te lo ha pedido Annie.

—¡Lo haría por ti, no por Annie! —exclamó Cash con enfado—. Yo no rompo mis promesas…

—Pero no promet…

—Déjame acabar, Emma. Nunca he interrumpido una gira, ni abandonado una sesión de grabación ni dejado de trabajar en una canción porque la cosa se pusiera difícil —metió las manos en los bolsillos—. Ni he puesto fin a una relación, excepto con mi padre. No puedo evitarlo, no soporto dejar las cosas sin terminar.

Se acercó lo suficiente para curvar la mano sobre la cabeza de Skye, cubierta con un gorrito de lana. Las emociones lo embargaban.

—Prometí quedarme hasta que estuvieras en pie. La verdad, no sé si le hice la promesa a Lee, a ti, a mí o a un poder superior, pero la hice —la miró a los ojos—. Que ese se alargue más de lo esperado es irrelevante. Créeme, cuando sea hora de que me marche, ambos lo sabremos.

—De acuerdo, entonces —aceptó ella tras una larga pausa—. Me vendrá bien la ayuda —sonrió—. ¿Ves? Aprendo poco a poco. Pero tendrías que quedarte en la casa, ¿eso no te incomodará?

—Yo diría que el incidente de la bañera acabó con eso. Si buscaba recuerdos que reemplazaran a los malos, ese sin duda lo ha conseguido.

La risa de Emma llegó a lo más profundo de su ser, acariciándolo y acercándolo a ella.

—Supongo que Hunter puede dormir en el cuarto de Zoey unas semanas, y tú en su habitación. A Hunter le parecerá un trato justo.

—Entonces, arreglado —dijo Cash, que se sentía como una polilla acercándose al fuego—. Les diré a los demás lo que hemos decidido. Y los traeré de visita mañana, si te parece bien. Yo podría volver esta noche, si quieres.

—Ya has hecho bastante por un día —dijo ella tras un leve silencio—. Y ten en cuenta que estaremos unas semanas viéndonos a todas horas.

Él, sintiendo que la aprensión le impedía respirar, le puso la mano en el hombro y se inclinó para besar su cabeza. Unos ojos interrogantes y cansados se encontraron con los suyos.

—Hasta mañana entonces —se despidió.

—Muy bien —respondió ella.

Cash salió del hospital casi corriendo. En el fondo sabía que quedarse era lo correcto. Seguramente lo mejor que había hecho en su vida.

Pero, entonces, ¿por qué le parecía mal?

Capítulo 9

CUATRO días después de dar a luz, Emma subió los escalones del porche precedida por un entusiasmado Bumble, para encontrarse con una fiesta de bienvenida que haría sentirse orgullosa a cualquier madre. Cansada, pero orgullosa. Hunter y Zoey incluso habían pintado una pancarta con los colores del arcoíris que rezaba *¡Bienvenido a casa, Bebé Skye!*, en lo que Emma esperaba fuera una sábana vieja. Jewel y Patrice estaban allí, así como algunas señoras de la parroquia y compañeras de clase de arte de Annie, ninguna menor de setenta años, y todas llevaban puestos gorros de fiesta que habían sobrado de una celebración de Nochevieja de ¡hacía siete años! Emma se rio, aunque dolía hacerlo.

Había más comida de la que podrían consumir en un mes, regalos para el bebé y, en medio de todo, Cash, llevando a Skye y, aparentemente cómodo siendo el único gallo en ese gallinero.

«¿Qué voy a hacer contigo?», pensó Emma cuando, solícito, la condujo al sofá de la sala. ¿Cómo iba a sobrevivir a seis semanas de su presencia? Aunque no había habido más besos, entre otras cosas porque no habían vuelto a estar solos, algo había cambiado entre ellos en el momento en que sus labios la rozaron. Algo que no iba a facilitar las cosas.

—¡Tenemos una sorpresa! —clamó Annie.

Emma gruñó. Cuando le habían retirado el zumo de la felicidad, la realidad había golpeado con fuerza: estaba dolorida, débil y de mal humor, sobre todo desde que le había subido la leche y el bebé la tomaba por una tienda veinticuatro horas.

—Me habéis emocionado, de verdad, pero creo que no estoy para mucha fiesta...

—Para esto sí estarás —dijo Annie—. Ya está aquí, puedes salir.

Un segundo después, Emma vio a su madre acercarse con los brazos abiertos. Soltó un gritito y luego empezó a llorar, por enésima vez desde el parto. Si las lágrimas hicieran perder peso, en un par de días parecería una supermodelo.

—¿Cómo has...? —sollozó en el pecho de su madre, inhalando su familiar aroma. Gayle Stoddard medía un metro ochenta y su filosofía era «cuanto más maquillaje, mejor». Era imponente.

—Eso da igual —dijo, dando una palmadita en la mano de Emma—. Lo importante es que estoy aquí. Ahora, deja que vea al niño. ¡Madre mía! —exclamó, desatando a Skye del asiento y sentándose en el sofá con el niño sobre el regazo. Sonrió a sus otros dos nietos—. ¡Es más grande de lo que eráis vosotros dos juntos!

Siguió parloteando sin descanso, como si su visita

fuera lo más normal del mundo. Pero cuando la fiesta terminó, una hora después, y Cash y los niños salieron a ocuparse de las tareas pendientes, Emma decidió que necesitaba explicaciones.

—No es que no esté encantada —dijo desde la mesa de la cocina, mientras su madre recogía, limpiaba y comentaba las ofrendas comestibles—. Pero hace menos de una semana dijiste que no podías venir. Y ahora estás aquí.

—Solo para el fin de semana —dijo Gayle, de espaldas a Emma—. ¿Puedo dormir contigo? Hunter me ha dicho que dormirá en la habitación de Zoey mientras Cash esté aquí.

—Cash no tendrá nada que ver con que estés aquí, ¿verdad?

—Te juro que no tenía ni idea de que no lo sabías —su madre se volvió hacia ella—. Pero sí. Bueno, él y Annie. Fue Cash quien me llamó cuando nació el bebé, para preguntarme si podía venir aunque solo fuera un par de días.

—Pero… ¿y papá?

—La verdad, cariño… —su madre se sentó frente a ella, con expresión de culpabilidad—. Lo llevé a una residencia para gente con Alzheimer. Un sitio donde pueden cuidarlo mucho mejor que yo.

Emma miró a su madre asombrada.

—¿Cuándo fue eso? ¿Por qué no me lo dijiste?

—Hace seis meses. Y no te lo dije porque… porque tuve que vender la casa. Para pagar las cuotas iniciales.

—¡Mamá!

—Ya tenías bastantes problemas sin preocuparte por mí. Y no me mires así, no es como si estuviera en la calle. Tengo un apartamento adorable cerca de tu padre. De hecho —sacó el teléfono móvil del bolsillo y fue junto a Emma—, saqué fotos antes de venir —mientras Emma miraba las fotos, su madre añadió—. Como ya casi no conduzco y los billetes de avión de última hora son prohibitivos…

.—Cash te compró uno.

—Sí. No lo supe hasta que miré el correo electrónico hace dos días y allí estaba —sus ojos chispearon con curiosidad—. En circunstancias normales, pensaría que está coladito por ti. ¿He de suponer que no son circunstancias normales?

Emma le devolvió el teléfono y rio con desgana. Su madre se recostó y cruzó los brazos.

—¿Él te gusta?

—No te emociones —dijo Emma, levantándose con cuidado. Bumble se puso en pie, sin apartar la mirada del bebé; parecía dispuesto a protegerlo hasta el fin—. Cash es un hombre generoso y atribulado que está aquí por sus propias razones. En cuanto esté recuperada, se irá. Y no, no intentaré convencerlo para que se quede.

—¿Por qué tengo la sensación de que eso no te hace muy feliz? —su madre la miró fijamente.

—Mamá, te quiero. Y agradezco mucho que estés aquí. Pero estoy demasiado cansada para hablar de esto contigo o con cualquiera —bostezó—. De hecho, me voy a la cama con mi bebé y mi perro. ¿Te importaría llevarme a Skye?

Su madre se levantó y le dio un abrazo. Y Emma abrió el grifo de las lágrimas otra vez.

Cash que volvía de llevar a Gayle al aeropuerto, entró en la casa. Olía a café y a velas de vainilla y a suavizante. Pensó, no por primera vez, que la presencia de Emma y su familia en la casa había borrado todo rastro de su padre y de los viejos recuerdos. Ya no podían hacerle daño.

Tal vez habían comenzado a disolverse cuando empezó a dar clases de guitarra a Hunter. Pero para cuando se instaló en la colorida habitación del niño y pasó la primera noche entre sábanas con estampado de animales de la selva, había dejado de pensar en la casa como si hubiera sido su hogar.

Era un huésped en el hogar de otros.

Encontró a Emma en la cocina, con el bebé en su balancín, sobre la mesa. Bumble, como siempre, estaba comatoso a sus pies. Vestida con una de sus amplias camisas, con el pelo recogido en la nuca, miraba su ordenador portátil y una pila de recibos y papeles que había al lado.

—Creía que tenías que tomártelo con calma —dijo él. Intentó centrar la atención en los refrescos de la nevera, en vez de en el siseo que se despertaba en su sangre cada vez que la veía.

—No tengo la cicatriz en la cabeza —dijo ella, mirando de los papeles al ordenador y tecleando cifras—. Y el portátil no pesa ni la mitad que Skye. Así que estoy bien. Por cierto, ha llamado la maestra de Hunter —lo miró—, le ha dicho que ibas a ir a actuar para los niños de la clase.

—Es verdad —admitió él, sonrojándose un poco.

—¿Cuándo fue eso?

—Mientras estabas en el hospital. Me lo pidió y dije que sí —encogió los hombros—. No es nada.

—Para Hunter sí. Por no hablar de su clase. Me preguntó si te iría bien dentro de dos semanas.

—La llamaré y concretaremos los detalles. He tocado en colegios antes, Em —dijo, al ver su expresión de perplejidad—. Y…

—Y echas de menos estar en escena. Admítelo.

Cash se sentó frente a ella y cruzó las piernas. Como si ver sus ojeras de cansancio no lo afectara. Como si la situación no lo estuviera volviendo medio loco. Su cerebro parecía haberse partido en dos: el viejo «lo importante es Cash» frente al nuevo y algo mejorado Cash.

—Es posible —encogió los hombros. Enseñando a Hunter y tocando la guitarra en el porche después de cenar, había empezado a pensar que su relación con la música no estaba acabada. Incluso había escrito dos canciones—. Es difícil olvidar algo que llevo haciendo dos tercios de mi vida.

—Ya lo imagino —repuso ella. Volvió a su tarea.

—¿Quieres que empiece a preparar la cena, o algo? —preguntó él, moviendo la pierna.

—Ya está en la olla —dijo ella—. El guiso tampoco pesaba cinco kilos.

—Emma…

—Tengo que seguir en marcha, Cash —dijo ella, sin mirarlo—. Mamá se ha ido y tú no estarás aquí para siempre; no tiene sentido acostumbrarme a que la gente haga mis tareas.

—Pero el médico dijo…

—Que no me excediera —Emma cerró el ordenador y lo miró, claramente exhausta—. No haré ninguna tontería, ¿de acuerdo? Pero mi vida, no se ha parado porque haya tenido un bebé.

—Si Lee estuviera aquí, ¿qué estaría haciendo?

—Siguiéndome. Preocupándose. Volviéndome aún más loca que tú, seguramente.

—Aparte de eso.

—Una vez plantado todo, es cuestión de esperar. Aparte de las verduras del invernadero, no habrá mucho que cosechar hasta mediados de junio. Las cabras necesitan atención: desparasitación, arreglar las pezuñas. ¿Puedes encargarte de eso?

—Sí. Pero me refería a dentro de la casa. Con el bebé. Los niños. ¿Te llevaría Lee al bebé por la noche? ¿Le cambiaría los pañales?

Ella asintió, dejando escapar una lagrimita.

—Puedo hacer esas cosas.

Desde su sillita, Skye soltó un aullido. Emma miró el reloj de pared y suspiró.

—Cada tres horas exactas —se puso en pie—. Aún tengo que tumbarme para darle de mamar.

—Ve a colocarte, yo llevaré al niño.

Cash sacó al bebé de la sillita y se lo puso sobre el pecho. Pero en vez de relajarse el bebé gritó con más fuerza, como si supiera que Cash no tenía lo que él quería. Era la historia de su vida.

Cuando llegó, Emma estaba tumbada sobre la cama, rodeada de almohadones. Durante un momento, Cash se imaginó tumbado junto a ella.

—¿Quieres que le cambie el pañal? —ofreció él.

—No. Suelo hacerlo a mitad de camino, cuando cambio de pecho. Dámelo. No, no te vayas, por favor. No verás nada, te lo prometo.

—Eso estropea la diversión, ¿no? —bromeó él.

—Eres terrible, la verdad —ladeó la cabeza señalando un sillón que había junto a la cama—. Siéntate y hazme compañía. Háblame de tus ex.

—¿Qué? —Cash se sentó—. ¿Por qué?

—Porque estoy aburridísima, para empezar. Y porque quiero saber como no una, sino dos mujeres fueron tan estúpidas como para dejarte ir.

—Creo que, más bien, se morían de ganas de alejarse de mí —dijo Cash, que sufría un terremoto interno—. Entonces era un desastre —afirmó, al ver que ella lo miraba con incredulidad—. Lo único que hacía bien era tomar malas decisiones.

—Excepto respecto a tu carrera.

—Eso fue pura suerte de principiante.

—Y talento.

—Dios sabe que gente con mucho más talento que yo no ha llegado a ninguna parte. O no muy lejos —rezongó él—. Mi carrera no tuvo mucho que ver con la elección —suspiró—. Pero mis esposas, eso es otro tema. Sobre todo la primera…

—¿Su nombre?

—Misty. Yo tenía veintiún años y estaba tan lleno de mí mismo como se puede estar sin explotar. Según los terapeutas, se conoce como compensación de la carencia de autoestima. El caso es que Misty era bonita, divertida y me hacía sentir importante. Así que me casé con ella.

—¿Así, sin más?

—Y te extraña que no durara —dijo Cash, irónico—. Básicamente, nos aburrimos el uno del otro. Ella quería su propia carrera y no le interesaba apoyar la mía. No la culpo por eso, pero no llegó a triunfar. Lo último que oí, es que se había casado con un gerente de casino y vivía en Las Vegas. Hablamos muy de vez en cuando, pero… es como si lo nuestro no hubiera existido.

—¿Y la Esposa Número Dos?

—Esa es Francine. Entonces ya tenía veintiséis años. Era algo mayor, pero no más sabio —simuló que vaciaba un vaso de un trago—. A ella no le interesaba la escena, pero me criticaba por pasar tanto tiempo de viaje. A pesar de que la había conocido estando en la carretera.

—¿Era una grupi?

—Dios, no. Su padre tenía una tienda de música en Dallas, donde compré cuerdas un día. Era bonita, divertida y me… —arrugó las mejillas—. Se podría decir que había una pauta.

—¿Y qué ocurrió? —preguntó Emma, sonriente.

—Discutíamos. Mucho. Ella quería un niño. Yo no —miró al bebé que se movía bajo la manta—. La diferencia era que yo sabía por qué no quería un hijo. Aparte de que estaba siempre en la carretera, no me sentía cualificado para ser padre de nadie. Francine, en cambio, me parecía que quería ser mamá para que alguien la amara.

—Te tenía a ti.

—Lo que teníamos era un matrimonio vacío —rio con amargura—. Parecía bien desde fuera, pero dentro no había nada. Y no me extraña, porque yo no tenía nada que ofrecer. No me sorprendió mucho volver de gira una Nochebuena y encontrar una nota en la mesa. Decía que volvía a Dallas y no quería volver a verme ni saber de mí.

—Eso es terrible.

—La verdad, fue un alivio. No hay nada peor que no estar a la altura de las expectativas de otra persona.

—¿No te pidió pensión alimenticia?

—Por lo visto ya tenía Plan B. No había estado sola y aburrida mientras yo viajaba.

—Oh, Cash —dijo Emma, mirando al bebé—. Si me traes un pañal y toallitas húmedas lo cambiaré.

—No, no… —él se levantó para quitarle el bebé y lo puso al otro lado de la cama—. No me digas lo que hay que hacer. Puedo descubrir la técnica yo solo.

—Adelante —Emma apoyó la cabeza en la mano, observando. No dijo nada, aunque él utilizó seis toallitas para limpiarle el culete. Y dos pañales, porque tuvo que colocar uno sobre el geiser que entró en erupción antes de que acabara.

—Podrías haberme avisado de esa parte —dijo él, devolviéndole el bebé limpio.

—¿Y estropearme la diversión? Nada de eso —se sentó para poner al niño en el otro pecho. Después miró a Cash de nuevo—. ¿Y no ha habido nadie desde entonces?

—Nada serio —en vez de sentarse, Cash apoyó una mano a los pies de la cama—. ¿Por qué puedo hablar contigo mejor que con nadie?

—Tal vez porque no espero nada de ti.

—Tal vez.

—Se ha dormido —musitó ella un minuto después, quitándose al bebé del pecho—. ¿Te importaría acostarlo?

—Para nada —dijo Cash, casi sorprendiéndose al comprobar lo agradable que era sentir al bebé tan cerca. Lo colocó de espaldas en la cuna, observando con asombro la diminuta boca abierta, las mejillas regordetas y las manitas cerradas. Emma llegó y se puso detrás de él. Su aroma y su confianza lo excitaron más de lo que habría creído posible. Lo volvieron del revés.

—Es igualito que Lee —como ella no dijo nada, se dio la vuelta—. Perdona…

—No, no importa —acarició la cabecita del bebé—. Tu segundo matrimonio, ¿acabó más o menos cuando dejaste de beber? —hizo una pausa—. Siempre se me dieron bien las matemáticas.

—¿Recuerdas que te hablé de un accidente? Fue

justo después de que Francine se fuera. Me enfadé, me emborraché y subí al coche. Doy gracias a mi buena estrella de que no acabara peor.

—Entonces, ¿la querías?

—¿Sinceramente? No sé si he llegado a querer a alguien en el sentido al que se refiere la gente. Pero intenté con Francine, tanto como pude. Ser un esposo decente, quiero decir. Bebía demasiado y pasaba mucho tiempo lejos, pero... —se cruzó de brazos—. En la carretera hay muchas tentaciones y oportunidades. Cuando estaba soltero, aproveché algunas, pero nunca estando casado. Así que cuando Francine se marchó, lo que me dolió fue el fracaso. Que mi mejor intento no hubiera bastado.

Por una vez, pareció que Emma no tenía nada que decir. Ninguna perla de sabiduría que ofrecer.

—Tendrías que aprovechar para descansar mientras duerme. ¿Quieres que haga la colada?

—¿Sabes hacer la colada? Pues adelante. Echaré una siestecita —dijo ella volviendo a la cama y tumbándose de lado.

Emma nunca había visto el aparcamiento del colegio tan lleno. La maestra de Hunter había llamado la noche anterior, entre compungida y apopléjica. Por lo visto, la noticia de que Cash iba a actuar para la clase de Hunter había corrido como la pólvora, primero por el colegio y luego por el pueblo. La maestra dudaba que la cafetería del colegio fuera lo bastante grande para todos y lo sentía muchísimo porque no era lo que Cash había pretendido. No se calmó hasta que Cash le aseguró que no estaba en absoluto molesto.

—¿Estás seguro de esto? —le preguntó Emma a

Cash que, con la ayuda del conserje, descargaba tres guitarras y un amplificador de la parte trasera del coche. A su lado, Annie parloteaba con el bebé en su sillita, mientras docenas de personas entraban al edificio de ladrillo.

—Más que seguro —dijo él, colgándose una guitarra del hombro con expresión de paz—. Me recuerda a cuando empecé. Bastaba que alguien preguntara «¿sabes tocar eso?» para que me lanzara —miró el edificio—. ¿Habrá cambiado mucho desde que Lee y yo estudiamos aquí?

—Lo dudo —sonrió Emma.

—Podemos entrar por aquí —dijo Sal, el conserje, señalando la puerta de la cafetería—. Hemos montado un escenario. Y hay luces, las que se usaron en la última obra de teatro.

—No podría pedir más —dijo Cash, volviéndose hacia Emma con expresión preocupada—. ¿Estás segura de querer quedarte?

—Estoy bien, Cash —le sonrió. Físicamente había mejorado mucho, aunque tardaría en poder cargar con sacos de veinte kilos. Y, por suerte, Skye dormía cinco horas seguidas algunas noches. Volvía a sentirse casi humana—. Venga, actúa. Si oyes algún silbido erótico, será de Annie. Pero le hice jurar que no lanzaría las bragas al escenario.

—Aguafiestas —rezongó Annie, sonriente. Cash soltó una risotada. Se sentía feliz.

—Bien está saberlo. Os veré después.

Emma, suspirando, se unió a la multitud que iba hacia la puerta delantera. Annie empujaba la sillita de paseo del bebé, repeinada y sonriente.

Encontraron sitio en la parte de atrás de la sala, repleta. Annie, risueña, empezó a abanicarse con un viejo panfleto que sacó del bolso.

—Si el jefe de incendios se entera de lo que hay aquí, estamos jorobados.

—¡Annie! —la recriminó Emma con una risita.

Cash subió al escenario. Estaba imponente considerando que llevaba dos semanas ocupándose del bebé tanto como Emma, y durmiendo tan poco como ella. Con vaqueros desteñidos y una camisa de cuadros, no parecía una estrella.

Hasta que sonrió y se estableció una inmediata conexión eléctrica entre él y la audiencia.

—¡Vaya! —exclamó con una reverencia exagerada que hizo reír a los doscientos niños que había sentados en el suelo ante el escenario—. ¿De dónde habéis salido? —se oyeron más risitas. Se puso las manos en las caderas y escrutó al público—. ¿Hunter? ¿Dónde estás, amigo?

—¡Aquí! —gritó Hunter. Cash sonrió al público—. Mi buen amigo Hunter me pidió que viniera a cantar para su clase —dijo con un tono de voz grave y sensual que hizo estremecerse a todas las mujeres presentes—. ¡Creo que olvidé decirle que guardara el secreto! —todo el mundo se rio.

Emma vio que Cash se crecía con la atención.

Cash se sentó en un taburete, ante el micrófono.

—¿Sabéis una cosa? —señaló las guitarras eléctricas y los amplificadores que había tras él, y luego agarró la vieja guitarra acústica que solía tocar en el porche—. Todo eso a veces sobra, por lo menos aquí. Muchos no sabéis que crecí aquí, hasta que me fui de casa con dieciséis años. Algo que, por cierto, no recomiendo —miró a los chavales que tenía delante—. Esta fue mi escuela. Señorita Hutchinson ¿sigue aquí?

—¡Desde luego! —contestó una voz aguda. Todos rieron—. Pero ahora soy la señora Álvarez.

Cash mirando a la rubia de mediana edad, se llevó una mano al corazón.

—¿No me esperó? Me destroza saberlo.

—Tenías seis años, Cash —dijo ella, riendo.

—Era lo bastante mayor para saber que tenía a la maestra más sexy de todo Nuevo México —guiñó el ojo a la audiencia y dio una palmada a la guitarra—. Es hora de algo de música. ¿Alguna petición?

Durante media hora cantó y tocó como debía haberlo hecho en sus principios, apoyándose solo en su voz grave y clara y en el sonido de una vieja guitarra acústica. Más de una vez, Emma sintió que las lágrimas afloraban a sus ojos. A veces por la música, a veces por el hombre que cantaba.

—Lo sé, niña. Lo sé —murmuró Annie en un momento dado, dándole una palmada en la mano.

Pero fue al final del concierto, cuando Cash invitó a los niños a subir a escena con él, cuando Emma se perdió del todo. Hunter le susurró algo a Cash y él asintió y llevó la guitarra acústica a una niña discapacitada, sentada en una silla de ruedas, que había en la audiencia. Cash se acuclilló a su lado, le puso la guitarra en el regazo y, tomando su mano, la ayudó a rasguear.

La deslumbrante sonrisa de la niña no dejó lugar a dudas sobre lo que sentía. Y cuando las miradas de Cash y Emma se encontraron, el amor que los unía empezó a fluir como si no tuviera fin.

Capítulo 10

HOY ha sido el mejor día del mundo —le dijo Hunter a Cash en la mesa de la cocina esa noche—. Ahora tengo muchos más amigos —soltó una risita.

—¡Yo también! —clamó Zoey, sonriente—. Suenas mucho mejor en persona que en CD.

—¿En serio? —la verdad era que Cash seguía en las nubes. Conectar con la audiencia, fuera cual fuera, era la mejor droga—. Así que todo ese dinero que gasté en mezclas de sonido y todo...

—Un desperdicio —dijo Zoey.

Annie se llevó la servilleta a los labios para apagar su risa.

—¿Qué dijiste que era esto? —preguntó Annie señalando el guiso donado por Donna Garrett, que llevaba en el congelador desde que nació Skye.

—No estoy segura de que tenga nombre —dijo Emma, pinchando con el tenedor lo que parecía un trozo de jamón. Después miró a Cash—. Admítelo, lo has pasado de maravilla, ¿a que sí?

Emma había estado muy callada durante el viaje de vuelta a casa, como si se hubiera agotado. Sin embargo, había parecido recuperada cuando Cash regresó de hacer el reparto de verduras frescas a dos restaurantes y tres hotelitos.

—No voy a mentir —dijo Cash—. Me ha gustado volver a actuar. Mucho más de lo que esperaba.

—Has estado genial —afirmó Zoey.

—Sí —corroboró Hunter—. ¿Puedo dejar la mesa?

—Yo también —dijo Zoey, levantándose antes de que Emma le diera permiso—. Abuela, ¿podemos llevar a Skye de paseo? Todavía hay luz —dijo, al ver que su madre iba a protestar—. ¡Y hace calor! Solo hasta casa de Verónica, por favor.

—Sí. ¡Vamos a ver los gatitos de Ver-óni-ca! —exclamó Hunter.

—¿Verónica tiene gatitos? —Annie se levantó a toda prisa—. ¿Por qué no me lo habéis dicho? Zoey cambia a Skye, y tú Hunter, trae el cochecito…

—¡No te atrevas a traer ni un gato más! —le dijo Emma a Annie, que salía de la cocina seguida por el montón de gatos que ya tenían. Tras cinco minutos de caos, ella y los niños salieron.

—¿Oyes eso? —Emma cerró los ojos.

—No oigo nada —replicó Cash.

—Lo sé —suspiró ella—. ¿No es maravilloso?

Abrió los ojos y se encontró con la mirada Cash. Él se ordenó mirar hacia otro lado pero, por suerte Emma se levantó para empezar a recoger.

—Deja que… —empezó él.

—No, puedo hacerlo —dijo ella, apilando los platos. Suspiró cuando Cash se los quitó.

—No lo entiendo —le dijo.

—¿El qué? —dijo él, volviendo con una bandeja para recoger el resto de la mesa.

—Que creas que no se te dan bien los niños. Lo que hiciste hoy no fue una representación, Cash. Fue real. Ese eras tú.

—No iba a portarme como un imbécil con toda esa gente mirándome —dijo él, enrojeciendo.

—Olvidas que te veo a diario con mis hijos. Siempre los tratas con paciencia y amabilidad.

—Ya, pero no cuesta mucho ser agradable cuando sabes que no te quedarás el tiempo suficiente para estropearlo todo —abrió el lavavajillas y empezó a llenar la bandeja inferior—. No son mis hijos, no son mi responsabilidad.

—Puede que no —dijo ella yendo hasta él—. Pero no eres ningún estúpido. Y no vas a ganar la discusión, así que será mejor que te rindas ahora.

—¡Maldita sea, Emma! —Cash se volvió hacia ella y dejó que su mirada lo absorbiera—. Estoy loco por ti, ¿lo sabes?

Las palabras flotaron en el aire un momento, hasta desvanecerse. Entonces Emma curvó los labios con una sonrisa que devastó a Cash.

—Sí. A mí me pasa igual —titubeó un segundo y después alzó la mano y pasó los nudillos por su pómulo—. Más loca que nunca.

Emma vio a Cash tragar saliva y deseó besar su cuello, hacer que ese hombre formara parte de ella de múltiples maneras. Se le secó la garganta.

—¿Eso no es algo malo? —preguntó él.

—No sé —Emma encogió los hombros—. En realidad no me importa.

Él puso una mano sobre la de ella, que temió que

la rechazara, apartándola. Por eso le dio un vuelco el corazón cuando él le dio la vuelta a la mano y depositó un beso en el centro de su palma. Emma dejó escapar un gemido de placer.

—¿Tan fácil es excitarte? —sonrió él.

—Es un don.

Él dejó escapar una risita teñida de tristeza.

—Entonces, para que no haya malentendidos… ¿estás intentando seducirme?

—Solo hasta el punto admisible en una mujer que pasó por el quirófano hace tres semanas. El espíritu está deseoso, pero dudo que el cuerpo acompañe hasta dentro de tres semanas o así.

Él soltó el aire de golpe, la rodeó con sus brazos y apoyó la mejilla en su cabello.

—Para que no haya malentendidos —dijo ella contra su pecho—. ¿Esto significa que estás interesado, o que te doy lástima?

—Me inspiras un montón de cosas, Emma, pero lástima no es una de ellas, te lo aseguro.

—¿En serio? —se echó atrás para mirarlo.

—Mucho —sus ojos adquirieron un tono gris tormenta—. Pero no me das la impresión de ser una persona a la que le guste tontear por pasar el rato.

—No lo soy.

—No quiero hacerte daño, Em.

—Esa es la razón de que no esté atacándote ahora mismo. Yo tampoco quiero hacerme daño.

—No —se rio él—. No me refería a eso.

—Lo sé —se apartó de sus brazos y se obligó a pensar en algo que hacer, algo mundano, real y poco sexy. Como poner la mesa para el desayuno del día siguiente—. Intentaba aligerar el ambiente —dijo, sacando los cuencos del armario.

Estuvo a punto de dejar caer uno cuando él le alzó el cabello para depositar un beso en su nuca. Después, le dio la vuelta y capturó su boca con suavidad, tentativamente. Enredó los dedos en su cabello y añadió pasión al beso. Los labios de ella se abrieron, dándole la bienvenida.

Emma se dejó absorber por la cálida y dulce neblina y dejó de pensar.

Él entrelazó los dedos con los de ella y apoyó las manos en la encimera, a ambos lados de sus caderas, de modo que solo labios, lenguas y dientes estuvieran en contacto. Succionó su labio inferior, juguetón, provocando una vorágine de sensaciones. Ella se rio de repente.

—Es muy agradable tontear contigo, señor Cochran —dijo, mirando sus ojos oscuros de deseo y confusión.

Él sonrió.

—Y contigo —susurró él—. Pero no olvides que estás haciendo esto con un mal tipo.

—Tú no eres un…

—Shhh —se acercó más. Mucho más.

Tanto que, para no aplastarla, tuvo que subirla a la encimera y hacer que rodeara sus caderas con las piernas.

—Por lo visto, te alegras de verme —bromeó Emma.

Esa vez él se rio y volvió a besarla. Posiblemente fue el beso más profundo, húmedo y devastador que había recibido en su vida, y eso era decir mucho. Justo cuando Emma adquiría conciencia de que estaban en medio de la cocina, él empujó un poquito más y ella sintió un intenso y delicioso cosquilleo entre las piernas.

Tuvo un instante de miedo, preguntándose si su reciente cesárea aguantaría ese terremoto, pero como parecía que sí pensó «por todos los cielos, relájate y disfruta». Y lo hizo.

Muchísimo.

—¡Has hecho eso a propósito! —clamó, cuando la habitación dejó de dar vueltas, abrió los ojos y vio a Cash mirándola sonriente.

—Sí. De repente tuve muchas ganas de ver qué aspecto tenías en pleno éxtasis —le apartó el pelo para mordisquear su cuello—. Pensé que no te ofenderías —murmuró.

—Hum, ah…, no…

—No te reservas nada, ¿verdad? —él alzó el rostro y la miró con cariño.

—¿Qué sentido tendría hacerlo?

—¿Has dicho tres semanas? —Cash la besó y apoyó la frente en la suya—. ¿Estás segura?

—Tendré que preguntar al médico, pero…

—No, no eso. ¿Estás segura de que quieres hacerlo? ¿Desnuda?

—Oh, sí —Emma soltó una risa.

—¿Conmigo?

Le acarició la mejilla. Ese hombre iba a romperle el corazón, no tenía ninguna duda.

—Diablos, sí, contigo —pasó el pulgar por su pómulo—. ¿Seguro que quieres quedarte tanto tiempo?

—Algo me dice que la espera merecerá la pena —la besó una última vez antes de salir de la cocina.

Los demás regresaron veinte minutos después, Zoey con un gatito color melocotón en los brazos.

—No te pongas nerviosa, ¡pagaré la operación para esterilizarlo! —dijo Annie rápidamente.

Skye ya tenía hambre, así que Emma lo llevó a su dormitorio y se lo puso al pecho. Durante varios minutos observó al niño mamar, mientras esperaba empezar a sentir molestos pinchazos de ansiedad, culpabilidad o remordimiento. Pero no los hubo.

Al menos, de momento. Tal vez porque estaba demasiado ocupada disfrutando del éxtasis y anhelando al hombre que lo había provocado, y aún no había abierto la puerta a la realidad. Esa realidad que, sin duda, le mordería el trasero.

Cuando eso ocurriera, reaccionaría. Pero en ese momento, con la boca y la piel aún cosquilleando tras los besos de Cash, con su aroma en la nariz… no iba preocuparse hasta mucho más tarde.

Tres semanas después, mientras se ponía los vaqueros, Emma pensó que había llegado ese «mucho más tarde». El momento de la verdad.

—Todo se ve perfecto —le dijo Naomi Wilson con una gran sonrisa. Una docena de trencitas, que parecían barritas de regaliz, rozaron su bata blanca mientras volvía a su escritorio—. La cicatriz se ha cerrado de maravilla. ¿Cómo te encuentras?

—No podría estar mejor —dijo Emma, sentándose frente a la médico que llevaba ocupándose de la salud de los niños y de sus «partes femeninas» alrededor de un año.

—¿Cuánto hace que dejaste de sangrar?

—Tres, cuatro semanas. Entonces, ¿puedo retomar la… actividad normal?

La pregunta podía haber significado cualquier cosa, como levantar cajas de fruta, o lo que fuera. Pero cuando los ojos negros de Naomi miraron los de Emma, ella se sonrojó.

—No veo por qué no —dijo la doctora, mirando el

historial de Emma—. Aunque convendría que fueras
con cuidado. Lento y suave al principio.

—Por supuesto.

—Nada demasiado vigoroso...

—¡Entendido, Naomi!

—Me alegro por ti, cielo —la doctora se rio.

—¿Te alegra que pueda volver a limpiar el corral
de las cabras yo sola?

—Desde luego. Pero asegúrate de contar con el
equipo necesario antes de esa... limpieza. ¿Qué pasa,
Rox? —le preguntó a la recepcionista.

—Silas Garret está afuera, blanco como una sábana, porque su hijo pequeño se ha caído y se ha hecho
un corte en la cabeza. Dice que esto está más cerca
que urgencias...

—¿Sigue sangrando? —Naomi se levantó.

—Está vendado, así que creo que no, pero Silas
dice que seguramente necesitará puntos.

—Bueno, ya veremos. Vale, Emma, puedes irte.
Roxie, cita a Skye para la revisión de los dos meses —
dijo. Condujo a Emma a la salida. Pasaron junto a un
niño de cuatro años que, lloroso y manchado de sangre, se aferraba a Silas Garrett.

—Todo irá bien, papá —dijo Naomi, conduciendo
a la pareja pasillo abajo.

Roxie se tomó un segundo para admirar la vista y
luego se sentó ante el ordenador. Había que reconocer
que Donna y Gene Garrett sabían hacer hijos guapos.
Si hubiera un calendario con fotos de contables, Silas
sería el míster Junio perfecto.

—¿Por qué será que los padres siempre parecen
pasarlo peor que el niño? —preguntó Roxie.

—¿Tienes hijos? —preguntó Emma, poniendo al
bebé en el cochecito.

—Aún no —repuso la joven, mirando la pantalla.

—Cuando tengas, lo entenderás.

—Me pregunto cómo se tomará el accidente la esposa de Silas —comentó la joven, sonriente.

—Por lo que sé, la antigua señora de Silas escapó del nido hace un par de años.

—¿Y él sigue solo? —los ojos verdes se clavaron en los de Emma, brillando con una mezcla de humor y dolor—. ¡Me tomas el pelo!

—No por falta de candidatas, por lo que oigo —comentó Emma. Los rumores llegaban a todos sitios, interesaran o no—. Y si no van a buscarlo por su cuenta, su mamá las busca a ellas. Pero cuando un hombre ha sido herido… —hizo una pausa, pensando en Cash—. A veces esas raíces profundizan tanto que no hay forma de liberarlas.

—Se diría que hablas por experiencia propia.

—En fin —Emma puso fin al tema—. ¿Eres la nueva recepcionista de Naomi?

—Solo temporalmente —dijo Roxie, mirando la pantalla—. Volví a casa a lamerme las heridas.

—¿De dónde?

—De Kansas City. Pero no tiene mayor interés. ¿Te va bien a las diez, dentro de dos semanas?

—Perfecto. Está claro que llevas mucho tiempo lejos de Tierra Rosa —dijo Emma—. ¿Un hombre?

—Un hombre. Un trabajo. Mi apartamento —Roxie encogió los hombros, garabateó fecha y hora en una tarjeta de visita y se la dio—. Así que pensé que podía ayudar a Naomi mientras recogía los pedazos de mi triste vida —suspiró—. Es curioso, siempre creí que a los treinta mi vida estaría clara. No que volvería a estar en la casilla de partida.

Emma se inclinó hacia ella y le apretó el hombro

amistosamente. No le comentó que la casilla de partida venía a ser la casilla por defecto de la vida. La chica lo descubriría por sí sola.

Para cuando Emma puso rumbo a casa, Skye se había dormido. Tuvo tiempo de pensar en la estupidez de lo que estaba a punto de hacer. Además, dudaba que sus «partes femeninas», por fantásticas que fueran, tuvieran el poder de sanar las almas heridas.

Nunca había practicado el sexo sin ataduras. Y no pensaba empezar. Tampoco había tenido ninguna relación en la que no hubiera equilibrio entre lo que se daba y lo que se recibía, ni en la que tuviera tantas posibilidades de que le rompieran el corazón. Pero si no corría el riesgo, no podría arreglar el corazón de Cash.

Emma consultó su reloj y vio que tenía el tiempo justo para ir a la farmacia del pueblo más cercano y comprar… el equipo necesario.

Tal vez estuviera loca, pero no era imbécil.

Cash cerró la espita de la acequia, se quitó el sombrero y se limpió el sudor de la frente con el borde de la camiseta. Su padre nunca había utilizado el sistema de irrigación de la época colonial que recorría la finca, pero las verduras de Emma agradecían mucho su ración de agua semanal. Los campos inundados brillaban bajo el sol, serenos y saciados, cuando Cash comprendió que ya no tenía excusas para seguir allí.

Sus servicios ya no eran necesarios.

Hacía unas noches, Emma le había enseñado sus libros de cuentas. La granja nunca la haría rica, pero había dejado atrás los números rojos y, además, el Estado había accedido a pagar las facturas médicas de Lee que seguían pendientes. Volvía a tener ayudantes regulares, así que Cash no tenía que salvarle la vida.

Se puso el sombrero y silbó al perro, con la intención de volver a la casa y tomar un vaso de té helado o de limonada. Pero la llegada de la vieja camioneta puso fin a sus planes.

La mirada de Emma apenas lo rozó cuando bajó del vehículo y abrió la otra puerta para sacar al bebé. Una suave brisa agitó la camisa suelta, de rayas blancas y azules, bajo la que se veía claramente el sujetador y sus senos. En seis semanas, el peso que no había perdido tras dar a luz se había reagrupado en curvas dignas de una mujer de calendario de los años cuarenta. No había nada plano en ella, en ningún sitio.

A lo que Cash no tenía nada que objetar.

—Yo lo sacaré —dijo, sin mirarla a los ojos hasta que hubo liberado al bebé de la sillita. Durante medio segundo pensó en inclinarse y besarla, como hacían las parejas cuando volvían a verse.

Pero no eran una pareja auténtica. Nunca lo serían. Al menos no en el sentido que Emma daría a la palabra. Y, dado que el destino había impedido que estuvieran solos desde los besos compartidos hacía tres semanas, no eran una pareja en ningún sentido, ni siquiera para Cash.

En ese momento, notó lo sonrosadas que tenía ella las mejillas. Y que no parecía culpa del sol.

—¿Qué? —preguntó, colocándose al bebé en el hombro y notando cómo encajaba a la perfección.

Ella, supuestamente observando al perro dejarse caer al suelo con un gruñido, se sonrojó más intensamente. Luego miró a Cash.

—Me han dado pista libre.

—¿Qué? Ah. Ya. No hay nada como ir al grano.

—Creía que no necesitaba seducirte.

—Eso es verdad —dijo, dando una palmadita en la espalda del bebé—. Pensé que tal vez habías cambiado de opinión.

—Yo no. ¿Y tú?

—Eh, no —Cash soltó una risita nasal—. Caramba con el romance.

Emma estalló en carcajadas, y se tapó la boca al ver que Skye se agitaba en sueños.

—El romance es para gente que no vive en una casa llena de gente pendiente de cada uno de sus movimientos.

Eso era muy cierto. Sin embargo, había algo que a Cash no le cuadraba. No descubrió qué era hasta que, ya en casa, depositó al bebé en la cuna.

—¿No crees que te mereces algo de romance?

—Lo que creo —dijo ella yendo hacia la nevera y sirviendo dos vasos de té helado—, es que lo que hay entre nosotros es… más honesto —arrugó la frente—. Es lo que es.

—¿Y qué es? —Cash se apoyó en la encimera y vació medio vaso de té de un trago. En la sala, la televisión sonaba a todo volumen.

—Otro paso en tu proceso de recuperación.

—Sé que estás loca, y me da igual, me gusta —agitó las cejas—, pero si crees que quiero acostarme contigo como parte de un ritual de exorcismo… Eso sería demencia, sin paliativos.

—¿Cómo lo definirías tú? —preguntó Emma, sin inmutarse por el comentario.

—No lo sé. No voy por ahí intentando definirlo todo, como haces tú. ¿Qué tiene de malo querer hacer el amor contigo porque me gustas?

—Nada. Nada en absoluto. Pero en eso tampoco hay nada de romance, ¿verdad?

—Visto así, supongo que no —Cash resopló—. Entonces, dime, ¿cuál es tu razón para hacerlo?

—¿Acaso importa? —lo acarició con la mirada y sintió un agradable calor que descendía hacia abajo. Un calor respecto al cual tendrían que hacer algo muy pronto—. Lo que no sé es cómo vamos a poner el asunto en práctica.

—Déjamelo a mí —dijo él. Ella sonrió y salió de la cocina, bamboleando sus generosas curvas.

El hombre era un genio.

—Vuestra madre lleva encerrada en esta casa con el bebé seis semanas —dijo Cash al día siguiente, en la cena—. Así que voy a llevarla al cine, a Santa Fe. ¿Te parece bien, Annie?

—Claro que sí —se llevó la servilleta a la boca—. El bebé ya aguanta cuatro horas sin comer. Llamaré a Jewel, a ver si quiere venir a ver una película o algo...

—Ya lo he hecho yo —dio Cash, serio.

—Entonces, arreglado. Salid y pasadlo bien.

—¿Por qué no podemos ir nosotros? —preguntó Zoey cuando Emma se levantó para recoger.

—Porque es una película para mayores —le contestó Emma, volviendo a la mesa.

—¿Con maldiciones y gente desnuda?

—¡Zoey! ¡De verdad!

—Puede —dijo Cash.

—¡Puajj!

Emma, roja como la grana, fue hacia el fregadero con un montón de platos.

—¿Podemos quedarnos levantados hasta que volváis? —preguntó Hunter.

—No —respondió Cash, que había seguido a Emma—. Yo me ocupo del friegaplatos, ve a dar de comer al bebé —murmuró—. Si no hemos vuelto a las nueve y media tendréis que acostaros…

Cuando llegó Jewel, con palomitas y vídeos, pusieron rumbo a la casa de Cash. Emma se sentía como si tuviera bastantes mariposas en el estómago para repoblar toda la selva amazónica.

—Si quieres dejarlo, no pasa nada —dijo Cash—. No me importaría ver la película de Matt Damon.

—No es verdad —dijo ella, dejando escapar una sonora risotada.

—Pues sí quiero verla —sonrió de oreja a oreja—. En algún momento de mi vida.

—No voy a dar marcha atrás. Pero es tan… —agitó una mano—. Planificado. Poco romántico.

—¿Se trata de un problema de lógica femenina?

Ella asintió y él se rio por lo bajo.

—Pues simula que no lo es —se inclinó hacia ella, tomó su mano y empezó a trazar círculos en el centro de la palma, una zona muy erótica—. Simula que íbamos al cine de verdad, pero nuestras manos se rozaron cuando comprábamos palomitas y nos excitamos tanto que tuvimos que salir corriendo como un par de idiotas.

—¿Nos miraba la gente?

—Claro que sí. La mayoría con envidia. Porque era obvio lo que nos estaba pasando por la cabeza. Así que nos fuimos del cine —soltó su mano para tomar una curva—, y ahora vamos de camino a mi casa, con el corazón desbocado por la noche de amor apasionado que nos espera. ¿Qué es lo que te parece tan divertido? —su sonrisa era más brillante que el sol que entraba por la ventanilla.

—Tú —rio ella. Después suspiró—. Me parece una lástima no haber aprovechado las entradas.

—Se las dimos a una pareja de adolescentes, ¿recuerdas?

—Ah, sí. Lo había olvidado —miró su perfil, deseando saber qué pensaba en realidad—. Gracias.

Unos minutos después estaban dentro de la casa. No tenía nada de malo, pero...

—Aquí no hay nada que te represente, ¿verdad?

—En ninguna de las casas en las que he vivido —dijo Cash, abriendo la puerta que daba al porche—. Supongo que para eso hace falta saber quién es uno —le cedió el paso—. Pero la vista es fantástica.

Emma apoyó las manos en la barandilla de madera y contempló el pueblo que se veía abajo y las interminables montañas color pizarra en el horizonte. La brisa acarició sus mejillas, calmando y excitándola a un tiempo, alborotando y soltando su cabello. Sonriente, se volvió hacia Cash, que la contemplaba pensativo. Tierno.

—¿Qué?

—Eres tan bella que casi duele mirarte.

—¡Venga ya! —rio ella.

—Lo digo en serio. Lo pensé la primera vez que te vi, y un millón de veces después. Lee dio con una mina de oro al encontrarte —abrió los brazos—. Ven aquí —pidió con voz temblorosa.

Ella fue y se entregó a sus brazos y a sus besos.

No tardaron en poner rumbo hacia el dormitorio, dominado por un magnífico cabecero de madera, tallado por Eli Garrett. La habitación olía a sábanas limpias, loción para después del afeitado y al cuero de la media docena de pares de botas que había junto a una pared. Se desnudaron el uno al otro entre besos y risas, hasta que solo la brisa que entraba por la ventana, los últimos rayos del sol y sus miradas se interponían entre ellos.

Emma disfrutó del escrutinio de Cash. Se enorgullecía de su cuerpo, los pechos que habían amamantado a tres bebes, las anchas caderas que los habían alojado e incluso las arrugas y estrías que habían dejado a su paso. Ese cuerpo le había servido bien y, por lo que indicaba la expresión de Cash, a él también le serviría.

Sonriente, acortó la distancia que los separaba.

Si ella no se hubiera movido, Cash podría haber seguido allí, embobado, durante horas.

Fueron a la cama y se tumbaron uno frente a otro, sin más contacto que el de sus miradas. No era lo que había esperado, y suponía que tampoco Emma. Con cualquier otra mujer, tanto contacto visual lo habría puesto nervioso, se habría sentido vulnerable. Pero con Emma le daba igual, confiaba tanto en ella que la vulnerabilidad no importaba.

Empezaron a explorarse con calma. Cash dedicó mucho tiempo a juguetear con su cabello, pasándolo por entre sus dedos, enrollándolo en su mano y soltándolo. Pasando las puntas por encima de un pecho y luego por el pezón. Contempló, fascinado, cómo se endurecía rápidamente.

—No recuerdo la última vez que me sentí tan apreciada. Me gusta —Emma dobló el codo y apoyó la cabeza en la mano.

—¿Me dejarás vivir si digo que hay mucho que apreciar? —dijo él, adoptando la misma postura.

Ella se rio y pasó un dedo por su hombro, provocándole un escalofrío.

—Había supuesto que a estas alturas estaríamos haciéndolo como conejos. Esto es una sorpresa muy agradable.

—Entonces, ¿te gustan los preliminares?

—Es mi segunda parte favorita. Pero, te juro que tu forma de mirarme…, solo con eso me deshago.

—¿Sí? —a Cash se le aceleró el corazón cuando ella asintió. Agarró su mano libre y se la llevó al pecho—. No puedo prometerte nada.

—Entonces es una suerte que no espere que lo hagas —dijo ella, cambiando de posición y obligándolo a tumbarse de espaldas.

—¿Qué estás…?

—Shhh —se colocó a horcajadas sobre él y, lenta y deliberadamente, deslizó los dedos por sus hombros y brazos, clavículas y pectorales. Se inclinó y le lamió un pezón y después el otro—. Déjame mi rato de diversión.

—¿Vas a hacer algo perverso?

—Seguramente no. Pero quien opine que la vainilla es aburrida, no ha probado la…

Trazó la aureola de sus pezones con la lengua.

—…auténtica…

Deslizó el dedo hasta su ombligo.

—…cremosa…

Siguió hacia abajo y volvió a subir antes de tocar la zona en la que, congregadas, las tropas esperaban órdenes para invadir el valle.

—…vainilla con cuerpo. Y voy a demostrarte —dijo, echándose el cabello hacia atrás—, que no hay nada mejor en el mundo que la vainilla, si se hace bien. Ahora calla y deja que te haga el amor.

Así que él calló, exceptuando gemidos y siseos ocasionales, y dejó que lo tocara, saboreara y explorara a su gusto. Sus labios y sus manos eran un milagro de suavidad y calor, gentiles y generosas, hasta que lo tomó en su boca y todo él se convirtió en una bola de fuego y deseo. Después sintió que le ponía un preservativo y descendía lentamente sobre él, hasta que la llenó y ella soltó el aire con un suspiro largo y satisfecho.

Sus ojos se encontraron, absorbiendo el momento y Cash se tensó, rechazando los intentos de Emma de romper sus barricadas, de acceder a su interior y liberar sus emociones. Sabía que si la dejaba entrar, quedaría indefenso como un niño.

«Santo cielo, nunca había sido así», pensó moviéndose con cuidado, con miedo a hacerle daño. Con miedo, punto. A la indefensión, a los sentimientos que surgían en él e intentaban encontrar una salida al exterior.

«¡No!», resonó en su cerebro mientras ponía sus manos en la cintura y la apretaba contra él, retomando el control de ella, de sí mismo y del momento. Volvió a perderlo cuando ella cerró los ojos y emitió un dulce gemido que hizo que ese corazón que no creía tener se estremeciera.

Emma sonrió, victoriosa.

«¡No, maldita sea!», pensó él, penetrándola más profundamente. Ella jadeó al sentir el primer espasmo al que siguieron otro y otro y otro, que, como una ola, lo arrastraron tras ella.

Cuando acabó, Cash tuvo que comprobar que su corazón, aunque cascado, seguía cerrado a cal y canto. Le pareció que así era.

Pero había estado muy cerca de entregarlo.

* * *

Más afectada de lo que quería dejar ver, Emma besó a Cash y salió de la cama. Le costó tres intentos meter los brazos en las mangas de la camisa.

—¿Adónde vas?

—Solo necesito… —se abotonó la camisa—. No pasa nada, volveré.

Había tenido la intención de salir al porche, pero le llamó la atención lo que parecía su estudio de música. En la habitación de paredes color canela solo había una vieja mesa, un par de sillas y una docena de guitarras contra la pared. Una vez dentro vio la libreta, el lápiz y una taza de café medio llena sobre la mesa. Ladeó la cabeza y vio que lo escrito era la letra de una canción.

—¿Cuándo hiciste esto? —le preguntó, al oírlo a su espalda.

—He estado viniendo de vez en cuando estas últimas dos semanas. Por la noche. Cuando no puedo dormir. Em, ¿estás bien?

Ella se dio la vuelta. Él se había puesto los vaqueros, sin abrochar el botón superior. Estaba de lo más sexy. Sin embargo, la preocupación que vio en sus ojos le encogió el corazón.

—Estoy bien —le dijo—. Pero no das la impresión de ser de los que hacen cariñitos después.

Él estrechó los ojos, se apoyó en el marco de la puerta y cruzó los brazos.

—No creas que me engañas, en eso soy el rey, o eso opinan los psiquiatras. Siempre a la defensiva emocionalmente. ¿Estás pensando en Lee?

—¿Qué? ¡No! ¡No! —dijo ella—. Y puede que eso me haya sorprendido un poco. Ha sido más intenso de lo que esperaba.

—No es raro, considerando cómo haces el amor.

—Así que estás escribiendo ora vez —dijo ella, señalando la libreta con la cabeza—. Eso es bueno.

—Solo es una idea que quería anotar. Tengo muchas y la mayoría no se convierten en canciones —fue hacia ella y la rodeó con los brazos desde atrás—. Supongo que lo echo de menos más de lo que quería admitir.

«Sabías que no podías esperar milagros. Lo sabías», pensó ella.

—Deberíamos regresar —murmuró, intentando soltarse. Pero él le desabotonó la camisa y tomó sus senos en las manos. Ella suspiró, feliz, aunque le escocían los ojos.

—Aún tenemos una hora —murmuró él, abrasándole la piel con sus caricias—. ¿Te he dicho alguna vez que la vainilla es mi sabor favorito?

Capítulo 11

QUÉ tal el cine? —preguntó Annie la mañana siguiente cuando Cash se sentó a la mesa de la cocina. Una jauría de gatos la seguía por doquier.

—Bien.

—¿Te apetece comentarlo? —la anciana le echó un vistazo y rellenó tres contenedores de pienso.

—No.

—No me refería a la película —dijo Annie, sentándose frente a él.

—Yo tampoco.

—¿Estás preparándote para irte?

—Ya no hay razón para quedarme. Emma está en pie, la granja está en orden y soporto estar en esta casa sin que me den ganas de vomitar. Así que un capítulo ha terminado. Toca pasar al siguiente.

—¿Tienes idea de cuál es?

—Lo estoy pensando.

—¿Te has planteado que el siguiente capítulo también podría ser aquí?

—Ni por un segundo —mintió él, que no había pensado en otra cosa desde que había vuelto con Emma, hacía menos de doce horas. Pero cada vez que intentaba imaginarse sentado ante esa mesa pasados veinte años, cinco años o incluso un mes, su mente se quedaba en blanco.

—Te quiere, supongo que lo sabes.

—No digas eso —Cash hizo una mueca.

—Soy vieja, puedo decir lo que me dé la gana —mirándolo como si fuera idiota, Annie se levantó y lo dejó allí sentado.

Lo irónico era que se sentía más próximo a Emma que a ninguna otra persona. Pero, aun así, no dudaba que, dado el tiempo suficiente, hasta Emma se plantearía darle un par de palos. Ya la había visto disimular su frustración más de una vez. Él tenía ese efecto en la gente, solo que la mayoría no se molestaba en ocultarlo.

Por supuesto, la echaría de menos. Y a los niños. Y todo lo demás. Pero ella necesitaba a un hombre que pudiera entregarse tanto como ella. No uno que se reservara cuando ella acababa de darle todo lo que tenía para dar.

Dos veces.

Con un suspiro, se levantó para servirse más café. En ese momento sonó su móvil. Se planteó dejar que saltara el contestador, pero contestó.

—Así que sigues vivo —le dijo su representante—. Me alegra saberlo.

—¿Qué quieres, Al?

—¿Para empezar? Quiero que vuelvas a Nashville y te pongas a trabajar otra vez.

—Tomo nota. ¿Y qué más?

El hombre se rio. Al Parrish había sido un don nadie hasta que, hacía dieciséis años, había oído a Cash tocar en un local de mala muerte, junto con otra docena de músicos que esperaban a la diosa Fortuna. Al, regordete, calvo, aficionado a las joyas y unido por misteriosos vínculos familiares a la mitad de la escena musical de Nashville, también esperaba su oportunidad con alguien que tuviera ese algo especial para triunfar.

A los veinte años, Cash habría entregado su alma al diablo por una oportunidad. Pocos representantes habrían aguantado sus tonterías esos primeros años, pero Al tenía el talento de poder ignorar u obviar la estupidez.

—Francine llamó la semana pasada, preguntando por ti

—¿Qué diablos quería?

—¿Hablar contigo?

—Dime que no le diste mi número.

—No soy idiota. Pero dijo que era urgente.

—¿Sonaba bien? —preguntó Cash.

—Sonaba como Francine. Puedes interpretar eso como quieras. ¿Quieres su número de teléfono?

—No. Pero dámelo de todas formas —Cash encontró un rotulador de Zoey en la encimera y apuntó el teléfono en una servilleta—. ¿Algo más?

—¿Ni siquiera estás trabajando en alguna canción nueva? ¿Nada?

Cash sintió un pinchazo, casi un anhelo por volver a lo que conocía, aunque ya no fuera como antes.

—Algo he hecho. Por diversión. ¿Por qué?

—Cash, nada me haría más feliz que volvieras a escena. Que empezaras a grabar otra vez. Aún eres joven, ¿por qué no vas a poder reinventarte?

—¿Y fastidiar a los pocos fans que aún tengo? ¿Por qué iba a hacer eso?

—No son unos pocos fans… —Al suspiró. Habían tenido esa conversación una docena de veces en el último año

—Sabes que no me interesa si no soy la estrella. Y solo si puedo hacer lo que se me da bien. Ser quien soy, al menos en escena. No una versión «reinventada» No hay nada más triste que acabar de telonero de un joven veinte años más joven.

—¿Qué te hace pensar que no puedo conseguirte una gira como estrella?

—¿Puedes? —sonó a reto, no a súplica.

—Tal vez. Es probable. Seguro, deja que vea…

—Al. No.

—Pero si pudiera, con tus términos, ¿volverías?

Cash miró por la ventana, contemplando los girasoles de dos metros de altura y los manzanos cargados de fruta. Girasoles que había plantado y árboles que había podado. Pero no eran suyos.

—Puede —contestó finalmente—. No estoy prometiendo nada, Al. Solo… es una posibilidad

—Cash, créeme, tu carrera no está muerta…

—Ya te diré algo. Hasta pronto.

Se dio la vuelta y vio a Emma observándolo, con el bebé en el pareo que solía ponerse mientras hacía las tareas. Tenía una ceja enarcada.

—Era Al. Mi representante.

—Eso he supuesto.

—No hemos concretado nada.

—Cash, no soy ciega —soltó una risa—. Ni tonta.

—La música country ha cambiado. Ni siquiera estoy seguro… —se frotó la mandíbula y metió las manos en los bolsillos del pantalón—. Pero es lo que sé hacer, Em. Lo que se me da bien. Lo único que por lo visto no fastidio.

Emma fue a la nevera y sacó una botella de zumo. Cash se la quitó de las manos y la abrió.

—Si esperas que intente convencerte de que te quedes, vas a esperar mucho. No es mi estilo. Además, como he dicho, no me sorprende.

—No es eso, es… —soltó el aire, preguntándose por qué lo irritaba que Emma se rindiera tan fácilmente, cuando debería agradecerlo. Iba a echarla de menos una barbaridad—. Al ha llamado porque Francine quiere hablar conmigo.

Emma se quedó quieta. Había contado con que él retomara su carrera antes o después, pero no con que una ex reapareciera en su vida. A juzgar por la expresión de Cash, él tampoco.

—¿Bromeas? ¿Después de tanto tiempo?

—Sí —levantó la servilleta—. Este es su número.

—Pues llámala.

—¿Y qué le digo?

—Ya se te ocurrirá algo —Emma sabía que la pregunta era retórica y él no esperaba respuesta.

Así que salió con el bebé y el zumo para ver a los cabritillos en su nuevo corral y absorber parte de su alegría. No podía quejarse; había sabido desde el principio que «tener» a Cash era imposible. Para ella y para cualquier otra persona.

Pero eso no hacía que fuera más fácil dejarlo ir. Se volvió al oír los pasos de Cash a su espalda.

—Cash, ¿qué ocurre? —preguntó. Él, con expresión devastada, apoyó las manos en la cerca. Emma esperó a que procesara lo que hubiera oído.

—Tengo un hijo —dijo él con voz tensa.

—¿Qué?

—Tiene siete años —soltó el aire de golpe y se dio la vuelta. A ella le rompió el corazón ver la incredulidad e ira de sus ojos—. Por lo visto, Francine estaba embarazada cuando me dejó

—Santo cielo, Cash —cubrió una de sus manos con la suya. Para su sorpresa, Cash la agarró—. Pero… ¿cómo puedes estar seguro?

—Dice que si no lo creo puedo hacer una prueba de ADN cuando llegue allí.

—Entonces, ¿va a dejarte verlo?

—Oh, más que eso —dejó escapar una risa agónica—. Por lo visto el tipo por el que me dejó ha descubierto que Wesley no es suyo y la ha abandonado. Y a Francine no le gusta la idea de ser madre soltera —le apretó la mano—. Quiere que me quede con el niño.

—¿Quedarte con él? —Emma pensó que en momentos como esos era difícil aceptar que «todo el mundo es bueno»—. ¿Va a dártelo, después de no haberte dicho que eres padre? Es increíble.

—Es una forma de expresarlo.

—Y, ¿qué vas a hacer?

—Diablos, Emma, ¡no lo sé! —se apartó de la cerca—. He descubierto su existencia hace diez minutos. Ni siquiera sé si él conoce la mía —contrajo el rostro—. ¡Maldición, es un niño! ¿Cómo va a dejar a su madre y vivir con un desconocido? —dio unos pasos—. Necesito salir de aquí, tengo que decidir qué voy a hacer.

Emma lo observó ir hacia el coche. Aunque a Cash le asustara el compromiso, el hombre al que conocía desde hacía dos meses, daría prioridad a las necesidades de un niño cuya vida iba a sufrir un vuelco enorme. Las pondría por encima de las suyas, de su carrera y, sin duda, muy por encima de una relación que apenas acababa de empezar.

En realidad, Cash no tenía nada que decidir.

Cash tardó tres días en despejar la mente lo suficiente para ver a Emma de nuevo. Tres días conduciendo de un lado a otro, de noches insomnes y de batallas internas que lo obligaban a tomar las decisiones más difíciles de su vida.

Emma, con una camiseta ajustada, del mismo color de sus ojos, estaba acunando al bebé en el columpio del porche cuando regresó a la casa.

—No sabía si volvería a verte —comentó ella con voz queda, cuando subió los escalones.

—Nunca me iría sin despedirme —dijo él, pensando que cualquier otra mujer le estaría gritando por su larga desaparición. Pero no Emma. Por enésima vez, pensó que era la única mujer a la que se arrepentiría de dejar—. ¿Estás sola?

—Los niños siguen en el colegio y Annie está en clase de arte. Así que solo quedamos Skye y yo cuidando del fuerte. ¿Puedo ofrecerte algo?

—Por Dios —le dio un vuelco el estómago—. Esto no es… No es una visita social.

—No hay por qué olvidar los buenos modales —se puso en pie y luego colocó al bebé en su sillita. Cash los miró con tristeza—. ¿Cuándo te marchas?

—Mañana. Temprano.

Emma agarró un vaso que había en la mesa de mimbre y tomó un sorbo.

—¿Vas a vender la casa?

—Aún no lo sé. Creo que no la necesito, pero Tess dice que es mejor esperar hasta que todo esté más claro. Debe de ser la única agente inmobiliaria del Estado capaz de rechazar una venta.

—¿Hay algún plan?

—De momento no. Ni siquiera sé qué le ha dicho Francine a Wesley. Ni si sabe lo que está a punto de ocurrir. Aunque… —hizo una pausa—, voy a intentar convencerla de que se lo quede.

—¿En serio? —Emma estrechó los ojos.

—No por mí —dijo él, medio enfadado—. Sino porque dudo que el cambio sea bueno para el niño.

—Supongo que depende de la situación —dejó el vaso—. Los niños saben cuándo no son queridos.

—Nadie lo sabe mejor que yo.

—Antes de que te vayas, tienes que saber algo —dijo ella, mirándolo fijamente.

—¿Y qué es?

—Que este es tu hogar, Cash. Siempre lo será. Da igual adónde te lleve la vida o lo que decidas hacer —dio una palmadita en la barandilla del porche—. Esto estará aquí, esperándote.

—No, Emma, la casa es tuya, es lo justo.

—No hablo de la casa. Hablo de familia, de pertenencia. Es una locura, y si alguien me hubiera preguntado hace dos meses si dejaría a otro hombre entrar en mi vida y en la de mis hijos…

—Tienes razón al decir que es una locura —interrumpió él, ansioso por poner fin a esa conversación—. Una locura enorme. Porque yo no puedo ser parte de nada.

—¿Por qué estás tan seguro de eso?

—Porque… —giró la cabeza para evitar esa mirada serena—. No sabía qué esperar cuando volví aquí.

No sabía qué buscaba. Tal vez los pedazos que me faltaban.

—¿Y los encontraste?

—No lo sé. Aún no —la miró de nuevo—. Pero te dije desde el primer momento que no quería involucrarme ni ser parte de la familia. Puede que viera la oportunidad de ayudar a alguien de verdad, pero en absoluto esperaba… —calló.

—¿Formar vínculos? —acabó Emma por él.

—Maldición, Emma, estar aquí es como ser absorbido por un sueño —Cash cruzó al otro lado del porche y observó el cielo interminable y los pinos mecerse en la brisa perfumada por las lilas. Un sueño en el que simulo ser otra persona. Por agradable que sea, sigue siendo un sueño. Y los sueños acaban. Siempre.

Como no hubo respuesta, miró por encima del hombro. Emma contemplaba a Skye con tanta ternura que a Cash lo atenazó la emoción.

—En mi mente —dijo con voz grave—, entiendo lo que ocurrió con mi padre. Sé que no fue culpa mía, pero las cicatrices son muy profundas. No, escucha —dijo, al ver que ella abría la boca—. He fastidiado todas las relaciones que he tenido. No sé por qué, ni cómo, pero lo hago. ¿No te sugiere nada que mi ex ni siquiera me dijera que tengo un hijo hasta ahora?

—Sí. Que es una idiota.

—Tú no crees que nadie sea idiota.

—En este caso haré una excepción —cruzó los brazos sobre el pecho y fue hacia él—. No habrías estropeado tu relación con tu propio hijo, da igual por lo que estuvieras pasando en aquella época.

—No puedes saberlo.

—Eso lo dice el hombre que va a poner cabeza

abajo su propia vida, por un niño al que no conoce. Sí, serás un padre fatal, segurísimo.

—Dar los pasos obvios no significa que lo demás vaya a funcionar —Cash resopló con exasperación—. Que vayamos a llevarnos bien. Que vayamos a gustarnos, siquiera.

—¡Tiene siete años Cash! A juzgar por cómo se llevan Hunter y Zoey contigo, dudo que vayas a caerle mal.

—Depende de lo que su madre le haya dicho sobre mí, ¿no crees?

—No seas negativo —Emma movió la cabeza—. Puede que un par de meses no sean mucho, pero es tiempo suficiente para convencerme de que el Cash que conozco no es el Cash que estás convencido de ser.

—Emma, no…

—Deja que acabe. Como te irás de todas formas, no tengo nada que perder. No es que no seas parte de nada, Cash, es que no crees serlo. Es muy distinto. Te he dicho que tenías un hogar aquí y lo he dicho en serio. Pero mientras te empeñes en creer que no eres bueno, o merecedor de que alguien te quiera, nada de lo que te diga te convencerá de lo contrario. Solo tú puedes arreglarte, y no ocurrirá hasta que estés listo para hacerlo.

Cerró el espacio que había entre ellos y llevó una mano a su rostro. La sinceridad y bondad de sus ojos lo desgarró en pedazos.

—Eres el hombre que escribió esas canciones que me hacían llorar, nadie puede falsificar esos sentimientos. Igual que no hubo nada falso entre nosotros la otra noche. Pero tienes que quererte, cielo, antes de poder sentir el amor de otra persona —arrugó la frente—. El mío, por ejemplo.

—Tú no me amas, Emma —dijo Cash, que se había quedado sin aire en los pulmones al oírla.

—¿Ah no? ¿Quién lo dice?

—Yo. Eres demasiado lista para amar algo que no existe, amar a alguien que solo es…

—¿Un sustituto de Lee? Tienes razón, lo soy. Pero como nunca, ni una sola vez, te he visto como un sustituto de mi esposo fallecido, ese es tu problema, no el mío. Te quiero a ti. Asúmelo.

Furioso y confuso, Cash bajó los escalones del porche. Llegaba al coche cuando ella lo llamó.

—Al menos, prométeme una cosa.

—¿El qué? —preguntó él, girándose.

—Que lo intentarás. Con tu hijo.

Sus miradas batallaron un largo rato antes de que él asintiera, subiera al coche y se fuese de allí. Alejándose de algo que nunca debió empezar.

Emma seguía en el porche, medio catatónica, cuando llegó Noah Garrett, una hora después. Emma comprendió que sus emociones estaban apunto de entrar en erupción.

Casi como si comprendiera que debía ser cuidadoso, el joven se acercó lentamente.

—Buenas tardes —dijo. Emma lo saludó con la cabeza—. ¿Te ha dado Cash el mensaje? ¿De que tenemos que fijar el día para empezar la reforma?

—Lo siento —Emma agarró al bebé y entró en la casa. El portazo de la puerta mosquitera seguramente no ocultó el ruido de sus sollozos.

Capítulo 12

CASH había tocado muchas veces en Dallas, pero no conocía la ciudad. Incluso con el GPS encendido, tardó un rato en encontrar la casa de Francine, situada en un barrio al norte de la ciudad. Parecía estar bien, al menos desde fuera. La típica casa estilo rancho con fachada de ladrillo y un roble en el jardín delantero. Había una bicicleta de niño tirada a un lado del porche.

Cash tuvo que obligarse a respirar. Tenía náuseas por el nerviosismo. La puerta mosquitera de metal se abrió antes de que llegara a ella.

—Has tardado poco —dijo Francine, sin sonreír. Apenas había cambiado, solo había ganado un poco de peso. Seguía con las greñas rubias, el bronceado de bote, el maquillaje perfecto y la preferencia por la ropa muy ajustada: pantalones cortos blancos y camiseta azul. Seguía siendo guapa, la verdad. Siempre que no se investigara más allá de lo superficial.

—Entra. Wesley está con un amigo del vecindario. Iré a buscarlo.

Cuando pasó a su lado, asfixiándolo con su perfume, Cash se dio cuenta de lo diminuta que parecía junto a él. Había olvidado que solía buscar chicas pequeñas que se reían y le decían lo grande y fuerte que era. Horror.

Entró en la casa y miró la sala de estar. Las contraventanas estaban cerradas para evitar el calor, aunque se oía el ronroneo del aire acondicionado. Todo estaba ordenado y despejado. Libre de trastos. Y de pelo de animales, porque Francine era alérgica…

—Aquí estamos —anunció ella, sobresaltando a Cash. Se dio la vuelta y vio a su hijo por primera vez. El niño lo miró con ojos color azul pizarra; llevaba el pelo rapado y tenía los dientes delanteros bastante grandes, lo que le daba aspecto de hámster—. Este es tu padre, cielo —dijo Francine. Cash captó el nerviosismo de su voz—. Este es Wesley. Vamos, di hola.

El niño negó con la cabeza, refugiándose en su madre con expresión confusa.

—Tú no eres mi padre. Papá se fue por un tiempo, pero volverá —dijo el niño, tembloroso.

La grieta que Emma había creado en el corazón de Cash se ensanchó y él supo que ya no volvería a cerrarse. No podía ignorar esa impotencia y esos ojos grandes y asustados que lo miraban conscientes de que su felicidad podía depender de él. A pesar de que sentía terror, Cash supo que lo único que importaba era el niño.

—Ya te he dicho que Danny no va a volver —dijo Francine—. Sé que no te gusta, pero es la verdad.

—No —Wesley negó con la cabeza y sus ojos se llenaron de lágrimas.

Cash, con el corazón desbocado, se acuclilló ante su hijo.

—Me alegro de conocerte, Wesley —dijo.

El niño corrió hacia la puerta del patio, la abrió y salió al jardín trasero.

—Estará bien —Francine, con calma, cerró la puerta—. Necesita un minuto para hacerse a la idea.

—¡Necesita mucho más que un minuto! Por Dios santo, Francine, ¿cómo puedes pensar siquiera en abandonarlo?

—¡Eres su padre! —Francine lo miró boquiabierta—. ¿Eso es abandonarlo?

—¿Cómo le llamarías tú a entregárselo a un completo desconocido?

Ella resopló, se dejó caer en el sofá azul y beige y apoyó la cabeza en las manos.

—Soy pésima como madre, ¿vale? No era tan terrible antes de que Danny se fuera, pero… —se levantó de golpe y fue a la cocina, donde removió en una cazuela—. Wes no es mal chico, lo sé, pero no tengo paciencia con él. Todo lo que hace me irrita. Sé que le grito demasiado. Y ahora que estamos solos eso empeorará. No puedo dejar de trabajar, llego a casa agotada y aquí me espera un niño que me necesita —le lanzó una mirada compungida—. No valgo para que me necesiten, Cash. En absoluto. Tú lo sabes bien.

—¿Y por qué querías un niño cuando estábamos casados?

—Estás enfadado.

—¡Claro que estoy enfadado! —Cash señaló la puerta—. ¡No es un par de zapatos que no te valen! ¡Es tu hijo…!

—No sabía que sería así. Que sería tan… difícil —se dio la vuelta y tapó la cazuela—. ¡Lo siento!

Cash sintió una oleada de frustración e ira casi incontrolable. Tomó aire y miró por la ventana. Wesley, agachado, golpeaba algo con un palo. «Mi hijo», pensó. La ira empezó a desvanecerse.

—Mira, es obvio que el niño está bien cuidado, así que dudo que seas tan mala madre como crees ser —Cash recordó que hacía poco le habían dicho eso mismo—. Tal vez podrías asistir a algún cursillo que te ayude. Si el problema es el dinero, te daré el suficiente para que no tengas que trabajar.

—No entiendes. No quiero pasar más tiempo con él.

—Diablos, Francine —Cash suspiró. ¿Cómo había podido vivir tres años con esa mujer?—. ¿Lo quieres siquiera?

—A mi manera, supongo, sí —empezó a llorar—. Por eso quiero que te lo quedes tú.

—Aunque no te pareció conveniente hablarme de su existencia hasta ahora.

—Estaba enfadada contigo —encogió los hombros—. Y creía que Danny me daría algo que tú no me dabas. Te juro que no sabía que estaba embarazada cuando me fui —apretó los labios—. Cuando lo descubrí, no sabía si el padre era Danny o tú. Pero siempre sospeché que eras tú.

—¿Y cuándo decidiste comprobarlo?

—No lo hice. Es decir, pensaba hacerlo pero —Francine se pasó la mano por el pelo y suspiró—. La verdad es que las cosas habían empezado a ir mal entre Danny y yo. Hace seis meses empezó a decir que ni siquiera creía que Wes fuera suyo. Así que un día, mientras yo estaba en el trabajo, lo llevó a hacerle una prueba de ADN.

—¿Por qué tendría que creerte?

Ella fue a la sala y sacó un sobre de un cajón del escritorio. Se lo puso a Cash en la mano. Él echó un vistazo a su contenido.

—Esto solo prueba que Danny no es el padre.

—Lo sé. Pero te juro que Danny y tú erais las únicas posibilidades. Puedes comprobarlo si no me crees. Te engañé, sí, pero no soy una mujerzuela.

—¿Te has planteado siquiera cuánto daño podría hacerle tu decisión al niño?

—Te estoy diciendo que sufriría mucho más si se quedara conmigo. Supongo que le dolerá al principio, sí, pero a la larga… Créeme, es mejor así. Lo superará y me olvidará. Además, desconocido o no, eres su padre.

—Tú me abandonaste, ¿recuerdas? ¿Qué te hace pensar que sería mejor progenitor que tú?

La puerta del patio se abrió y Wesley entró corriendo, rojo por el calor. Frenó en seco al ver a Cash, como si hubiera olvidado su presencia.

—¿Puedo jugar en el aspersor? —preguntó.

—Sí ve a ponerte el bañador —dijo su madre. Él niño corrió por el pasillo gritando con todas sus fuerzas. Francine hizo una mueca—. ¿Por qué no vendrán los niños con control de volumen?

Aunque Emma había dicho casi lo mismo de los suyos, su voz había rezumado amor y buen humor; en la de Francine solo se oía ácido.

—Bien. Entendido. Pero que desaparezcas de su vida por completo, eso no lo acepto. Y no se te ocurra discutir, o me iré ahora mismo.

—No harías eso —ella lo miró con miedo.

—Dejé que te marcharas sin pelear, ¿no? Se me ocurre que tal vez no quieras correr ese riesgo —nunca dejaría al niño, pero ella no lo sabía.

Wesley, con el bañador puesto, volvió corriendo y salió de nuevo. Un segundo después un chorro de agua se alzaba dos metros y medio y Wesley gritaba con sorpresa simulada.

—¿Qué es lo que propones? —preguntó Francine.

—Primero, buscaré una suite o un apartamento cerca, y vendré a diario hasta que Wesley me conozca. Hasta que confíe en mí.

—¿Te quedarías en Dallas?

Era la pregunta que Cash no dejaba de hacerse desde que conocía la existencia de Wesley. Era hacer un rompecabezas sin la foto. Pieza a pieza.

—Si hace falta, sí.

—Pero… ¿y tu carrera?

—Se trata de Wesley, Francy. No de ti, ni de mí. Cuando esté listo, y no antes, me lo llevaré…

—¿Te refieres a cuando tú estés listo?

—Ya te vale, intentar hacer que *yo* me sienta culpable —dijo Cash con voz suave.

—Has cambiado —Francine parpadeó.

—¿Eso es bueno o malo?

—No lo he decidido aún —se volvió hacha la cocina—. Pero supongo que puedes quedarte a cenar. Cuanto antes empecemos con el asunto este de conocerse, mejor. Sigo cocinando fatal, pero aún no he envenenado a nadie.

Cash volvió mirar al niño por la ventana. Era cierto que había cambiado. Y en sentidos que empezaban a darle mucho miedo.

—¿Has sabido algo de Cash desde que se fue? —preguntó Jewel, haciéndose oír por encima de los martillazos, mientras cargaba una cesta de repollos en la vieja furgoneta de Lee. En julio, Emma estaba dispuesta a aceptar a cualquiera que la ayudara a cosechar; por suerte, tanto Jewel como Patrice estaban dispuestas a intercambiar unas horas de trabajo por verduras y frutas frescas.

—No —contestó Emma en voz baja, acunando al bebé, al tiempo que vigilaba a Hunter que recogía judías verdes a unos metros de allí. Zoey estaba con Patrice, recogiendo fresas. Ambos niños habían estado muy tristes tras la marcha de Cash, así que Emma había recurrido a las largas horas de trabajo para agotarlos y que no pensaran en ello. Si funcionaba con ella, ¿por qué no con los niños?

Pero lo cierto era que con ella no funcionaba bien.

De hecho, había pasado un mes y seguía pensando en él constantemente. Se preguntaba cómo le iría con su hijo. Si seguiría en Dallas. Si volvería a verlo alguna vez.

—Oh —Jewel sacó una botella de agua de la nevera portátil y la abrió. Sin maquillaje, con pantalones capri y top de volantes, no parecía mucho mayor que Zoey—. Lo siento. Había pensado que… —hizo una mueca—. Mejor me callo.

El bebé se despertó, hambriento. Emma fue a la parte trasera de la furgoneta y se lo puso al pecho.

—Da igual. Resulta más fácil cuanto más hablo del tema.

—¿En serio?

—No.

—Oh, bien. No que lo pases mal —añadió Jewel—. Sino saber que no eres un parangón de mujer y que las demás nunca podremos estar a tu altura.

—No soy nada de eso —Emma se rio.

—A veces lo parece —dijo la jovencita, sentándose a su lado—. Esa forma que tienes de manejarlo todo con tan buen talante. En serio, Cash tenía aura de rompecorazones. Igual que ese —dijo, sonriendo. Tomó otro sorbo de agua.

Emma siguió la mirada de la joven y vio a Noah aparecer en escena.

—Algo me dice que vienes aquí más por la vista que para ayudarme a cosechar verduras.

—¡Claro que no! —Jewel se sonrojó y su sonrisa la delató por completo.

—Pero, si sabes que es un rompecorazones, ¿por qué…?

—Porque no le entregaría mi corazón para que lo rompiera —Jewel encogió los hombros y, por un momento, Emma deseó volver a ser una jovencita de veinticinco años, convencida de que podía manejar el mundo, y su corazón, a voluntad. Después, la autocompasión, prima de la envidia, le hizo preguntarse cómo había conseguido enamorarse de otro hombre que la había dejado, si bien Lee no la había dejado a propósito. Parecía injusto sufrir dos heridas tan grandes en dos años.

Justo en ese momento, Skye soltó el pezón y gorjeó, mirándola con sus grandes ojos azules, antes de volver a engancharse con un suspiro satisfecho. Zoey apareció sonriente, con las manos y el rostro manchados de rojo, tirando de una caja de fresas dulces y deliciosas. «Por todos los cielos, ¡mira cuánto tienes!», pensó Emma.

Hijos, amigos, familia, cabritillas y cosas que crecían bajo un cielo infinito. Cerró los ojos, ignorando el pinchazo de anhelo y elevó una plegaria para que Cash llegara a encontrar siquiera una fracción de esa paz, estuviera donde estuviera.

Emma pensó que la felicidad de haber amado a Lee y a Cash, superaba con creces el dolor de haberlos perdido. Lo difícil era aceptar que no habría podido salvar a Cash. Como le había dicho a Zoey, Cash tenía que solucionar las cosas solo, a su ritmo. Aun así, le gustaba pensar que tal vez se había ido llevándose algo más de lo que había traído consigo al llegar.

Que había sido bendecido de alguna manera por su amor, aunque no supiera qué hacer con él.

—Y esta será tu habitación cuando te quedes —dijo Cash.

Aunque llevaba casi un mes en Dallas y pasaba parte de cada día con Francine y Wesley, ellos no habían visitado su suite de hotel hasta ese día. Francine había intentado escabullirse, pero Cash le había dicho que había más probabilidades de que Wes se quedara a dormir si ella lo acompañaba el primer día. Así que había aceptado e incluso conducido su coche para que Cash no tuviera que llevarles a casa después. Pero en cuanto habían llegado, había salido a la terraza que daba a la piscina del hotel y allí seguía.

—¿Cuando me quede? —Wes lo miró inquieto.

—Sí. Cuando quieras. El fin de semana, incluso.

—Pero mis cosas no están aquí.

Tampoco había muchas de Cash, excepto su ropa e instrumentos. Todo lo demás seguía en Nuevo México. En el limbo, como él.

—Puedes traer lo que quieras. Mira. Hay dos camas, por si quieres que un amigo venga a pasar la noche. Podemos ir a nadar…

El niño le lanzó una mirada tipo «no exageres» y fue a la sala de estar de la suite. De momento era un sitio más que adecuado, espacioso y próximo a casa de Francine. Cuando dieran el siguiente paso, buscaría algo más permanente. Cash no quería agobiar al niño con «cosas» ni hacer que quisiera estar con él por las razones equivocadas.

En cualquier caso, Wesley ya tenía todos los juegos inventados, su propia televisión de pantalla plana y ropa de diseño que, obviamente, le importaba bien poco. Tenía «cosas». Lo que no tenía era lo que a Cash le había faltado toda su vida. E iba a hacer lo posible por dárselo.

—Había pensado pedir pizza. ¿qué te parece?

—¿Voy a quedarme aquí esta noche? —el niño lo miró con los ojos muy abiertos.

—Si quieres, claro. Pero tú decides.

Francine entró con una sonrisa tan brillante como falsa. Hasta Cash tenía que admitir que parecía perdida con el niño. Lo que en Emma era natural, en Francine no existía. Lo más doloroso era cuánto anhelaba Wesley el afecto de su madre. Igual que Cash había anhelado el de su padre.

—Es un sitio genial, ¿eh, Wes? ¿No será divertido pasar la noche aquí?

—No hay jardín —el niño miró a Cash, encogió los hombros y se sentó en una esquina del sofá.

—¡Pero hay piscina! —exclamó Francine—. Además, esto es solo temporal. ¿Verdad, Cash?

—Desde luego. ¿Te apetece una pizza?

—Hmm, sí, suena bien. Eh, ¿por qué no me acerco a la tienda y compro helado para el postre?

—¿Puedo ir contigo? —Wesley se levantó de un salto y corrió hacia ella.

—No, cielo. Pero, ¿qué tal si paso por casa y recojo tu bañador para que pruebes la piscina?

—Bien, supongo,

—Ese es mi niño —se inclinó y besó su cabeza antes de salir—. Pórtate bien, ¿eh? No tardaré.

Wes corrió a la ventana para verla partir y Cash sintió una punzada de pánico. La voz de Emma resonó en su mente: «Inténtalo».

—¿Quieres ver la tele o algo?

Wes negó con la cabeza.

—Pediré la pizza. ¿Con qué la quieres?

—Solo con queso. Por favor.

—¿Qué es lo que miras? —preguntó Cash, al ver que el niño torcía la cabeza con interés.

—A alguien paseando un perro —dejó la ventana y saltó al sofá—. ¿Se puede tener un perro aquí?

—No lo sé… Hola, sí, quería pedir una Suprema grande, una de queso pequeña, colines y… —miró al niño—. ¿Te gustan las alitas? —Wes asintió y Cash añadió alitas al pedido, dio la dirección y el teléfono y colgó. El niño lo miró con fijeza.

—Mamá me enseñó un CD. Eres famoso ¿no?

—Depende de a quién preguntes —Cash, hecho un manojo de nervios se sentó en el sillón que había frente al sofá—. Pero no me siento famoso.

—¿Cómo te sientes?

—Como una persona normal, supongo.

Wesley cruzó las piernas al estilo indio y empezó a dar puñetazos a un cojín.

—¿Por qué no sabía nada de ti?

Cash, tan nervioso como su hijo, fue a la cocina y sacó platos de papel y servilletas de un armario.

—Supongo que por la misma razón que yo no sabía nada de ti. Nadie me lo dijo.

El niño se levantó de un salto, fue a la cocina y empezó a abrir y cerrar los armarios, en su mayoría vacíos. Después, se agarró a la encimera y la usó para darse impulso y lanzarse a la sala, para aterrizar sobre la alfombra. Cash pasó por encima de él. A su espalda, oyó a Wesley darse la vuelta.

—Mamá dice que la vuelve loca que siempre me esté moviendo.

—Es lo que hacen los niños de siete años. Está bien.

—Ella no lo entiende.

—Las mujeres no suelen entenderlo.

—Papi tampoco lo entendía —afirmó el niño. Hizo una pausa—. ¿Cuánto hace que se fue mamá?

—¿Cinco minutos? —Cash lo sabía bien, porque acababa de mirar su reloj,

—Ah —el niño volvió a levantarse.

Agarró el mando de la tele y la encendió. Zapeó por media docena de canales y la apagó. Suspirando, corrió a «su» habitación. Cash comprendió que intentar mantenerlo en la suite más de diez minutos los volvería locos a los dos.

—¿Cash? ¿Puedo elegir la cama que quiera?

—Tú mismo. Oh, olvidé pedir refrescos. ¿Qué quieres? Llamaré a tu madre para que traiga.

—Limón. Oh, vaya. Esta cama es genial —gritó.

Cash oyó un golpe y una risita. Tal vez las cosas no fueran a ir tan mal como había temido. Sonriente, marcó el número de Francine.

Una grabación lo informó de que el número había sido desconectado y su sonrisa se apagó.

Capítulo 13

SEGÚN pasaban los días, Cash perdió la cuenta de las veces que había estado a punto de llamar a Emma. Para pedir, suplicar, consejo. Para absorber parte de su serenidad. Para oírla reír. Habría asesinado por oírla reír.

Pero cada vez que sentía la tentación de marcar su número, la razón, o la testarudez, no estaba seguro de cuál, prevalecía. El problema era suyo y de nadie más. No podía huir de él ni dejárselo a otra persona para que lo solucionara. Saberlo no facilitaba las cosas.

Le había leído a Wes la nota que había llegado, junto con su ropa y juguetes, tres días después de la desaparición de Francine. Parte, al menos. En su brutalidad, explicaba que había comprendido que la única forma de que la olvidara era irse donde no pudiera verla, pero Cash decidió que Wesley no necesitaba saber que había empezado a salir con un tipo que no quería niños. Tampoco.

Durante las dos semanas siguientes, Cash había alternado entre dar espacio al niño y sacarlo de la suite «por su propio bien», para llevarlo a todas las atracciones, películas infantiles y parques que podía ofrecer Dallas. Lo había animado a hablar, a nadar, a invitar a sus amigos. Había comido hamburguesas y macarrones hasta hartarse. Había intentando abrazarlo para ser rechazado cada vez. Incluso había buscado un terapeuta infantil para que Wesley hablara con él, pero se había negado. Diablos, Cash había llegado al extremo de rezar, por si acaso había alguien escuchando.

Nadie podría decir que no lo estaba intentando. Le dolía el corazón con el deseo de hacer que el niño se sintiera mejor. Pero no se podía arreglar a alguien que no quería ser arreglado.

La voz de Emma volvió a sonar en su cabeza.

—Eh, amigo, hace buena tarde. ¿Te apetece que vayamos a dar una vuelta en bici?

—Mamá podría llamar —Wesley sacudió la cabeza.

—No va a llamar —dijo Cash con un suspiro. Su paciencia empezaba a agotarse.

—Podría cambiar de opinión. Las mujeres hacen eso, ¿sabes?

—Bueno, tengo mi teléfono móvil, si lo hace —Cash sonrió a su pesar—. Necesitas salir y hacer ejercicio. Y yo también. Luego podemos ir a tomar un helado, si quieres.

—No quiero helado ni montar en bici. Quiero a mamá.

—Lo sé —dijo Cash con frustración—, ¡pero es lo único que no puedo darte! Así que déjalo, ¿vale?

—Tiene que haberte enfadado mucho que mamá me abandonara contigo —unos dolidos ojos azules se clavaron en los de Cash.

Cash se sentó en la mesita de café, ante su hijo, y puso las manos en sus delgadas pantorrillas.

—Si eso es lo que crees, estoy haciendo de padre mucho peor de lo que pensaba. Claro que me enfadó que tu madre te abandonara. Muchísimo. Porque te hizo daño. No porque te dejara conmigo. Eso no me molestó. Nada de nada.

—¿De verdad? —Wes arrugó la frente.

—De verdad de la buena —Cash soltó el aire de golpe—. Siento haberte gritado. Ha estado mal.

—No importa —dijo Wes—. Mamá también grita mucho. Estoy acostumbrado.

—Puede que sí. Pero eso también está mal. La gente se enfada, o se frustra, pero hay formas de explicar las cosas sin gritar —hizo una pausa—. Mi padre me gritaba todo el tiempo. Yo lo odiaba.

—¿No te gustaba tu padre? —por primera vez, el niño lo miró con interés.

—En realidad lo quería, cuando era pequeño. Hasta que me di cuenta de lo malo que era conmigo y con mis hermanos. Y con mi madre. Pero sobre todo conmigo.

—¿Qué hacía?

—Me pegaba bastante, por ejemplo —dijo él—. Siempre tenía cardenales y dolores. Pero lo peor era que me decía que era estúpido y nunca serviría para nada. Rompió mi primera guitarra porque… no sé por qué. Muchos años después, me enteré de que tenía un problema aquí —Cash se dio un golpecito en la sien—, y por eso se portaba así. Pero entonces no lo sabía. Y eso me estropeó, porque no aprendí a comportarme bien con otra gente. Puede que por eso tu mamá y yo no siguiéramos casados. Supongo que yo no era buen marido. Y por eso… —titubeó, preguntándose cuánta sinceridad necesitaba un niño de siete años—. Por eso creía que no quería hijos. Y supongo que tu mamá no me habló de ti por eso, porque creía que no me importaría, que no te querría. Pero se equivocó en eso. Muchísimo. Ni yo sabía cuánto —le apretó las rodillas—, hasta que te conocí.

—¿Sí?

—Sí —Cash se inclinó hacia él—. Eres una de las mejores cosas que me ha pasado en la vida, Wes, de verdad.

Wesley bajó del sofá y se lanzó a los brazos de Cash. Cuando Cash comprendió que se cortaría un dedo antes que hacer daño a su hijo o violar su confianza, la luz se hizo en su mente y comprendió el dolor de su propio padre cuando descubrió lo que había hecho. Lo que había perdido.

Y porqué había llorado al oír el CD de Cash.

Abrazó al niño con fuerza. La comprensión apartó las últimas sombras, los últimos restos de resentimiento y de sensación de inferioridad, e incluso el odio. Emma había tenido razón, todo había estado en su cabeza. No era sino la mentira de un hombre enfermo, una mentira que Cash podría haber desterrado en cualquier momento.

Cash soltó a su hijo y lo miró a los ojos.

—Voy a crear un hogar para ti, Wes. Aún no sé cómo, y seguramente cometeré miles de errores, dímelo si crees que lo hago mal, no me ofenderé, pero te prometo que lo haré lo mejor que pueda. A partir de ahora, seremos tú y yo.

—¿Y si mamá quiere que vuelva con ella?

—Demasiado tarde. Podría convencerme para compartirte, pero ya no voy a renunciar a ti.

—Me parece que puede funcionar —dijo el niño poniendo las manos en los hombros de Cash.

—Sí —Cash sonrió—. A mí también.

—Entonces… ¿podemos ir a montar en bici?

—Puedes apostar a que sí.

—Pero hay una cosa. Has dicho «tú y yo», ¿de verdad? Solo nosotros. ¿Nada de novias?

—Desde luego —dijo Cash, aunque no iba a resultarle fácil. Al abrirle el corazón a su hijo, además de perdonar a su padre, había dejado que Emma entrara hasta el fondo.

Era una ironía. Finalmente estaba enamorado y no podía hacer nada al respecto. Por primera vez en su vida entendía que la gente pusiera las necesidades de sus hijos por delante de las propias. Su relación con Wes era demasiado nueva y frágil para incluir otra familia en la ecuación. Además, Emma no necesitaba otro niño que cuidar. No.

El grito de júbilo de Wesley cuando descendieron en bici por la colina merecía cualquier sacrificio. Al menos, esa sería su actitud. Por el bien de Wes.

—Hola.

Zoey se quedó quieta, aferrando el móvil de su madre con una mano sudorosa. A mamá le daría un ataque si supiera que había llamado a Cash, pero estaba segura de que él volvería si le decía lo triste que estaba Emma. Pero no había esperado que contestara un niño.

—Eh. Busco a Cash. ¿Cash Cochran?

—Es mi padre. Está en la ducha. ¿Quién es?

Zoey recordó que mamá había dicho que Cash tenía un hijo al que no conocía. Debía de ser ese.

—Soy Zoey Manning —dijo, con voz de mayor—. Soy una amiga de tu papá. Estuvo aquí conmigo, mi mamá, mis hermanos y la abuela este verano. En nuestra granja de Nuevo México.

—¿México?

—Nuevo México. Entre Arizona y Texas. ¿Cómo te llamas?

—Wesley. Pero todos me llaman Wes. ¿Vives en una granja?

—Sí. ¿Cuántos años tienes?

—Siete.

—Yo seis. Cumplo siete en dos meses. Tenemos diez cabras bebés. Son muy graciosas, pero hacen mucha porquería que huele fatal y que tenemos que limpiar Hunter, que es mi hermano mayor, y yo. Tengo otro hermano, Skye, pero es un bebé.

—Eso suena asqueroso.

—Sí. Es casi tan asqueroso como lo que hace el bebé en los pañales.

—¿Tienes otros animales?

—No. Bueno, un perro grandísimo, y la abuela tiene un millón de gatos, nada más. Eh —se le ocurrió una idea genial—, dile a tu papi que te traiga a hacer una visita. Si tu mamá te deja venir.

—Mamá se ha ido. No sabemos dónde está —dijo Wes tras una larga pausa—. Solo somos papá y yo. Pero no creo que podamos ir, porque papá dice que nos vamos a Nashville la semana que viene y…

—¿Wes? ¿Con quién estás hablando?

Al oír la voz de Cash, Zoey estuvo a punto de colgar, pero oyó a Wes contestar a su padre.

—Con una niña que se llama Zoey, que dice que estuviste en su granja.

—¿Zoey? ¿Va todo bien, cariño? —la voz de Cash sonó en el oído de la niña.

—Oh, sí, todo está bien, es solo que… —inspiró

con fuerza—. Mamá te echa de menos. Lo sé porque pone tus CDs, los que ponía papá, y antes no los ponía. Todos te echamos de menos y Hunter necesita una canción nueva para no volvernos locos con «De un plato de espagueti», y…, y… —pensó un momento—. Y Skye está muy grande y sonríe todo el rato, y Noah y esos acabaron las habitaciones nuevas de la abuela y…

—¿Zoey? ¿Con quién estás hablando?

—Sonó y contesté —dijo. Le dio el teléfono y echó a correr. Pero no fue muy lejos.

—¿Hola? —dijo Emma.

Cuando Zoey vio su expresión, supo que había hecho lo correcto. Aunque también sabía que su madre la regañaría de lo lindo cuando colgara.

—¿Emma?

Oír la voz de Cash era increíble. Carraspeó.

—Zoey dice que has llamado.

—Ejem, no. Ella me llamó a mí. Bueno, en realidad Wesley y ella han hablado un rato largo.

—Entiendo —Emma lanzó a su hija, que escuchaba desde el umbral, una mirada acusadora.

—¿Sí? Porque yo no entiendo nada.

—Son cosas de niñas que meten la naricita donde no deberían. ¿Cómo estás? —preguntó, justo al mismo tiempo que lo hacía él.

—Tú primero —dijo Cash. Como si no quisiera que alguien lo oyera, añadió en voz baja—. Diablos, es fantástico oírte, Em.

—Todos estamos bien —dijo ella con voz animosa, aunque estaba desmadejándose—. El bebé crece como una mala hierba. Las cabritillas también. Hunter acaba de volver del campamento y lo pasó de maravilla. El tiempo ha sido perfecto, las verduras están felices, el anexo está acabado… —sus ojos se llenaron de lágrimas—. Cash, ni te imaginas lo feliz que está Annie con sus nuevas habitaciones. Gracias. Muchas gracias.

—De nada.

—¡Ah! Y voy a comprar cuatro hectáreas a los vecinos de la parte sur. No las necesitan y las cabras sí. Me ofrecen un buen trato. Los vecinos, no las cabras —se limpió una lágrima de la mejilla—. ¿Y tú? ¿Cómo está el niño? ¿Se parece a ti? ¿Has arreglado lo de la custodia con tu ex?

«Y habla solo de la custodia, porque si has arreglado algo más tendré que matarme. O matarte a ti. A alguien».

—Wesley está muy bien. No sé si se parece a mí o no, y Francine ha desaparecido del mapa.

—No lo dices en serio —Emma se sentó.

—Hace unas semanas, sí. Dijo que se pondría en contacto cuando estuviera lista. Tenemos su nuevo número de móvil, pero no nos dice dónde está.

—Santo cielo, Cash… —ya sabía a quién matar, un dilema menos—. ¿Cómo se lo ha tomado el niño?

—Todo lo bien que puede esperarse —ella oyó el sonido de una puerta abrirse—. Aunque creo que lo que más le molestó fue perder de repente lo que conocía. No quiero decir que Francine sea mala persona, porque no lo es…

—Ejem, ¿Cash? Abandonar a un hijo cotiza bastante alto en ese sentido. Disculpa.

—Cierto. Pero de verdad creo que lo hacía lo mejor que podía. Solo que eso no era mucho. Pero cada día va mejor. La relación entre Wesley y yo, quiero decir

—hizo una pausa—. Llamé a Tess para que pusiera la casa de Tierra Rosa en venta. No voy a necesitarla.

—Vuelves a Nashville —se le cerró el estómago.

—No hay razón para seguir en Dallas. Y Wes tienen que asentarse antes de que empiece el curso. Caramba, nunca pensé que llegaría el día en que mi vida girara alrededor del curso escolar de un niño —hizo una pausa—. Alrededor de un niño.

—¿Y cómo te sientes? —preguntó ella, que había captado el asombro y el miedo en su voz.

—Como si otra persona se hubiera instalado en mi cuerpo. ¿Em? Quiero que sepas que si no hubiera sido por ti, ahora sería un desastre. Te lo juro —añadió al oírla reír—. Antes de conocerte pensaba que el amor incondicional no existía. Que nadie ama sin esperar algo a cambio. Pero cuando más conozco a mi hijo, mejor lo entiendo.

—Los niños tienen ese efecto —sonrió y se limpió una lágrima de la mejilla.

—Puede. Pero… pero tú me enseñaste cómo se hace —tomó aire—. Maldición, Em, estar contigo todas esas semanas… me abrió. Me hizo sentir. Quisiera o no.

—Da miedo, ¿verdad?

—Muchísimo. Pero también es liberador —soltó una risita—. Por cierto, deberías saber que cuando llega uno de esos momentos «¿Y ahora qué hago?» con Wes, me pregunto qué harías tú.

—No.

—Sí, señora. Y la mayoría de las veces recibo una buena respuesta. Por lo menos el niño no se ha escapado ni me ha denunciado a las autoridades.

—Eres un bobo. Pero eso que estás sintiendo estuvo dentro de ti todo el tiempo…

—Lo sé —admitió él—. Al fin me di cuenta. Tú plantaste la semilla, y supongo que estar con Wes ha sido… como el sol o el agua. Ya no me odio —carraspeó—. Ni odio a mi padre.

—Oh, Cash. Me alegro muchísimo.

—¿Tú te alegras? —soltó una risotada—. He tardado media vida, pero se acabó. Soy libre. Caramba ¿eso que oigo es Skye llorando?

—¿Te refieres a la alarma de incendios? —Emma agradeció que el bebé la obligara a dejar el teléfono—. Tiene hambre, ya sabes.

—Pues no te entretengo más —dijo él—. Ha sido genial hablar contigo, Em.

—Lo mismo digo. Cuídate, ¿de acuerdo? ¡Y avísame cuando te mudes a Nashville!

Emma colgó en cuanto él dijo adiós. Estaba tan emocionada que ni siquiera regañó a Zoey.

Cash empujó la puerta del patio y volvió a entrar en la casa. Incluso antes de que Emma colgara se había dado cuenta de que si había pasado media vida intentando descubrir dónde encajaba, no tenía ningún sentido alejarse de ello cuando por fin lo había encontrado.

Miró a Wes, que estaba sentado con los brazos cruzados frente al televisor. Que estaba apagado.

—Mamá no va a volver, ¿verdad? —no sonó triste, sino más bien… resignado.

—No creo —Cash negó con la cabeza.

—Y no quieres volver a Nashville, ¿verdad?

—¿Por qué dices eso? —Cash frunció el ceño.

—Porque tu sonrisa parece falsa siempre que hablas de vivir allí.

Cash fue a sentarse junto a su hijo.

—En realidad no. No soy la persona que era cuando viví allí. Sería como... dar un paso atrás.

—Entiendo lo que quieres decir —Wes se volvió hacia él—. ¿Qué crees que deberíamos hacer?

«Meter nuestras cosas en el coche y poner rumbo al oeste cuanto antes». Puso un brazo sobre los hombros de Wes y lo atrajo hacia su lado.

—Esa niña con la que has hablado, y su madre, con la que he hablado yo... —empezó—, viven en la casa en la que yo crecí. Un sitio que tenía muy malos recuerdos para mí...

—¿Por tu padre?

—Sí. Así que fui allí hace un par de meses para ver... —miró al niño—. Para demostrarme que los recuerdos ya no podían hacerme daño.

—Como si fueran una pesadilla ¿no?

—Más o menos,

—¿Funcionó?

—En parte. Pero no supe cuánto hasta después de irme. Igual que no me di cuenta... —apoyó la mejilla en el pelo de punta de Wes—, de que me había enamorado de la mujer que vivía allí.

—¿De la madre de Zoey? —preguntó Wes, después de dejar escapar un gruñido.

—En realidad, con toda la familia, pero... sí. Con la madre de Zoey. Estuvo casada con mi mejor amigo, hasta que él se murió.

Wesley bajó del sofá y fue a la cocina a por un vaso de zumo de manzana. Después volvió a la sala y se sentó en la mesita de café, frente a Cash.

—Quieres estar con ella, ¿verdad?

Cash suspiró y asintió con la cabeza.

—¿Y por qué no estás?

—Antes por ser un cabezota. Ahora, por ti.

—¿Por mí? —Wesley arrugó la frente.

—Sí. Porque tú y yo estamos empezando a conocernos. Y porque hiciste que te prometiera que «nada de novias», ¿recuerdas? Lo último que deseo es hacerte daño, o que seas infeliz.

—¿Sabes una cosa? —Wes tomó un trago de zumo—. Siempre he querido vivir en una granja.

—¿En serio? —la boca de Cash se curvó.

—Sí. Un sitio donde pueda saltar, gritar y correr todo lo que quiera sin que nadie me diga que esté quieto —alzó los hombros—. Suena de maravilla.

—A mí también me suena bien —Cash se rio.

—¿Cuándo podemos irnos?

—¿Seguro que quieres añadir… —Cash contó con los dedos— …cinco personas a la familia?

—¿Querrán añadirnos ellos a la suya?

—Probablemente. Pero…

—Papá. Está bien, ¿vale? Tenías que haberte visto cuando he dicho que quería vivir en una granja —puso una expresión de felicidad tan exagerada que Cash soltó una carcajada—. Es la verdad, y seguramente podría tener un perro, ¿no?

Cash pensó que a Al le daría una apoplejía. Pero las cosas iban en la dirección correcta y, por una vez en su vida, iba hacia ellas en vez de huir.

—¿Cómo de rápido puedes hacer la maleta? —preguntó Cash. Wes sonrió de oreja a oreja.

—¡Ma-má! ¡Ma-má! —Hunter entró corriendo, seguido por Bumble que ladraba como un poseso—. ¡Es Cash! ¡Ha vuelto! ¡Y tiene… un niño! ¡Y un per-rito! —agarró su mano y tiró de ella—. ¡Ven!

Pensando que Hunter alucinaba, Emma agarró su viejo suéter y lo siguió afuera. Había habido una tormenta hacia un rato, y el aire era fresco. Pero no temblaba por eso, sino porque se le había parado la sangre en las venas.

Hubo una estampida de gatos cuando Zoey pasó corriendo y gritando «¡Cash, Cash!», y gritó aún más fuerte cuando Cash la alzó al vuelo y le dio un gran abrazo. Después, la dejó en el suelo y le presentó a su hijo; un niño delgaducho con el pelo de punta y una sonrisa igual que la de su padre; a Emma le dio un vuelco el corazón. Los niños ya se conocían por teléfono, así que Zoey presentó a Wes a Hunter y luego se lo llevaron a ver las cabras, seguidos por Bumble y una bola de pelo que daba la impresión de que llegaría a convertirse en algún tipo de perro pastor.

Annie abrió la mosquitera para ver a qué se debía el jaleo y Cash fue a darle un abrazo. Ella rezongó algo como «ya sabía yo que recuperarías el sentido» y volvió a entrar en casa como si los hijos pródigos volvieran a diario.

«Estoy soñando, tengo que estarlo», pensó Emma, justo antes de que Cash la mirase, sonriera y se acercara para limpiarle las lágrimas que surcaban su mejilla y que ella ni había notado. Luego la envolvió en sus grandes y fuertes brazos y la besó como si le fuera la vida en ello.

—¿Me has traído un perro? —preguntó ella, cuando emergieron para tomar aire.

—No. El perro es para Wesley —sonrió—. Pero me he traído a mí, si te vale.

Emma le dio una palmadita en el brazo y bajó los escalones del porche al jardín para calmarse.

—¿Qué…? ¿Por qué…? ¿Tú…? —Emma había recuperado la voz, pero no el don de la palabra.

—El niño dijo que siempre había querido vivir en una granja. Pensé que esta sería tan buena como cualquier otra —Cash encogió los hombros.

Emma, con el cerebro a punto de estallar, se apartó el pelo de la cara y observó a sus hijos con el de Cash: amigos del alma después de dos o tres minutos. Lo oyó acercarse y cerró los ojos con un suspiro cuando la rodeó con los brazos desde atrás.

—Dijiste que siempre tendría un hogar aquí —susurró él en su pelo, acariciándola con su aliento cálido y dulce—. Si la oferta no ha caducado …

—Nada de eso —contestó. Él la apretó contra sí.

—Entonces, he vuelto a casa. A vivir contigo y con los niños si me aceptas. Si nos aceptas. El niño necesita esto —besó su sien con suavidad.

—Eso ya lo veo…

—Yo lo necesito —le dio la vuelta y la miró con amor—. Te necesito a ti. Eres mi hogar, cariño. Tú, los niños, esto… Es mi sitio —besó su frente—. Por lo visto, mi auténtico yo siempre estuvo aquí.

—¿Seguro? —sus ojos se llenaron de lágrimas.

—Más seguro de lo que nunca he estado sobre algo. Aparte de lo mucho que quiero a ese chaval.

—Pero… ¿y tu música? ¿Y tu carrera?

Él la llevó de vuelta al porche e hizo que se sentara en los escalones con él.

—De lo profundo de mi cerebro, recuperé un pasaje de la Biblia, sobre un hombre que encuentra un tesoro en un campo y lo vende todo para compra ese campo.

—Es una parábola de Jesús —dijo Emma—. El tesoro representa el reino de los cielos, por el que merece la pena dejarlo todo.

—Pues todo esto —señaló a su alrededor—. Y tú, y los niños… Creo que este pobre vaquero nunca estará más cerca del paraíso en la Tierra.

—No puedo permitir que dejes la música…

—Y, por lo visto, tampoco que acabe de hablar —apretó su hombro con suavidad—. Me he dado cuenta de que no tiene por qué ser una cosa o la otra. Puedo seguir escribiendo música, incluso grabar un disco de vez en cuando. Y siempre que se cumplan mis condiciones, incluso podría dar algún concierto. Ya veremos. La música country ha cambiado, pero yo también. Si encajamos, bien. Si no… —encogió los hombros—. La música ya no es mi lugar seguro. No la necesito para definirme.

La risa rica y sonora de Wes resonó en el crepúsculo. Cash sonrió.

—Ahora soy el papá de alguien —se llevó la mano de Emma a los labios—. Y me gustaría ser el esposo de alguien, si ella acepta.

—¿A sí? —consiguió decir Emma—. ¿La conozco?

Cash, riendo, puso las manos en su nuca y la atrajo para besar sus labios con pasión.

—Ya que hiciste que me enamorase de ti —sus ojos chispearon—, lo justo es que te cases conmigo.

—¿Eso es lo que crees?

—Sí. Hasta traigo un niño más para endulzar la oferta.

Ella se rio y volvió a besarlo.

—Yo también te quiero, Cash —musitó—. Con todo mi corazón.

—¿Eso es un sí?

—Definitivamente, es un sí.

—Me alegro, porque le he dicho a Tess que retirara

la casa del mercado. Hasta que esté acabado el nuevo dormitorio de matrimonio —añadió al ver la expresión de Emma—. Wes y yo necesitamos un sitio donde estar. Además —metió la mano en el bolsillo—, odiaría tener que volver a Dallas a devolver esto.

«Esto» era un anillo con un enorme diamante, cuyos destellos se habrían visto en Denver.

—Caramba —jadeó Emma cuando se lo puso en el dedo. Iba a tener que limarse las uñas o algo así.

—Entonces, ¿te parece bien?

—Eh, sí. Pero no esperaba…

—Calla, mujer —dijo Cash besándola de nuevo. Después, esbozando una enorme sonrisa, se echó hacia atrás y estiró las piernas ante sí. Acercó a Emma a su costado y se quedaron allí hasta que oscureció, escuchando los sonidos de fin de verano, las risas de los niños y sus propias respiraciones, lentas y pausadas.

Emma sonrió. Cash tenía razón.

Nada podía parecerse más al paraíso terrenal.

CHRISTYNE BUTLER
JUGADAS DEL DESTINO

Tras salir de la cárcel, Justin Dillon había decidido vivir su vida sin preocuparse del futuro. Pero todo cambió cuando una mujer a la que apenas recordaba apareció en la ciudad para dejar a su cuidado a un niño de siete años, asegurándole que era su hijo.

Si no se sentía preparado para ser padre, menos aún lo estaba para iniciar una relación con su compañera de trabajo.

Aunque, por mucho que la evitara, parecía encontrarse con Gina Steele a cada paso que daba.

N.º 483

La joven había pasado toda su vida demasiado centrada en sus estudios para vivirla de verdad, pero Justin había cambiado todo eso con un solo beso.

KAREN TEMPLETON
RECUERDOS HACIA EL OLVIDO

Él nunca había tenido un lugar al que llamar suyo, pero el destartalado rancho que tenía ante él era lo que más se había acercado a serlo. Y Emma Manning, una viuda embarazada, tenía que luchar para mantenerlo en pie y sacar adelante a su familia. Necesitaba que le echaran una mano. Y eso era lo único que Cash Cochran, un músico acabado, podía ofrecerle. Eso le resultó más que obvio a Emma en cuanto Cash llamó a su puerta. Y, a pesar de que era la última mujer de la Tierra de la que él podría enamorarse, se estaba enamorando. Y ella de él.

¡YA EN TU PUNTO DE VENTA!

JAZMÍN™

SUSAN MEIER
TU ADMIRADOR SECRETO

Tenía que haber una manera de que alguien tan obsesionado con el trabajo como Matt Burke se fijara en su enamorada secretaria, Sarah Morris. Quizá lo mejor fuera crear un admirador secreto que llenara a Sarah de regalos, y tampoco vendría mal una pequeña transformación que convirtiera a aquella chica de pueblo en una mujer sofisticada. Eso valdría para volver loco de celos... y de deseo hasta al hombre más pragmático del mundo.

LIZ FIELDING
DOS CORAZONES

Recoger moras junto a su hija en aquel jardín abandonado tuvo una consecuencia imprevisible en la vida de Kay Lovell: primero la besó un guapísimo desconocido, y después la contrató como jardinera. Kay trató de hacer todo lo posible con aquel jardín... y con su malhumorado jefe, Dominic Ravenscar. Era obvio que él todavía no se había recuperado de las heridas del pasado pero, poco a poco, Kay fue descubriendo al verdadero Dominic, el hombre que tanto amaba la vida y que solo deseaba tener su propia familia.

N.º 590

NICOLA MARSH
CITAS ARRIESGADAS

Matt Byrne, un rico y sexy abogado, solo había salido con Kara Roberts porque estaba buscando una novia para poder seguir avanzando en su carrera. Así que decidió que lo mejor era contratar a alguien y proponer un trato que Kara no podía rechazar.
Pero no tardaron mucho en estar deseando fijar otra cita... esa vez ante el altar.